貸しボート十三号

横溝正史

角川文庫
23050

目次

湖泥（こでい）

一

「あんたにこんなことをいうのは、釈迦に説法みたいなもんかもしれんが、われわれが日常住んでいる都会よりも、こういう地方の、一見ものしずかな農村のほうが、ある種の犯罪の危険性を、はるかに多分に内蔵してるもんなんですな。都会では一日一日があわただしく過ぎていく。それに離合集散がはげしいから、憎悪も怨恨も、嫉妬も反目も、そういつまでもあたためているわけにはいかぬ。生活のあわただしさが感情の集中をさまたげるし、周囲の雑音によってうすめられもする。しかし、田舎ではそうはいかん、何代も何代もおなじ場所に定着しているから、十年二十年以前の憎悪や反目が、いまもなおヴィヴィッドに生きている。いや、当人同士は忘れようとしても、周囲のもんが忘れさせないんですな。話題のすくない田舎では、ちょっとした事件でも、伝説としてながく語りつがれる。だから、いまでも田舎では、数代にわたる不和反目なんてのがめずらしくないし、それがどうかしたはずみに、犯罪となって爆発するんですな」

「あなたの言ってらっしゃるのは、北神家と西神家のことなんですね」

金田一耕助は指にはさんだたばこの吸殻を、ボートの舷ごしにポトリと水のなかに落とした。吸殻はジューンとつめたい音をたてて、秋の水のなかに消えていく。

金田一耕助の相手は水の上に消えよどむ、紫色の煙を見まもりながら、

「ええ、そう」

と、太い猪首でうなずくと、眼をあげて、思い出したようにあたりを見まわす。

そこは三方山にとりかこまれた湖水の上で、あたりには胡麻を散らしたように、田舟やモーターボートが散らばっている。それらの田舟やモーターボートに乗ったひとびとは、てんでに長い竿で水のなかをひっかきまわし、いとも熱心になにやらさがしもとめている。ときどきかれらのあげるわめき声が、周囲の山々にこだまして、びっくりするほど大きな反響となって湖水の上を流れていく。

空の色にも、水の色にも、もう秋がふかいのである。

「北神家と西神家……もとは神田というて一家なんですがな」

と、金田一耕助の相手は、落日を吸うて湖畔にしろく照りはえている、白壁の家を指さしながら、

「数代まえにふたつにわかれて、あちらは村の北にあるところから北神家、こっちのほうは村の西にあたるところから西神家と、そういうことになったんだが、この両家の確執の原因なども、いまはもう伝説のかなたにかすんでしもうて、なにがなにやらわけがわからなくなっている。それでいて両家の連中、代々たがいに憎みあい、のろいあうべきものとして幼時から育てられているんだから、いやはや、因果といえば因果なもんです。ところが、そうなると不思議なもんで、両家が反目しあわねばならんような出来事、

利害衝突をきたすような事件が、ちょくちょく持ちあがってくるんですな。この湖水などもそのひとつなんだが……」

と、語り手はちりめんじわをさむざむときざんだ湖水の表面を見わたしながら、

「あんたもお気づきのこったろうが、これは人工湖なんです。明治二十何年かに、この向こうをながれる川が氾濫して、沿岸一帯水びたしになったことがある。これはいまでも故老のあいだに語りつがれる未曾有の大水害だったんですが、そのあとで、どうしても川の沿岸のどこかに、出水を調節するための人工湖をつくらねばならんということになって、そこで白羽の矢がたったのがこの村なんです。さあ、そのときの村民の騒ぎというのを御想像ください。農民にとって土地よりだいじなもんはない。しかもここはごらんのとおりで山ばかり、平地というもんがいたってすくない。そのわずかばかりの平地を湖水の底にしずめてしまうちゅうんですから、村の連中にとっちゃ、しんにこれ死活問題です。しかし、ここに人工湖をつくるちゅうことは、国家の至上命令なんだから、農民がどんなに騒いだところでしかたがない。そこで、なんとかして、自分の土地だけでもたすかりたいというのが、まあ人情ですな。ところで、この土地でいちばんたくさん、土地を持ってるちゅうのが、北神家と西神家なんだから、両家のあいだにはげしい利害衝突が起こったというのももっともな話で、当時の両家の争いは、いまでも村の語りぐさになってるくらいで、それこそ、あわや血の雨が降らんばっかりだったというんですな」

「なるほど、それに代々の確執からくる感情問題もからんでるでしょうからね」

金田一耕助は寒そうに襟をかきあわせながら、眼をあげて湖水の周囲を見わたした。湖水をいだく山々は、湖畔にわずかばかりの湿地帯をのこしたきりで、摺鉢の壁のようなけわしい傾斜をもって、突兀として眉の上にそびえている。それらの傾斜はよく耕されて、一面に葡萄だの、水蜜桃だのが植わっている。

それが耕地をうばわれたこの村の、唯一のなりわいとなっているのだが、だれの眼にもそれはいかにもいたましい努力にみえる。

「それで、そのときは北神家と西神家、どちらに軍配があがったんですか」

「それがね、皮肉なもんですな。両家の猛運動のかいもなく、けんか両成敗とばかりに、結局双方ともあらかた湖水の底にしずんでしまったんだから、恨みっこなしといえばいえるもんの、憎悪と反目だけは旧に倍してながく尾をひいたというわけです」

「なるほどねえ」

金田一耕助はもじゃもじゃ頭をかきまわしながら、

「そういう両家の感情的なわだかまりを無視しては、こんどの事件の根底によこたわっているものを、理解することはできないというわけなんですね」

「そうです、そうです。それなんです」

と、金田一耕助の相手はつよくうなずいて、

「わたしは思うんだが、いま、われわれがこうして、躍起となって探している御子柴由

紀子ちゅう女が、はたして、北神家と西神家のせがれたちが、血まなこになって争わねばならんほど、ねうちのある女だったかどうか疑問だと思うんです。それゃ、べっぴんはたしかにべっぴんだったそうだ。写真を見ても、まあ鄙にはまれなというような器量ですな。それに上海からの引き揚げ者で向こうで相当にくらしてたというから、こういう農村へ入ってくれゃ、それゃ、眼につく女だったにゃちがいないが……しかし、それかといって北神家と西神家のせがれたちが、いのちにかけても……と、いうほどの娘だったかどうか……やっぱりなんですな、先祖からの意地が大いに手つだっていたんでしょうな」

「それで、結局その鞘当ては、北神家のせがれの……なんてましたかね、浩一郎てんですか、その浩一郎に軍配があがったというわけですね」

「そうです、そうです、その浩一郎ってのは村じゃ一応、模範青年ってことになってるんですな。それでまあ、由紀子の意向はそっちへかたむき、結納もすんで、秋の取り入れがおわったら、式をあげようということになってたところが……」

「そこへ西神家から横槍が出たというわけですか」

「そうです、そうです。それというのが御子柴の家はいくらか西神家に恩義をこうむっているんですな。御子柴一家は両親に由紀子、それから中学へ行ってる弟の四人家族なんですが、これが終戦後、着のみ着のままで上海から引き揚げてきた。それを最初に引きとって、めんどう見たのが西神家なんです。木小屋かなんかとりつくろって、そこへ住まわせておいたんですな。当時はなにしろ農村の景気のいい絶頂でさあ。ごらんのとおりこのへんじゃ、水田がすくないから、農民でも主食の配給をうけるもんが多いんですが、そのかわり、果物のほうが羽根がはえたように売れていく。おもしろいほど金がながれこんできたもんです。それでまあ、御子柴一家も西神家の果樹園の手つだいしたり、わずかばかりの土地を開墾して、ねずみのしっぽみたいなさつまいもを作ったり、そんなことでどうにかこうにか暮らしてきたんですが、これひとえに西神家のおかげではないか。それをなんぞや、西神家のせがれを袖にして、北神家へ嫁にいくとはなにごとぞや、と、そういうわけで苦情が出たんですな」

「西神家のせがれはなんとかいいましたね」

「康雄ちゅうですがね。因果なことにゃ、これが北神家の浩一郎とおないどしだから、いっそう争いがはげしくなります。しかし、村のもんはいってますな。西神家も悪い。由紀ちゃんを嫁にする気があるなら、もうすこし御子柴家のもんをだいじにしとけばよかったのにってね」

「すると、西神家じゃあんまりだいじにもしなかったというわけですか」

「ええ、それがね、めんどうを見てるとはいうもんの、ずいぶん邪険にして、まるで牛馬を扱うような調子だったといいますから、あんまり威張りもできんらしい。当時はなんしろ人手が足りず、猫の手でも借りたいところだったから、おためごかしにずいぶんこき使ったんですな。それにゃ、御子柴の一家も内々腹にすえかねていたらしい。もっとも、昨年あたりから、いくらかようすが変わってきてたそうです。それというのが、引き揚げてきたころは、まだ十五、六の小娘だった由紀子が、年ごろになるにしたがって、だんだんきれいになってくる。そうなると若いもんがほっときませんや。なにかと口実をもうけては御子柴の家へあそびにくる。由紀子のおふくろちゅうのがまた都会育ちで如才がない。それでいつのまにか由紀子の家は、村の若いもんのクラブみたいになってしもうた。そうなると西神家でも、なるべく悪口はいわれたくないもんだから、いくらかまあ、ましな取り扱いをするようになったというわけです」

「それでまだそのころは、由紀子を嫁にする腹はなかったんですね」

「それはもちろん。こういうことにかけちゃあ、田舎の人間のほうが都会の人間より勘定高くできてますからな。無一物の引き揚げ者の娘など、いかにべっぴんだからと、嫁にしようなどと考えるもんですか。もっとも、親の心子知らずで、康雄のほうではだいぶんまえから御執心(しゅうしん)だったらしい。しきりに由紀子のごきげんをとってたそうですが、親たちにしてみれば、それをむしろにがにがしいことに思うていたんですな。ところが、そういう形勢が俄然(がぜん)一変したというのが、北神家のせがれ、浩一郎の立候補なんですな。しかも、北神家では両親とも、この縁談に承諾をあたえているときいて、西神家の親たちもあわてだした。ほかへ嫁にいくならともかく、北神家へ嫁にいかれたら、それこそ西神家の面目はまるつぶれです。北神家へとられるくらいならうちへ……と、いう意地も手つだってるし、それによその花は赤いのたとえのとおり、いままで手もとにおいて、牛馬同様にこき使ってるうちはそうも思わなかったものが、北神家ほどのうちが眼をつけるかと思うと、いまさらのように由紀子という娘が、見なおされてくるちゅうわけでしょう。急にちやほやしはじめたというんです」

「なるほど、持つべきものは美人の娘というわけで、御子柴一家も有卦に入ってきたわけですな」

金田一耕助のことばの調子は、しかし、どこか重く暗かった。

「そうです、そうです。そういうわけです」

語り手もむっつりとうなずくと、

「まえにもいったとおり、由紀子のおふくろちゅうのが利口もんで、北と西とを両天秤にかけて、たくみに手玉にとっていく、娘の由紀子ちゅうのがおふくろに似た利口もんとみえて、どっちへも等分に愛嬌をふりまく。それでも、そこは地の利を得ているだけあって、はじめのうちは西神家の旗色のほうがよさそうに見えてたそうです。それが最後の土壇場になってひっくりかえって、北神家の結納がおさまったちゅうんだから、さあ、おさまらないのは西神家です。これゃあ、婚礼までにひと騒動起こらずばいまいといったところへ、突然由紀子が失踪したもんだから、騒ぎが急に大きくなってきたわけです」

語り手はそこでひと息いれると、思い出したようにあたりを見わたす。

湖水の上に散らばった、田舟やモーターボートからは、さかんに網がうたれ、また、ながい竿で水のなかがかきまわされる。しかし、まだどこからも成果があがったという合図はない。

そこは山陽線のKから一里あまり奥へ入った山間の一僻村。いまその村の人工湖にボートをうかべて、金田一耕助と相対しているのは、岡山県の警察界でも古狸といわれる磯川警部。

金田一耕助は妙に岡山県に縁があって、「本陣殺人事件」でデビューしたときも岡山県の農村だった。それから「獄門島」「八つ墓村」と、たびたび岡山県で事件を取り扱っているが、そのつど行動をともにするのが、この磯川警部である。

それだけに金田一耕助は、このずんぐりした猪首の警部に、ふかい親愛の情をおぼえて、関西方面へ旅行すると、いつも足をのばして岡山まで、警部に会いにくることにしている。

こんども大阪まで来たついでに、岡山まで足をのばして、磯川警部を訪問したところ、こっちへ出張していると聞いて、あとを追っかけてきたのがきっかけで、はからずもこの異様な事件にぶつかったというわけである。

二

「それじゃ由紀子という娘が、失踪した当時の事情というのを聞かせてください。きょうでもう五日になるのでしたね」

金田一耕助はさっきから、なにか気になるように湖畔のほうを見ていたが、やがてその視線を警部のほうにもどすと、そうおだやかに切りだした。

湖畔にはおおぜいのひとがむらがって、湖上における警官たちや青年団の活躍ぶりをながめているが、なにかしら切迫した空気がそこに感じられる。

三方山にとりかこまれたこの土地の秋は、日の暮れるのもはやく、湖水の上にはしだいに翳りがひろがってきて、例によってよれよれのセルによれよれの袴といういでたちの金田一耕助は、さっきから肌寒さをおぼえて、しきりに貧乏ゆすりをしている。

「ええ、そう、きょうは十月八日だから、ちょうど五日になりますね。十月三日が隣村の祭りなんだが、由紀子はそのお祭りに行ったきり姿を消してしまったんです」

警部はふとい指をあげて、湖水の西に牛が寝そべったようなかっこうでつらなっている山々を指さしながら、

「隣村というのはあの山のむこうにあるんだが、べつに山越えをしなければならんわけでもなく、山裾をまわっていけるんだが、女の足だと半時間くらいはかかりますからな。ここいらの村々のもんは、みんなたがいに縁組みしとりますから、どの村にも親類縁者がある。だから祭りというとたがいによんだりよばれたり、まあ、田舎ではお盆よりも正月よりも、祭りがいちばん楽しみなんですな。ことにこの隣村のY村の祭りちゅうのは、近在でいちばん時期がはやいんで、みんな珍しがって押しかける。御子柴の家は引

揚者だから、隣村に親戚があるわけではないが、それでも由紀子は友だちに誘われて出かけたんです。なんでもはやめに夕飯食って、家を出たのは四時過ぎだったというんですがね」

「友だちというのは……？」

「みんな女の子で、五人づれで出かけたというから、ほかに四人いたわけですな。それで、むこうのお宮へ行って、お神楽やなんか見ていたんですが、そのうちに由紀子の姿が見えなくなったのに気がついたそうで……」

「それは何時ごろのことですか」

「だいたい八時か九時ごろのことだろうというんですが、まさかこんな騒ぎになろうとは、だれも思わなかったから、そのときはかくべつ気にもとめなんだんですな。なんでもむこうへつくとまもなく、大したことはないけれど、少し気分が悪いといってたから、さきへかえったんだろうくらいに思ってたそうです。なんでもその晩は仲秋明月にあたっていて、とても月がきれいだったそうですから、女ひとりの夜道でも、そう不自由はなかったんですな」

「それっきり、だれも由紀子の姿を見たものはないんですか」

「そうなんです。だからおかしいちゅうんですな。由紀子が山裾の道を通ってかえったとしたら、だれかに出会わんちゅう法はないんです。祭りのお神楽はよなかの一時ごろまでありますし、それに青年団の余興、つまりのど自慢ですな。これはもう明け方の五時ごろまでつづいたといいますから、八時や九時はまだ宵の口で、隣村とこの村をつなぐ道は、三々五々、人通りのたえまがなかったというのに、だれひとり由紀子の姿を見たものがない。それがおかしいちゅうんです。由紀子はなにしろ、近在きっての評判娘だから、会えばだれでもおぼえているはずなんですがな」

「山裾の道よりほかに道はないんですか」

「いや、それはあります」

と、警部は巾着の口をしぼったように、湖水の奥をふさいでいる、このへんでもいちばんたかい山を指さしながら、

「あの山を越えると村道を行くよりいくらかちかいんです。しかし、それも屈強の男の足のことで、足弱ならばむしろ山裾の村道をまわって行くほうが、かえってはやいかもしれませんな。それに、いかに月がよいからちゅうて、女ひとり夜ふけになって、山越えするとは思えませんしね」

「その晩、山越えをしたものはだれもいないんですか」

「いや、それがひとりあるんです。北神九十郎ちゅうて、これまた満州からの引き揚げ者なんですがね。その男が夜の十二時過ぎ、山越えをしてかえってきたちゅうんです」

「北神九十郎というと浩一郎の家と親戚ででも……」

「さあ、それはいずれ株内じゃありましょうが、そうちかしい親戚ちゅうんでもなさそうです。それにこの男、三十年も満州にいたそうですからな」

「それで、その男、途中でなにか気がついたことでも……？」

「いや、べつに、なにも気がつかなんだというとります。もっとも、ひどく酒に酔うていたそうですから、途中でなにかあったとしても気がつかなんだでしょうな」

「それで西神の康雄や、北神の浩一郎という青年は、その晩、どうしていたんです」

「西神家の康雄のほうは、その晩、隣村の親戚へよばれていって、ぐでんぐでんに酔っぱらったあげく、そこに泊まっているんです。ところが北神家の浩一郎のほうは、その晩、祭りにも行かず、一時ごろまでむこうに見える水車小屋で、米を搗いていたそうです」

磯川警部の指さしたのは、湖水のいちばん奥まったところである。そこに湖水へながれこむ渓流があり、その渓流のそばにこけら葺きの水車小屋がたっている。山越えで隣村へ行くには、その水車小屋のすぐ上手にかかっている橋をわたっていくのである。

「あの水車小屋は村の共有になっていて、毎日順繰りに使うことになっているんですね。その晩は北神家の番ではなかったが、番にあたっていたもんが、隣村の祭りへ行きたいちゅうので、番を北神家へゆずったんですな。なにしろ、このへんじゃ水田がすくないもんだから、どのうちも米は不足する。それで、早場米をつくって、一日もはやく搗いて食おうというわけで、浩一郎も精を出したんですな。いや、昔ならば北神家のせがれともあろうもんが、米搗きなんどすることはなかったんでしょうが、これも時世時節で、作男なんかもいなくなってしまいましたからな」

金田一耕助は考えぶかい眼つきになって、

「その浩一郎という青年はどうなんですか。祭りなどというにぎやかなことはきらいで、ひとり黙々として米でも搗いていたいという青年なんですか」

「いや、ところがそうでもないんですな。なにかことがあると、まっさきにやるちゅうふうで、ことにのどがよくて歌がうまいんだそうです。それですから、隣村の祭りののど自慢にも、ぜひ出てくれちゅう招待を、どういうわけかことわって、水車で米を搗いてたちゅうんで、そこんところがちょっと……陰性といえば、振られたほうの康雄のほうが、どこか陰性なところのある青年ですがね」

金田一耕助は警部の顔を見つめながら、

「それはちと妙ですね。そういう青年が年に一度の祭りの招待をことわるなんて……」

「ほんとうにそうです。この浩一郎という青年については、ほかにも妙なことがあるんですが、しかし、その晩、水車小屋にいたちゅうことはたしかなんで。さっきいった九十郎という男ですね。その男は十二時過ぎに山越えでかえってきたが、山越えでかえってくると、ほら、あの橋をわたって水車のそばを通ることになるんです。そのとき、浩一郎が小屋のなかで米搗きをしていたんで、ふたこと三こと、言葉をかわしているんです」

金田一耕助はなにかしら、また気になるふうで湖畔のほうへ眼をやりながら、

「なるほど。ところで、浩一郎について妙なことというのは……？」

「それがどうもおかしいんです。とにかく、そうして娘ひとり突然姿を消したもんだから、この村はいうにおよばず、隣村なんかも大騒ぎでさあね。御子柴のうちじゃ青くなって、あちこち探してまわるやら、八卦見に見てもらうやら、村は村で青年団が山狩りするやら、まあ、いろいろやったんですが、すると祭りの日からなか一日おいて五日の朝、由紀子の弟の啓吉というのが、自宅のうらの庭で妙なものをひろった。浩一郎から由紀子にあてた手紙なんですがね」

「で、その内容は……？」

「三日の晩、水車小屋で待っているから、かっきり九時にやってきてくれ。式をあげるまえにぜひ話しておきたいことがあるから。……ただし、このことはぜったいにだれにもさとられぬように……と、だいたいそんな意味なんですがな」

「それじゃ、警部さん、話は簡単じゃありませんか。ぜったいに、だれにもさとられぬようにという浩一郎の指令なので、由紀子はきっと人目を避けて、山越しにこの村へかえってきたんじゃないんですか」

「ところがね、金田一さん、浩一郎はぜったいに、そんな手紙を書いたおぼえはないといいはるんです。事実また、筆跡をしらべてみても、浩一郎の筆とはまるでちがっているんですがね」

「なるほど。しかし、よしんばそれが偽手紙としても、由紀子がそれにあざむかれて、水車小屋へやってくるということはありうるでしょう」

「ところが、浩一郎はまた頑強に、それを否定するんですね。自分は宵から一時ごろまで、水車小屋にがんばっていたが、由紀子のやってきたなんてことはぜったいにない。もっともその間、半時間ぐらい、横になってうとうとしたが、由紀子がやってきたら気がつくだろうし、自分が気がつかなかったら、由紀子のほうで起こすはずだというんです」

「水車小屋には横になるような場所があるんですか」

「ええ、それはあります。三畳じきくらいの、蓆をしいた板の間があって、枕なんかもそなえつけてあり、毛布でも抱巻でも持ちこむと、ちょっと横になれるようになっているんです。ところが、またここに妙なことには、浩一郎はそうして頑強に否定するものの、村の駐在の清水君ちゅうのが、水車小屋をしらべたところが、いまいった蓆の下から由紀子の紙入れが出てきたんです。しかも、隣村の祭りへ出かけるとき、由紀子がそれを持って出たってことは、両親のみならず、いっしょに行った友だちなんかもみんな証言してるんです」

「それじゃ、もう問題はないじゃありませんか。やっぱり由紀子は水車小屋へ……」

「まあ、まあ、待ってください、金田一さん。それだけの単純な話なら、なにもわたしがわざわざ出張してくることはないんですからな。問題はその手紙と紙入れなんで。……と、いうのは由紀子の失踪したのは、いまいったとおり三日の晩なんだが、その翌日の四日の夕方に、このへん一帯、秋にはめずらしい大夕立があったそうです。なんでも三週間めのおしめりだちゅうんで、みんなよくおぼえとるんですがね。だから、由紀子が三日の夕方、家を出るときその手紙をおとしていったものならば、五日の朝、由紀子の弟啓吉が発見したときには、その手紙、ズブぬれになっていなければならんはずでしょう。ところがそれがいくらか湿ってはいるものの、夕立にうたれた形跡なんてみじんもないんです。また、紙入れのほうですが、これまた四日の晩に勘十という男……この男が祭りの晩、浩一郎に番をゆずった男なんですが……その男が四日の晩に、水車小屋で米搗きをしてるんですが、そのとき、一度蓆をあげて掃除をしたが、そんな紙入れなんか、どこにもなかったというんです」

金田一耕助の眼はしだいに大きくひろがってくる。さっきからもじゃもじゃ頭へつっこんでいた、五本の指の運動が、しだいにはげしくなってくる。これが興奮したときの、金田一耕助のいくらか奇妙な習癖なのだ。

「な、な、なるほど。そ、そ、そいつはおもしろいですな」

と、これまた興奮したときのくせで、金田一耕助はどもりながら、

「すると、だれかが浩一郎をおとしいれようとして、作為を弄していると いうんですね」

「じゃないかちゅう気がするんです。この話を聞いたとき、わたしゃなんだかいやあな気がした。いままでお話ししただけのことなら、単なる村の小町娘の失踪事件……よしんば、たとえ、そこに犯罪があるとしても、ありふれた殺傷事件ですむんですが、この

手紙と紙入れのことがありますから、これゃただの事件じゃないぞ。相当手のこんだ事件だぞと、そんな気がつよくしたちゅうわけなんです。ところが、ねえ、金田一さん」

と、警部は体を乗りだすようにして、

「ここにまたひとつ、おかしなことがある」

「おかしなことというのは……？」

「いまいうた勘十という男ですがね。勘十のいうのに、紙入れに関するかぎり、四日の晩、そんなものはぜったいになかったというんですが、それにもかかわらず勘十は、三日の晩、由紀子が水車小屋へ来たんじゃないかという疑いを、まえから持っていたちゅうんですな」

「と、いうのは……」

「と、いうのは四日の晩、勘十が米搗きに行って、すこし疲れたから横になろうとすると、枕にひと筋、女の髪の毛がついていたというんですな。勘十も三日の晩、由紀子の隣村の祭りへ行ったきり、行方不明になっていることを知っている。しかも、三日の晩、水車小屋にいたのは浩一郎だから、さては由紀子と浩一郎、ここでうまくやりおったなと思ったというんです」

金田一耕助はまた気になるような視線を、湖畔のほうに投げながら、

「それじゃいったいどっちなんです。由紀子は水車小屋へやってきたのかこなかったのか。……」

「それがどうもわからん。浩一郎はぜったいに、そんなことはないと否定しつづけているんだが……」

「しかし、どちらにしても、由紀子は死体となって、この湖水のどこかにしずんでいるという疑いがあるんですね」

「そうです、そうです。五日の夕刻由紀子の下駄（げた）が、六日にはおなじく帯が、湖水から発見されているんです。それできのうからわたしもこっちへ出張してきて、こうして捜索してるちゅうわけです」

「しかし、死体はもうどこかへ流れ去っているという心配はありませんか」

「いや、その心配はないんです。三日の夕方からして、ああしてあの水門は閉ざしたまんまなんだそうで。四日の夕方に大夕立があったことはあったが、なにしろ三週間もの日和（ひより）つづきで、相当減水していたから、水門からあふれるちゅうほどではなかったんですな。だから、死体がこの湖水へ投げこまれたとしたら、いままだあるはずなんだが。……」

警部はいくらかいらいらした眼つきになって、湖上にちらばっている舟を見まわしている。どこからもまだなんの反響もおこらず、山の影はいよいよながくなって、いまはもうすっかり湖水のおもてをおおうている。これではきょうの捜索もむだにおわるのではないか。……

金田一耕助はあいかわらず、妙に気になる視線を湖畔のほうにむけながら、

「ところで、警部さん、三日の晩にはもうひとり、この村から姿を消したものがいるというじゃありませんか」

「ああ、そうそう、村長の細君ちゅうのがいなくなってるんですがね。ただし、村長自身は大阪のほうへ行ってるんだといってるそうで。……これはしかし、こっちの事件と関係があるとは思えませんがね。……おい、どうした、まだなんの手がかりもないか」

と、警部は隣の舟に声をかける。

「へえ、どうもいっこう。……警部さん、こら浚渫船でもやとうてこんことには、らちがあかんかもしれませんぜ」

「そうなるとやっかいだなあ」

磯川警部はいまいましそうに眉をひそめる。さっきからしきりに湖畔のほうを気にしていた金田一耕助は、そのとき、ふと警部のほうへむきなおると、

「ねえ、警部さん、むこうに見えるあの小屋ですがねえ。ほら、部落からはなれて一軒ポツンと、湖水のすぐそばに建っている小屋があるでしょう。あれはいったいどういう小屋なんでしょうね。妙に烏がさわいでいるようだが……」

磯川警部は不思議そうに、金田一耕助の指さすほうへ眼をやったが、急にぎょっとしたように眼を見張った。

部落と水車小屋とのちょうど中間ぐらいの、湖水の水際から二間ほどあがった崖の上に、両方からせまる急坂におしつぶされそうなかっこうで、木小屋か牛小屋か、小さな

小屋が一軒ポツンと建っている。

そのへんはもうすっかり夕闇(ゆうやみ)につつまれて、蒼茫(そうぼう)たる雀(すずめ)色のたそがれの底にしずんでいるのだが、その小屋の上一面に、胡麻(ごま)をまいたように鳥がむらがって、不吉な声をたてているのである。

「き、金田一さん」

磯川警部は眼をひらかせ、ちょっと呼吸をはずませた。

「あの小屋がなにか……」

と、そういう声はおしつぶされたようにしわがれている。

「いえねえ、警部さん、ぼく、さっきから考えてるんですが、あてもなく湖水のなかをひっかきまわしているより、あの小屋のなかをしらべてみたほうが、手っとりばやいんじゃないかと思うんです」

磯川警部はまじろぎもせず、小屋の上にむらがる鳥どもを見つめていたが、急にその眼をちかくにいる田舟のほうにもどすと、

「きみ、きみ、清水君だね。きみ、むこうに見えるあの小屋な、ほら、水際からすこしあがったところに建っている小屋さ、鳥がいっぱいむらがっている小屋があるだろう。あれゃいったいなにをする小屋だね」

この村に駐在している清水巡査は、まだとても若く、団子鼻にあごのひらたい童顔には、にきびが一面に吹き出している。

「ええ、あの、警部さん、あれは北神九十郎のうちですが……どうしたんでしょう、烏があんなに鳴きたてて……」

「北神九十郎……？　ああ、満州からの引揚者ですね。家族があるんですか」

金田一耕助がたずねた。

「いいえ、あの、独りもんなんで。……満州から引き揚げてきたときには、おかみさんがおったんですが、ひどい梅毒で、一年ほどして死んでしもうて、それからずっと、ひとりで暮らしておるんです」

「祭りの晩、山越えでかえってきたという男ですね。どういう人柄ですか」

「はあ、それが……」

と、清水巡査はいくらかかたくなって、

「ひとくちにいいますと、敗戦ボケちゅうんでありましょうか。それというのも、無理からんところもありまして。……満州では相当にやっておったちゅう話でありますが、それが素寒貧になって引き揚げてきまして。……しかも、引き揚げの途中、おかみさんちゅうのが、つまり、その……むこうの連中にさんざんわるさされたんですね。それで、ひどい病気をもろうてかえって、体じゅう吹出物だらけちゅうありさまでした。それでありますから、村のもんも気味わるがって、だれも相手にせなんだんであります。おかみさんがのうなったときにも、医者もよりつかんちゅう状態で。……それで、すっかりボケてしもうて、ろくすっぽ村のつきあいもせず、あれでどうして暮らしとるのかと思われるほどで。……まあ、牛か馬みたいな生活をしとります。しかし、警部さん、おかしいですなあ。あの鳥のさわぎかたは……」

「き、金田一さん、行ってみましょう！」

磯川警部が嚙みつきそうな声でそういって、急ピッチにオールをあやつるうしろから、清水巡査もあわをくったように、

「警部さん！　警部さん！」

と、呼吸をはずませ、にきびづらの童顔にぐっしょり汗をかきながら、田舟をあやつってついてくる。

三

この事件が当時あのように世間をおどろかしたのは、犯人よりも、また殺害方法よりも、死体の発見されたときの世にも異様な状態にあった。

金田一耕助もだいたい想像はしていたものの、実際、眼のあたりに見た死体には、かれの想像をはるかにこえた、一種異様な不気味さがあったのだ。

それはさておき、突然ひきかえしてきた二艘の舟が岸につくのをみると、なにごとが起こったのかと、湖畔にむらがっていた野次馬がばらばらとそばへかけつけてくる。清水巡査はそれを追っぱらいながら、金田一耕助と磯川警部を、九十郎の小屋へ案内する。

さっきもいったように、九十郎の小屋は水際から二間ほどあがったところの崖の上に建っているのだが、ちょうど左右からせまる山襞のなかに、めりこむようにちぢこもっているので、湖水からだとよく見えるが、地上からだと、どの地点からもほとんど見えない。ひとぎらいとなった隠遁者が世間の眼からのがれてかくれ住むには、このうえもなく格好の場所というべきである。

「九十郎のやつが……九十郎のやつが……あいつ、なるほどつきあいの悪いやつやし、こっちから声をかけても返事もせんようなやつで、子どもなんか、九十郎の顔を見るとこわがって逃げだすくらいだが……まさか、……まさか……なにしろ、三十年以上も日本からはなれとったようなやつですから、気心がちっともわからんし、畜生ッ、しっ、しっ！」

この意外な事件の進展に、まだ若い清水巡査はすっかり興奮している。童顔にはなばなしく吹きだしたにきびのひとつひとつが、汗をおびてぎらぎら光っている。

三人の男がちかづいてくるのを見ると、屋根にむらがっていた烏どもが、いっせいにガアガア鳴きながらとびたったが、そのままほかへとんでいくのではなく、あちらの梢、こちらの崖っぷちへと羽根をやすめて、また、ひとしきり、鳴きたてながら、首さしのべて好奇的な姿勢で、三人の姿を見まもっている。

実際、たそがれの空に鳴きたてる烏どもの鳴き声には、一種異様な鬼気を感じさせるものがあった。

清水巡査が牛馬同様の暮らしをしているといったのもあやまりではなく、九十郎の小屋はそこらにある牛小屋にそっくりだった。いや、牛小屋でももうすこしましなのがあるかもしれぬ。それでも都会のこういう種類の小屋からみると、荒壁がついているだけましだろう。

三人がぐるりと小屋をひとまわりすると、入り口にはまった腰高障子の上に、まっくろになるほど蠅がたかっていて、なにかしら一種異様な臭気が鼻をつく。

金田一耕助と磯川警部はどきっとしたように眼を見かわせる。

「鳥や昆虫の嗅覚はおそろしい。警部さん」

「よし、なかへ入ってみよう。清水君、障子をひらいてみたまえ」

たてつけのわるい障子が、がたぴしと音をたててひらくと、蠅がわっととびたった。なかは四畳半ほどのひろさだが、こういうところでも人間、生活をしていけるという見本のようなものだ。床には米俵のほぐしたのがしきつめてあり、すみっこのほうに土瓶や茶碗が、戸棚のように立てておいた蜜柑箱のなかにならんでいる。炊事は外でやるらしく鍋、釜、七輪の類は見当たらない。

元来、この小屋は北神家の小屋だったのである。上の山できった木を薪にして、いったんこの小屋へつんでおき、それを舟で部落のほうへはこんだものだが、九十郎夫婦が引き揚げてきたとき、それを無償で提供したのだ。したがってこの小屋には窓というものがなく、むっとこもった空気のなかに、耐えがたいほどの臭気がたてこめて、蠅がわんわんと小屋じゅうを舞いくるっている。

それでも小屋の一方には、押し入れらしいものがあり、そのまえに蓆が二枚ぶらさがっているのが、まるで浮浪者の住む蒲鉾小屋のようである。

「清水君、その蓆のなかだ。その蓆をめくってみろ」

警部はハンケチで鼻をおさえながら、窒息しそうな声をあげる。言下に清水巡査が蓆をめくるかわりに、一枚一枚ひきちぎった。

押し入れのなかはそれでも感心に二段になっていて、上の段にはうすい煎餅布団が縦のふたつ折りにして敷いてあり、その枕下や足のほうには、ボロがいっぱいつめてあるが、その布団のふくらみからして、そこになにがあるかだれの眼にもすぐわかる。

清水巡査がその布団をめくると、金田一耕助と磯川警部が、

「…………」

と、無言のうめき声をあげて一歩うしろへしりぞいた。そこには一糸まとわぬ全裸の女が、むっとするような臭気のなかによこたわっているのである。

「九十郎のやつが……九十郎のやつが……」

ひとめ見て、そこでどのような忌まわしいことがおこなわれていたかを覚ると、まだわかい清水巡査は、べそをかくような顔をして、はあはあとはげしい息使いをしている。

自分のあずかっているこの村に、このような忌まわしい事件がおこったことにたいして、清水巡査はその重大な責任感に圧倒されているのだ。

「清水さん、清水さん」

と、金田一耕助が息のつまりそうな声で、

「顔を……顔を見てください。御子柴由紀子にちがいありませんか」

清水巡査はおっかなびっくりといったかっこうで、死体の顔をのぞきこんでいた。なに思ったのか、突然、

「わっ、こ、こ、こいつは……」

と、腸をしぼるような声をあげてうしろへとびのいた。

「ど、どうしたんだ。清水君、由紀子じゃないのか」

「ゆ、ゆ、由紀子は由紀子です。し、し、しかし、警部さん、あ、あ、あの眼は、ど、ど、どうしたんです……」

「なに……？　眼が……？」

「清水さん、眼がどうかしたんですか」

金田一耕助と磯川警部は不思議そうに眼を見かわしたのち、いそいで死体の顔をのぞきこんだが、そのとたんふたりとも、大きな眼を見張ったまま、その場に硬直してしまった。

あたりに立てこめた異様な臭気にもかかわらず、腐敗はまだそれほどひどく表面にはあらわれていなかった。なるほど、村の若者たちにさわがれただけあって、由紀子はこのへんの女にはめずらしい中高の、いくらか気品にとんだ面差しをしているが、それに

もかかわらず金田一耕助は、ひとめその顔を見たとたん、なんともいえぬほど、醜怪な感じにうたれずにはいなかった。

　それというのが、由紀子の片眼――左の眼がなかったのである。

　そのために、顔半分がくろぐろとうつろになった左の眼窩を中心として、巾着の口を
しぼったようにゆがんで、そこだけ見ていると妖婆のように醜怪で不気味なのである。

「こ、これはどうしたんだ。どうして左の眼をえぐりとったんだ」

　磯川警部は呼吸をはずませる。

「警部さん、これは死んでからえぐりとったんじゃありませんね。眼のまわりに傷らし
い傷はありませんもの。由紀子ははじめから片眼がなかったんですよ」

「片眼がなかったあ」

　磯川警部は眼玉をひんむいて、

「金田一さん、そ、それはどういう意味です」

　金田一耕助は茫然として眼を見張っている、清水巡査のほうをふりかえって、

「清水さん、由紀子は左の眼に義眼をいれていたという話はありませんでしたか」

「ぎ、義眼……？」

　清水巡査はびっくりしたように、金田一耕助の顔を見なおしていたが、

「いいえ、いいえ、あの……そ、そんな話、一度もきいたこと、ありません。しかし…

…ああ！　そ、そういえば、由紀子の眼つきは、いつもちょっとおかしかった。やぶに

らみたいで……だけど、そのために、いっそうかわいく、あどけなく見えたんであります。そ、それじゃ、あれは義眼だったんですか。ち、畜生！　このあま！　牝狐（めぎつね）め！」

清水巡査の憤慨ぶりはただごとではない。

金田一耕助と磯川警部は顔見合わせてうなずいた。

清水巡査はまだ若い。独身でもある。かれもまた由紀子の崇拝者だったとしても、べつに不思議はないであろう。

磯川警部がなにかいおうとしたとき、ふいに表の障子に影がさして、足音もなくひとりの男が入ってきた。背後から光をあびているので、顔はよくわからなかったが、入り口に棒立ちになったまま、三人の姿と押し入れのなかを見くらべていたが、

「九十郎、これは、ど、どうしたんだ！」

と、清水巡査にどなりつけられて、まるで骨でもぬかれたように、そのまま、くたくたと土間にへたりこんでしまった。

死体のこのあさましい状態からして、九十郎という男を、どのように凶暴な人物であろうかと想像していた金田一耕助は、相手が思いのほか意気地のなさそうな男なので案外な思いだった。

年齢は五十前後だろうか、小作りな体で、無精ひげをもじゃもじゃはやし、清水巡査もいったとおり、いかにも敗戦ボケらしく、瞳（ひとみ）がにごって生気がなく、口をポカンとひ

らいているが、それでいて見ようによっては、陰険らしく見えるところもある。

「九十郎、これはいったい、ど、どうしたんだ。この死体は……？」

噛みつくように清水巡査にどなりつけられて、九十郎は無精ひげをいっぱいはやしたくちびるを、もぐもぐさせながら、

「へ、へえ、拾いましたんで……」

と、無感動な声でつぶやいた。

「拾ったあ？　馬鹿なことをいうな！　貴様が絞め殺したんだろう」

事実、由紀子は絞め殺されたらしく、のどのあたりになまなましい、くろずんだ指の跡がついている。

九十郎はしかし、あいかわらず無感動な声で、

「いいえ、ほんとうに拾いましたんです」

「拾ったって、どこで拾ったんだ」

磯川警部がおだやかな声でたずねた。

「へえ、湖水のなかに浮いていたんで。すぐそこの崖の下に……」

「それはいつのことだね」

「へえ、あの……大夕立のあった晩で……」

「大夕立のあった晩というと、四日の晩のことだね」

「へえ、そうなりますか。……そうそう、隣村の祭りのつぎの晩でしたから、四日の晩

ということになりますか」

「四日の晩の何時ごろのことだね」

「さあ、何時ごろとおっしゃられても……わたし、時計を持っておりませんので。……でも、大夕立のあがったあとのことで……」

「清水さん、夕立は何時ごろあがったんですか」

金田一耕助が清水巡査をふりかえった。

「はあ、あの、八時ごろにはすっかりあがっておりました。お月様がとてもきれいだったんです」

「そうです、そうです。そのお月さんを見ながら、崖の上から小便をしておりましたんです。そして、小便をおわってから、ひょいと崖の下を見ますと、由紀子ちゃんの死体が浮いておりましたんで。……」

「崖の上から見ただけで、由紀子だとわかったのかね」

磯川警部がたずねた。

「いえ、あの、それは……だれだかわかりませんでしたんで。でも、女だということだけはわかりましたんです。それで、いそいで崖をおりると、由紀子ちゃんの体を抱きあげてまいりましたんです。そのとき、由紀ちゃんの手足には、荒縄（あらなわ）がまきついておりまして……」

金田一耕助はそれをきくと、いそいで死体の手と足をしらべてみたが、そこにはまぎれもなく、なにかできつく縛ってあったらしい痕跡（こんせき）がのこっていた。

「それから、どうしたんだ」

「へえ、あの……死体を小屋へはこんでくると、ぬれた着物をぬがせて裸にして、自分も裸になって、肌と肌をくっつけてあたためてやりましたんで。……そうすると、息を吹きかえすことがあるということを、聞いておりましたもんですから。……しかし、由紀ちゃんはとうとう息を吹きかえしませんでしたんで。……」

「そのとき、貴様はなぜすぐそのことを、御子柴のうちへ知らせてやらなかったんだ。御子柴のうちで大騒ぎをして、由紀子ちゃんをさがしていることを、貴様だって知ってたろうが」

九十郎は臆病（おくびょう）なけだもののような感じのする眼を、ちょっとあげて清水巡査の顔を見ると、ひげだらけの口をもぐもぐさせながら、

「へえ、それが……あんまりかわいい顔をしているもんですから……まるで、観音様みたいにきれいで……それですから、つい手ばなすのが惜しゅうなりましたんで……わたしもひとりで寂しいもんですから」

さすがに眼は伏せていたが、顔あからめもせず、全然無感動な声なのである。

磯川警部も清水巡査も、ちょっと二の句がつげぬという顔色である。金田一耕助も背筋をムズムズとはいのぼる不快感を払いおとすことができなかった。

「きみ、きみ、九十郎君」

と、金田一耕助はのどにからまる痰をきるように、二、三度つよくから咳をすると、

「きみが湖水から拾いあげたとき、死体にはすでに片眼がなかったのかね」

九十郎はギロリと耕助の顔を見たが、すぐにその眼を伏せると無言のままうなずく。

「それでもきみにはこの顔が、観音様のようにきれいに見えたのかね」

九十郎は眼を伏せたまま、

「へえ、そっちのほうさえ見なければよろしいんで……」

金田一耕助がつづいてなにか尋ねようとしたとき、よこから磯川警部がつよい語気でことばをはさんだ。

「おい、着物はどうした？　由紀子の着物はどうしたんだ」

「へえ、その行李のなかに入っておりますんで……」

押し入れの下の段に、古い、小さな柳行李が押し込んである。清水巡査がそれをひらくと、はたしてなかから湿った銘仙の着物が出てきた。なるほど、相当ながく水につかっていたとみえて、粗末な染めの染料が落ちている。肌着から足袋までいっさいがっさいそろっていたが、みんな絞ったきりなので、じっとりとぬれている。荒縄は湖水へすてたという。

金田一耕助はだまって考えていたが、急に清水巡査のほうへむきなおると、

「清水さん、水車小屋の付近に舟がありますか。すぐ手に入るようなところに……」

「はっ、あの、それは……ふだんはありませんですが、だれかが米を搗いているときに

は、いでありますんです。御存じないかもしれませんですが、あそこは
いつはなれておりますし、道がわるいもんですから、米を搗きに行くときに
部落か舟で行くんであります」
は、田一耕助はまたちょっと考えて、

「四日の晩、米搗きに行ったのは勘十という男でしたね。そのへんにいたら、ちょっとここへ呼んでくれませんか」

「はっ」

清水巡査が出ていったあとで、金田一耕助は死体に布団をかけなおした。

勘十はすぐ見つかった。九十郎の家になにかことがあると知って、崖下へあつまってきた野次馬のなかに、勘十もまじっていたのである。

「九ン十、おまえ、どうしたんじゃい。旦那、九ン十がなにかやらかしたんで」

勘十は三十くらいの、このへんの人間特有の、頬骨の出張った男である。

「ああ、いや、それはいまにわかりますがねえ」

と、金田一耕助がよこからひきとって、

「四日の晩、あんたが水車小屋へ行ったとき、なにかなくなったものがあるのに気がつきませんでしたか。なにかこう、おもしになるようなものが……」

勘十はびっくりしたような眼で、金田一耕助の顔を見なおすと、

「へえ、あの、そういえば曳臼がひとつのうなっておりましたんで。……いえ、もう、

ちかごろでは使っておりませんので、のうなってもだいじないもんですが、これを……」

と、腰からきせるを取りだすと、

「吸うときに、吸殻（すいがら）を落とすのに便利なもんですから……」

「石の曳臼？」

「へえ」

「どのくらいの大きさ？」

「これくらいで……」

勘十が手の指で、直径八寸くらいのまるみをつくってみせるのを、磯川警部と清水巡査が緊張した眼で見まもっている。

金田一耕助はうれしそうにうなずいて、

「なるほど、わかった、ありがとう。ところでねえ、勘十君、あんたその晩、小屋のなかにガラス玉みたいなものが落ちてるのに気がつかなかった？」

「ガラス……？」

と、勘十は不思議そうに眼を見張って、

「ガラス玉ってなんですか」

「いや、それはなんでもないんです。そうそう、それからもうひとつおききしたいことなんだが、あんた水車の当番を北神浩一郎君とかわったでしょう。あれ、あんたからいいだしたの、それとも浩一郎君から申し込みがあったの？」

「ああ、あれは浩ちゃんのほうからいわれましたんです。わたしは祭りを棒にふるつもりでおりましたんですが、浩ちゃんにそういわれたんで大よろこびで……」

「ああ、そう、いや、どうもありがとう」

金田一耕助は磯川警部と眼を見かわせた。

四

磯川警部と金田一耕助、それにつづいて清水巡査の三人が、にわかに湖上の捜索をきりあげて、九十郎の小屋へはいっていくのを見送って以来、村のひとたちの上に重っくるしくのしかかっていたパニック状態は、そこから手錠をはめられた九十郎と、戸板に乗せられた由紀子の死体がはこびだされるのを見るにおよんで、とうとう沸騰点に達したようだ。

蜂（はち）の巣をつついたような騒ぎとは、こういうときに使うことばだろう。戸板をかついだ刑事たちは、むらがりよる野次馬を追っぱらうのに、大汗をかかねばならなかった。

手錠をはめられた九十郎は、村のひとたちの痛罵（つうば）をあびながら、それでもきょとんとして、眉毛ひと筋うごかさなかった。例によってポカンとなかば口をあけ、なんの感動もない顔色で、黙々として清水巡査にひったてられていく。

金田一耕助はむこうから由紀子の母親らしいのが、気ちがいのようになって歩いてくるのを眼にすると、あわてて顔をそむけたが、そこで思いだしたように一行とわかれると、ただひとりで、湖水のいちばん奥にある水車小屋へむかった。清水巡査もいったとおり、なるほどひどい道で、これでは車もかよいかねるだろう。

水車小屋は湖水へそそぐ渓流のほとりに建てられていて、五坪くらいもあるだろうか。黒木の丸太組みで、道に面したほうに小さな窓と、これまた黒木づくりの戸がついている。

なかへはいると大きな臼と、臼の上に休んでいる杵(きね)が眼につく。水車の回転にしたがって、この杵が上下する仕掛けになっているのだが、いまは水車がとまっているので、杵もむろん静止している。

臼のまわりには一面に糠(ぬか)がこぼれ、床の上には叺(かます)だの枡(ます)だの、大きなブリキの漏斗(じょうご)などがごたごたとおいてあり、天井にはすすけたランプがぶらさがっている。

この米搗き臼の奥に、南京(ナンキン)米袋をつづりあわせたカーテンがぶらさがっているが、それを開くとなかは一段たかくなっていて、蓆(むしろ)がしいてあり、畳表でつくった枕がひとつ、垢(あか)じんだ色をしてころがっている。勘十が女の髪の毛がこびりついているのを見たというのがそれだろう。

そこには窓はなかったけれど、組みあわせた丸太のすきまから、たそがれの鋭い光が、幾段もの縞(しま)となってさしこんでいる。

金田一耕助はちょっとそのへんを探してみたが、べつにこれという期待を持っているわけではない。たとえここが犯行の現場であったとしても、あれからもう五日もたっているのである。そのあいだ村のひとたちが、いれかわりたちかわりやってきているのだから、ここになんらかの痕跡がのこっていたとしても、とっくの昔に踏みあらされているだろうし、もしまた由紀子の義眼が落ちていたとしたら、だれかが見つけているはずだ。

金田一耕助は南京米袋のカーテンをぴったりしめて、小屋の外へ出ると、窓からなかをのぞいてみた。カーテンをしめると、たとえその奥にだれかがいるとしても、窓からそこは見えないのである。

それから間もなく駐在所のおもてまでかえってくると、そのへんいっぱいのひとだかりだった。金田一耕助はふと、さっき九十郎の小屋の腰高障子にたかっていた蠅を思い出し、人間も蠅もおなじことだと、ちょっとおかしくなる。

駐在所の土間には刑事が三人、緊張した顔で立ったり座ったりしている。清水巡査は電話にしがみついてがなりたてていた。

「警部さんは……？」

「奥です」

刑事の返事に奥へとおろうとすると、なかからとびだしてきた男に、あやうくぶつかりそうになった。色の浅黒い、胡麻塩の髪の毛を、きれいに左でわけた、まんざら百姓とはみえぬ男だった。

「やあ、これは失礼を……」

金田一耕助がにっこりあいさつするのにたいして、相手はギロリと、不遜な一瞥をくれただけで、そのまま駐在所からとび出していった。ひどく横柄な人物である。

土間からなかへ入ると、ほの暗い電気のついた座敷のなかに、あの異様な臭気が立てこめている。死体が戸板にのっけられたまま、座敷のすみにおいてあるのだ。

そのにおいを消すためか、線香が猛烈な煙をあげている。

「やあ、金田一さん、いま清水君がKへ電話をかけて、死体を取りにくるようにと言うとるところです。ここじゃ解剖もできませんのでね。まあ、それでこのにおい、がまんしてください」

警部は机のまえにあぐらをかいて、刑事になにか口述しているところだった。

「警部さん、いまここを出ていったひとはだれですか」

「ああ、あれは村長です。志賀恭平というんです。そうそう、あんたがさっきあのひとの細君のことを気にしたんで、ちょっと聞いてみたんです。ところが、それがすこしおかしいんですよ」

「おかしいというと……？」

「きのうの返事とちがうんですな。きのうは大阪へ遊びに行っとるちゅうとったのに、きょうは体を悪くして、転地しとるというんですが、その転地さきをいわんのです。なんだかひどく動揺していて、しどろもどろという感じでしてね。まさか……とは思いますけれどね」

磯川警部は憂鬱そうな眼を死体にむける。

「いったい、いくつぐらいのひとですか。あのひとのつれあいといえば相当の年輩でしょうがねえ」

そこへ清水巡査が電話をかけおわってやってくると、なにやら警部に耳打ちしていた。警部はそれを聞きおわってうなずくと、

「ああ、そう、それでよろしい。ときに、清水君、あの志賀村長の細君というのは、いったいいくつぐらいなんだね」

「はっ、三十二か三でしょう。なかなかきれいなひとで……」

「三十二、三……？」

磯川警部も興をもよおしたらしく、

「ひどくまた年齢がちがうじゃないか。あの村長はもう六十……」

「一です。ことし還暦の祝いをしました。いまの奥さん、後妻だそうでありますが、それにはこんな話がありますんです」

清水さんの話によるとこうである。

志賀恭平は戦争まえまで大阪で私立女学校を経営していて、みずから校長をやっていた。現夫人の秋子というのはそこの女教師だったが、志賀はいつかそれに手をつけた。

むろん志賀にはべつに細君があったが、すったもんだのすえ、細君を離別して秋子と結婚した。

そういうことから校長の職も辞し、学校の経営からも手をひかねばならなくなったが、そのことがかえって志賀には幸いしたのだ。そのときつかんだ金で郷里に山を買い、家を建てておいたのである。

「それで、戦争で都会があぶなくなりますと、さっさとこちらへ疎開してきまして、まえの村長がパージでやめると、すぐそのあとがまにすわったんであります。女にかけても相当のもんですが、政治的手腕もなかなかのもんだという評判で……」

清水さんは鼻の頭にしわをよせて笑った。

「それで夫婦仲はどうだったんです。奥さん、美人だという話でしたね」

「はっ、それはもう、あの村長が手を出すくらいでありますから。……夫婦仲はべつにわるいというふうではありませんが、奥さん、いつも寂しそうであります。婦人会の集まりなどへもめったに顔を出しませず、顔を出してもあまり口をきかんそうで……そこらはそこにいる仏のおふくろとは正反対で、こっちのほうは口も八丁、手も八丁……」

金田一耕助は仏の着ているあたらしい着物に眼をやりながら、

「仏といえば、さっきおふくろさんらしい婦人がかけつけてきましたね」

「ああ、もう、あれにゃ手こずりましたよ。戸板へしがみついて離れんのです。まあ、無理もない話だが……やっと、それを引きはなしたかと思うと、こんどは九十郎にとびかかって、……九十郎、頬っぺたにだいぶんみみず脹れができましたよ」

「その着物はうちからとどけてきたんですか」

「はあ、おやじと息子がやってきて、ぬれた着物じゃかわいそうだからちゅうて、その着物を着せていったんですが、事件がどうもあんまり陰惨なんで、顔を見るのもつらかったですよ」

磯川警部は顔をしかめた。

「義眼についてなにか……？」

「ああ、それについてはだいぶん恐縮しておりました。由紀子は上海にいる時分、左眼をうしなって義眼を入れたんだそうですが、たいへんよくできた義眼で、ほんものの眼とおなじようにうごくんだそうです。それで、村の連中、だれもそれに気がつかなかったんです。ここにいる清水君なんかも、かえってそれに魅力を感じていたくらいですからな。あっはっは」

「あれ、いやだなあ、警部さんたら」

清水さんは顔じゅうのにきびをまっかにして、頭をかいている。

「いや、冗談はさておいて、ねえ、金田一さん、由紀子はやっぱり水車小屋で殺されたらしいんですよ。あの付近で由紀子を見たというもんが、さっきここへやって来たんです」

磯川警部の話によるとこうである。

三日の晩の九時ごろ、儀作という老人が水車小屋のまえをとおって、裏の山路へさしかかると、上からひとりおりてくる足音がきこえた。そこで儀作がかたわらの森のなかに身をかくしていると、おりてきたのは由紀子であった。由紀子は儀作に気がつかず、そのまま山をくだっていった。

儀作はその晩、浩一郎が水車の当番にあたっていることを知っていたので、たぶんそこへ行くのだろうと、気にもとめずにやりすごしたというのである。

「だから、その老人も小屋のなかへはいるところを見たわけではないが、もうこうなったら、由紀子はきっとそこへ行ったにちがいありませんね」

「しかし、その老人はなんだって、いままでそのことを申し出なかったんです」

「それはやはり、浩一郎に迷惑がかかっちゃならんと考えたんでしょうな。ところが、きょう九十郎の小屋から死骸が出てきたんで、てっきりあいつを犯人と思いこみ、安心して申し出たわけでしょう。しかし、まあ、いずれにしてもこれで由紀子が山越えで、この村へかえってきたということははっきりしたわけです」

「老人はしかしその時刻に、どうして山へのぼっていったんです。隣村の祭りへ行くつもりだったんでしょうか」

「いや、それはたきぎを盗みに行くんであります。このへんでは山と娘は盗みものいうて、平気でひとの山を荒らしますんです。それですから、ひとの足音をきくとかくれるんであります」

清水君が註釈を加えた。

「なるほど。……ところで、その老人は行きがけに水車小屋のそばを通ったわけですね。そのとき、浩一郎はなかにいたかしら」

「いや、行きがけに窓からのぞいたときには、浩一郎の姿は見えなかったというとりますな。かえりにのぞいたときには、曳臼のそばにいたそうだが……しかし、それは浩一郎もいうとるように、行きがけのときには、カーテンの奥でうたた寝をしていたんでしょう。いずれにしてもこうなると、浩一郎の容疑は決定的ですね。これにたいして浩一郎がなんとこたえるか、いま呼びにやっとるところですがね」

警部のことばもおわらぬうちに、外からいりみだれた足音がはいってきたかと思うと、刑事に手をとられた長身の青年が、蒼白の面持ちで姿をあらわした。

実際、金田一耕助はその青年を見た刹那、まずその体格のみごとなのにおどろいた。身長はおそらく五尺八寸……あるいは九寸あるかもしれない。肩幅もそれに比例してひろく、胸もあつくがっちりしている。容貌はとりたてていうほどではないが、色が白いのでとくをしている。まず、感じは悪くないほうである。それが浩一郎だった。

浩一郎は刑事に手をとられて、奥へはいってきた刹那、由紀子の死体に眼をやって、ぎくっとしたように一歩しりぞいた。しかし、すぐ気がついたように合掌すると、ちょっとのあいだ眼をつむっていた。

金田一耕助はそのときの浩一郎の表情にひどく興味をおぼえた。なんだか観念したというふうに見えたからである。

「北神君、三日の晩、きみは一歩も水車小屋を出なかったと、きのういったね」

「はっ、そう申しました」

そういってから浩一郎は、いそいであとをつけたした。

「もっとも、そのあいだ半時間ほど、カーテンの奥へはいってうたた寝をいたしましたけん、外からのぞいただけではいなかったように見えたかもしれませんが……」

金田一耕助はそれを聞くとにっこり笑い、うれしそうにもじゃもじゃ頭をかきまわそうとして、気がついてあわててやめると、ごくりと生つばをのみこんだ。

磯川警部はそのようすをちらりと見て、不安そうに眉をひそめたが、それでも浩一郎のほうにむかって、

「ところがここにちょっと妙なことがあるんだよ。あの晩、水車小屋のすぐちかくで、由紀子君の姿を見たというもんがあるんだが……それでもきみは由紀子に会わなかったというんかね」

そのとたん、浩一郎の顔面から、血の気がひいていくのがはっきり見えた。握りしめた両手がかすかにふるえたようである。

「そのひと、由紀ちゃんが小屋のなかへはいるのを見たというんですか」

「いや、そこまで見たというわけじゃないが……」

「それじゃ、由紀ちゃん、水車小屋へこなかったんです。それともぼくの姿が見えなか

ったんで……さっきもいうとおり、ぼく、カーテンの奥で寝てたんですが、それに気がつかんで行きすぎたんかもしれません。とにかく、ぼくは会わんかったんです」

だが、そういう浩一郎の額には、びっしょりと汗がうかんでいる。

「北神君」

金田一耕助が横合いから口を出した。

「あんたもしや、水車小屋をあけていたんじゃありませんか。由紀子君がやってきた時分……」

浩一郎の顔色がまたかわった。かれはなにかいおうとしてことばにつまったが、すぐきっぱりとした態度で、

「いいえ、ぜったいにそんなことはありません。ぼくずうっと水車小屋におりましたんです」

「しかし、そうするときみの立場は非常に不利になりますよ。いまのところ由紀子君は水車小屋で殺されて、それから、あの湖水に沈められたということになっているんですから……」

「しかし、ぼくはあの晩、ぜったいに由紀ちゃんに会わなかったんです。ぼくは第一、由紀ちゃんが、あの晩、水車小屋へくるなんて、夢にも思うとらなんだんです。ぼくたち、そんな変な会い方せんでも、いくらでも、正々堂々と会えるんです。結納もすんで、この村の祭りがすんだら婚礼するちゅうことは、村じゅうのもんがみな知ってるんです

から」

浩一郎のことばにも一理はある。

「北神君」

と、こんどは磯川警部が、

「その水車小屋に直径八寸くらいの石臼があったのを、きみは知っているだろう。三日の晩、その石臼があそこにあったかどうかおぼえておらんかね」

「おぼえておりません」

浩一郎は言下に答えたものの、すぐそのあとで、ちょっとあわてて考えるふうをすると、

「あれはちかごろ灰落としがわりに使われておりますが、ぼく、たばこを吸わんもんですけん」

「北神君」

と、こんどは金田一耕助。

「さっき刑事さんが呼びに行ったとき、どこにいましたか」

「はっ、家へかえって俵をあみかけておりました。湖水のほうで捜索のお手つだいをしておりましたところ、死体が見つかったちゅうことを聞いたもんですけん」

「しかし、それはちと妙じゃありませんか。だって、由紀子君はきみのいいなずけでしょう。ちかく婚礼することになっていたひとでしょう。そのひとの死体が見つかったと

きけば、すぐここへとんでくるなり、由紀子君のうちへ行くなり、しなければならんはずだと思いますがね。それとも、死んでしまえばもう用はないというわけですか」

「いえ、いえ、……それは、御子柴のうちへ行こうと思うたんですが、ぼくとしてもショックが大きかったもんですから……」

「なるほど、なるほど。そういえばそれもそうですね。ところできみはあのことを知ってましたか。ほら、義眼のこと……」

「いいえ、ぼく、知らなんだんです」

と、なにげなく答えてから、突然、浩一郎ははじかれたように顔をあげると、真正面から耕助の顔をにらみすえた。まるで金田一耕助をにらみ殺さんばかりのいきおいだった。いったん退いていたひたいの汗が、またじりじりと吹き出してくる。

金田一耕助はにこにこ笑いながら、

「ああ、いや、いいです、いいです。警部さん、なにかほかにお尋ねになることがありますか。なかったらこれくらいで……」

警部はもう一度、由紀子が水車小屋へやってきたのではないかと念をおしたが、浩一郎のそれにたいする返事は、依然としてまえとおなじだった。

警部もついに匙を投げた。

「とにかく、きみは当分村をはなれないようにしてくれたまえ。変なまねをすると、かえってきみのためにならんぜ」

「はあ」

浩一郎はもう一度由紀子の死体に合掌すると、蹌踉（そうろう）たる足どりで出ていった。

五

「妙ですなあ」

浩一郎のうしろ姿を見送って、かれとの一問一答を速記していた刑事が不思議そうに小首をかしげてつぶやいた。

「あいつどうして水車小屋をあけていたといわんのでしょう。そのほうが有利な弁明ができるちゅうのに……」

「それはねえ、刑事さん」

と、金田一耕助がにこにこしながら、

「あの男、ほんとうに小屋をあけていたからですよ」

「な、なんですって！」

一同ははじかれたように耕助を見る。耕助はもじゃもじゃ頭をかきまわしながら、

「警部さん、いまのあなたの最初の質問にたいする、浩一郎の答えを思い出してください」

「最初の質問にたいする答え……？」

「そうです、そうです。三日の晩、一歩も水車小屋を出なかったかというあなたの質問にたいして、出なかったと答えたあとで、いそいで、半時間ほどカーテンの奥でうたた寝をしたと付け加えたでしょう。このことはきのう警部さんが質問されたときも、付け加えたんでしたね」

「ああ、そう、しかし、それがなにか……？」

「浩一郎はなぜそのことをいつも強調するんでしょう。つまり、それは一種の予防線ではありますまいか。カーテンの奥で寝ていれば外からのぞかれてもわからない。たとえそこにいなくてもわからないわけです。だからだれかがのちに、おれがのぞいたときにゃいなかったぜと、いうようなことを言い出したとしても、カーテンの奥で寝ていたんだという、予防線をつくっておいたんじゃありませんか。と、いうことは取りもなおさず、水車小屋をあけたということを、意味しているんじゃありますまいか」

「しかし、それならなぜそうはっきりと言わんのですか。いま、木村君も言うたとおり、そのほうが有利な弁明ができるちゅうのに……」

「警部さん」

耕助は机の上に身を乗りだして、

「あなたは浩一郎が外へ出て、ただなんとなくそこらをぶらぶらしとりました、と、いうようなことを言っただけで満足しますか。いや、それじゃかえって卑怯な逃げ口上だと、いっそう疑いを増すばかりでしょう。小屋をあけたのならあけたで、どこへ行ってなにをしていたかということをはっきり言わねばならない。いや、そのうえに証人でも立てなければ、あなたは満足なさらんでしょう。浩一郎にはそれができないか、できたとしてもいやなんですね」

「しかし、殺人の嫌疑をうけるくらいなら……」

「だから、そこがおもしろい問題ですね。浩一郎にとっちゃ、よほど深刻な問題があるんでしょう。これを由紀子を水車小屋へ呼びよせたものがわから考えてみましょう。由紀子が水車小屋へ行ったってことは、もう疑いの余地がないようですが、さっき浩一郎もいったとおり、あの男がそんな変な呼びかたをするはずがありませんね。もし、浩一郎にはじめから殺意があったとしたら、なおさらのことでしょう。その晩浩一郎の水車小屋にいることは、みんな知っているんだから、由紀子がそこへくる途中でひとに会ったら、それきりですからね。とすると、由紀子を呼びよせたのはほかのものにちがいないが、そいつは浩一郎がいるところへ、由紀子を呼びつけるでしょうか。そんな馬鹿なことをするはずはないから、そいつはあらかじめ浩一郎が水車小屋をからにすることを知っていたか、あるいはからにするように工作したにちがいありませんね」

「金田一さん」

警部は急に声をおとして、

「浩一郎があの晩、水車小屋をあけてどこかへ出かけたとして、それが村長の細君の失踪に、なにか関係があるとお思いですか」

　金田一耕助は無言のまま、警部の眼を見かえしていたが、やがてかるく頭を横にふると、

「さあ、そこまではいまのぼくにはわからない。しかし、清水さん、あの晩、村長はどこにいたんですか」

「それはむろん隣村です」

　清水君が言下に答えた。

「村長の家族は……？」

「奥さんとふたりきりです。雇人はおりますが、子どもはおりませんけん」

「そう、それじゃその晩の村長と、それから康雄というんですか、浩一郎のライバル、そのふたりの行動をもっと徹底的にしらべてみるんですね。隣村にいつごろまでいたか、途中で姿を消しはしなかったか、というようなことを。……ときに、由紀子の弟がひろったという手紙はありますか」

　警部はすぐに封筒をとりだした。それは封筒も便箋も役場のもので、そこにわざと筆跡をかえたと思われるような、ひどく乱れた金釘流で、さっき湖水の上で、警部のいったような文句が書いてあった。

「清水さん、この便箋や封筒から、手紙の筆跡をさぐるというわけにはいきませんか」

「はっ、そのことですが、このふた品は役場の二階の大広間にもそなえつけてあるんですが、そこでは始終、村の連中の寄りあいがあるもんですけん、ちょっと……」

「なるほど」

金田一耕助はちょっと考えて、

「とにかく、由紀子と浩一郎について、関心をもっていそうな連中の筆跡をあつめて、研究してみるんですね。……おや」

金田一耕助はふと、封筒の一部分に眼をとめた。

それは由紀子の弟の啓吉が発見したとき、すでに開封されていたもので、いかにも女らしく、封筒の上部がきれいに鋏(はさみ)で切ってある。ところがよく見ると封筒の封じめの、〆という字がわずかながらずれているのである。

と、いうことは、いったん封をしたのちに、だれかが蒸気にあてるかなんかして、一度封を開いたのち、またもとどおり封をしたということになる。

金田一耕助に注意されて、磯川警部も眼を見張った。

「け、警部さん、こ、このことは非常に重大なことですよ」

金田一耕助はいかにもうれしそうに、もじゃもじゃ頭をかきまわしながら、

「だってね。ぼくはいままで、ひょっとするとこの手紙は、事件が起こってから、すなわち殺人がすんでから、浩一郎に疑いの眼をむけさせるために、捏造(ねつぞう)されたものかもしれないという、疑惑をもっていたんです。しかし、それだとここまで小細工をするはずがないし、する必要もない。と、するとこの手紙こそ、三日の昼、由紀子を水車小屋へ呼びよせるために使われたものにちがいないということになる。由紀子はおそらく殺さ

れたとき、この手紙をふところにいれていたのにちがいない。それを犯人が紙入れととともにとっておいて。……」

「しかし、途中でこの封を開いたのは……？」

「さあ、それを考えてみましょう。手紙を書いたやつが、そんな手数のかかることをするはずがない。なかの文句が気にいらなければ、また新しく書けばよいのですからね。由紀子はなおさらのことですね。と、すると、筆者から由紀子の手へわたるまでのあいだのだれかということになる。この手紙を書いたのが浩一郎でないとすると……それはもうほとんどまちがいのないことだと思いますが……偽手紙の筆者はまさか自分で、由紀子のところへとどけるわけにはいかなかったのでしょう。だからきっとだれかに、浩一郎からだといってわたしてくれと頼んだのにちがいない。そこで頼まれたやつが怪しんで、そっと封を開いてみる。……これはありうることですからね」

「そうすると、その封を開いたやつが犯人ということになりますか」

「いや、そこまでは断定できない。ただ、問題はあの晩、由紀子が水車小屋へやってくるだろうということを知っていた人間が、偽手紙の筆者のほかに、もうひとりいるということですね。とにかく、この手紙は非常に重要なものになってきました。とにかく大至急筆跡の比較研究をやることですね」

磯川警部が耳うちすると、すぐに刑事のひとりがとび出していった。おそらく関係者の筆跡を集めにいったのだろう。

そのあとで、磯川警部は耕助のほうにむきなおって、

「ときに、金田一さん、あの義眼のことだがな。さっきあんたがそのことを切りだしたときの、浩一郎の態度をくさいと思いませんか」

金田一耕助は思いだしたように、さっき浩一郎をつれてきた刑事のほうをふりかえって、

「刑事さん、刑事さん。さっきあなたは浩一郎を呼びにいったとき、由紀子の左の眼が義眼だったってこと、お話しになりましたか」

「とんでもない。そんなこと……」

「そうでしょうねえ」

金田一耕助はなやましげな眼をして、ぼんやり自分の爪先を見つめていたが、やがてほっとため息をつくと、

「警部さん、あのときの浩一郎の態度は、ぼくをとてもおどろかせましたよ。ぼくにとっちゃ非常に意外だったんです。浩一郎はぼくが義眼のことをいうと、言下に知りませんでしたと答えましたね。あのとき、ぼくは一言も由紀子の名前にはふれなかった。それにもかかわらず言下に、なんのためらいもなく、知らなかったと答えた。そして、そのあとではっと気がついたように、恐ろしい眼をしてぼくをにらみましたね。おそらくぼくが罠におとしたとでも思ったんでしょう。このことは、ある時期までは由紀子の義眼のことを知らなかったが、いまは知っているということになりそうです。そして、そ

のある時期というのが今日であるはずはない。由紀子の義眼のことについては、まだだれにも発表していないんでしょう」

「ああ、それはもちろん」

「と、すると、浩一郎はどうして知ったのか。死体が発見されたときくと、家へかえって俵をあんでいたという浩一郎……まだ、御子柴の家のものにも会っていない浩一郎が、いったいどうしてそれを知ったか。……ぼくはさっきまで由紀子の義眼のことを知っているのは、御子柴家のものと、九十郎と犯人以外にないと思っていたんですがねえ」

磯川警部はしばらく無言のまま考えていたが、やがて思い出したように、

「それはそうと、由紀子の義眼はどうなったのかな。あれはやっぱり、犯人がくりぬいていったちゅうわけなのかな」

「それはおそらくそうでしょうねえ。義眼がひとりでに抜けおちるなんてはずがない。犯人は由紀子をしめ殺したとき、はじめて義眼に気がついた。そこで好奇心にかられたか、それともいままでだまされていた腹立ちまぎれにか、くりぬいたんでしょうが、さて、その義眼をどうしたか……」

金田一耕助が考えこんでいるところへ、Kから自動車が死体をとりにきた。

磯川警部と金田一耕助は、その自動車でひとまず岡山までひきあげることになった。

六

その晩、岡山市の郊外にある磯川警部のうちへ泊めてもらった金田一耕助が、ふたたび山峡のあの湖畔の村へ顔を出したのは、翌日の午後二時ごろのことだった。

警部はむろん朝はやくから先行していた。金田一耕助も警部と同行するつもりだったのだが、旅のつかれかすっかり朝寝坊をして、警部においてけぼりをくらったうえに、警部夫人に大いに迷惑をかけたのである。

金田一耕助は岡山からKまで汽車にのった。そして、そこから湖畔の村までの、一里ばかりのゆるやかな自動車道路を、ふらりふらりと風来坊のように、秋の陽ざしを楽しみながらのぼってくると、坂の上からけたたましく、自転車のベルを鳴らしながらやってきた顔見知りの刑事が、耕助の姿を見るとひらりと自転車からとびおりた。

「金田一さん、金田一さん！」

と、刑事は興奮におもてを染めながら、

「見つかりましたよ、見つかりましたよ。志賀村長の奥さんが……」

「奥さん、どこにいたんですかあ？」

「殺されてたんですよ」

「こ、こ、殺されてえ……？」

　金田一耕助は脳天から、真っ赤にやけただれた鉄串でも、ぶちこまれたような大きなショックを感じた。

「そうです、そうです。死骸になって赤土を掘る穴の奥へ押しこまれていたんです。それをさっき犬がくわえ出したんで大騒ぎです」

「死骸になって赤土を掘る穴へ……」

　金田一耕助は大きく眼を見張ったまま、棒をのんだように突っ立っている。あたたかい秋の陽ざしのなかにいるにもかかわらず、ぞっと全身に冷気をおぼえる。

「そうです、そうです。いま見つかったばかりだからはやく行ってごらんなさい」

「刑事さん、あなたは……？」

「わたしはK署の捜査本部へ報告かたがた、医者を呼んでくるんです」

　それだけいうと、刑事は風のように自転車をとばしていった。金田一耕助も犬が水をはふりおとすように体をふるわせると、眼がさめたように足をはやめた。

　村へ入るとすぐただならぬ変事のにおいが、いばらのように神経にささってくる。あちらにもこちらにも三々五々ひとが集まってひそひそ話をしているが、由紀子の死体が発見されたときとちがって、だれも声高に話をするものもなく、妙にひっそりと押しだまっているのが、いっそうショックの深刻さを思わせる。

　駐在所へくると清水君が、真っ赤に興奮した顔で待っていた。

「清水さん、村長の奥さんの死体が見つかったって？」

「はあ、金田一さん。あなたがお見えになりましたら、すぐに御案内するようにと、警部さんの命令です」

「ああ、そう、お願いします」

村長の奥さん、秋子の死体が発見されたのは、湖水の西にある山のなかで、そこはKへむかう間道になっているが、村のひとが壁に使う赤土を採りにくる以外には、めったにひとのとおらぬところになっている。

死体発見の動機になったのは、村のわかいものが壁を修理するために、犬をつれて赤土を掘りにいったところが、その犬がくわえだしたのである。

清水さんの案内で金田一耕助がたどりついた現場には、警察のひとびとが五、六人、地面を見おろしたかっこうで立っている。

それを遠巻きにして、啞のように押しだまっている村人のなかには、村長、志賀恭平の姿も見られた。

「金田一さん、えらいことができましたわい。こっちのほうもやられているとは、まさかわたしも考えなかった」

磯川警部も興奮にギラギラと眼を血走らせている。

「それで、死因は……？」

「絞殺ですな。手ぬぐいかなんかでやられたらしい」

「死後どのくらい……？」

「正確なことはわからんが、やっぱり由紀子とおなじ晩じゃあないかな」

金田一耕助は足もとによこたわっている死体に眼をおとした。

犬がたわむれたとみえて、赤土によごれた着物のところどころに鉤裂きができているが、仕立ておろしらしい結城につづれの帯をしめ、足袋も履き物もあたらしく、ビニールのハンドバッグがそばにころがっている。

もう腐敗の度がかなりすすんでいるので、容貌のところはなんともいえぬが、ぼっちゃりとした肉づきの、いわゆる肉体美人というやつらしい。

「これゃどこかへ出かける途中だったんですね」

「そうらしい。この道を行けばKへ出られるちゅう話だが、しかし、なんだってこんな危なっかしい道をえらんだもんかな。いかに月がよかったとはいえ、このさきにゃ、かなりの難所があるちゅう話じゃからな」

「ハンドバッグの内容は……？」

「一万六千円ばかりはいった紙入れがはいっている。それから見ても凶行の原因は物盗りじゃないようですな」

「このへんの農村で、一万六千円といえば相当のもんでしょう」

「まあ、そうだな。だから家のなかにあったやつを、かっさらえてとび出してきたんじゃないかと思うんですがな」

「それにもかかわらず村長は、いままでそのことについて、なんともいわなかったんですね」

「ふうむ。なにかかくしていることがあるんだな」

磯川警部はちょっと村長のほうをふりかえったが、視線が合うと、すぐ村長のほうから眼をそらせた。

「いったい、どの穴から出てきたんです」

金田一耕助は死体から眼をあげると、あらためてあたりを見まわした。

そこは片側が谷になっており、片側には崖がそびえているが、その崖のふもとには一面に赤土の層が露出しており、そこにまるでインカ族の洞窟みたいに、点々として穴がうがたれている。みんな壁土をとるために、ながい年月のあいだに掘られたものである。

「この穴です。はいってみますか」

「見せてください」

磯川警部は刑事の手から懐中電燈をうけとると、さきに立って穴のなかへはいっていった。

穴はそれほど深いものではなく、せいぜい二間あるなしだろう。その奥にまだ葉のついた木の枝だの、枯れ草などが散乱しているが、みんなじっとりとぬれている。

「この枝や枯れ草で死体をおおうてあったんですな。さっきみんなに探させたんだが、べつに犯人の遺留品らしいもんも見あたらんようです」

金田一耕助は足もとに散乱している木の枝や枯れ草を見つめていたが、急に外にむかって清水巡査を呼んだ。

清水君はすぐはいってきた。

「清水さん、このへんじゃ四日の晩に大夕立があったそうですが、そのまえに雨が降ったのはいつごろですか」

「あの大夕立が三週間めのおしめりだといってましたけん、九月十一日ごろのことでしょう。そのあいだ、一滴の雨も降らんかったんです」

「ああ、そう、ありがとう」

清水巡査が妙な顔をして出ていったあと、金田一耕助は警部の手から懐中電燈をかりて、そこいらを探していたが、なにを見つけたのか、急に声をあげて、

「け、け、け、警部さん、ちょ、ちょ、ちょっとここを見てください」

と、これが興奮したときのくせで、たいへんなどもりようである。

「な、な、な、なんですか。き、き、金田一さん」

磯川警部がついつりこまれてどもると、

「あっはっは、いやだなあ、警部さん、なにもぼくのまねをしてどもることないです。ほら、この赤土の上に小さなくぼみがついているでしょう。これ、なんの跡か御存じですか」

なるほど、見れば掘りおこされた赤土の穴の底に、直径七、八分くらいの、まるい、なめらかなくぼみが、くっきりとあざやかについている。それは正常の球状よりすこし

いびつになっているところに特徴がある。そして、そのへんてこなくぼみのまわりには、掘りおこされたように赤土が散らばっているのである。

磯川警部は眉をひそめて、

「金田一さん、それなんの跡ですか」

「ご存じありませんか。これは義眼の跡ですよ。ほら、このいびつになっているところが特徴なんです。こういう跡がここに残っているところを見ると、村長夫人を殺したやつが、義眼を持っていたことはたしかですね。と、いうことはそいつが由紀子殺しの犯人でもあるということになり、これではじめてふたつの事件が、はっきり結びついてきたじゃありませんか。あっはっは」

いかにもうれしそうに金田一耕助が、五本の指でもじゃもじゃ頭を、めったやたらとかきまわすのを見て、磯川警部はあきれたように眼を見張っていた。

七

「それじゃ、わしが家内を殺したとでもいうのかな」

緊張のためにしいんと張りつめた空気のなかに、志賀村長の怒りにふるえる声が炸裂(さくれつ)した。

あの薄暗い駐在所の奥のひと間なのである。磯川警部をはじめとして、おおぜいの刑事や警官にとりかこまれて、志賀村長もいちおう尊大にかまえてはいるものの、さすがに動揺の色はおおうべくもなく、頰っぺたの筋肉がしきりにぴくぴく痙攣している。

駐在所の内外には、痛烈なまでに緊張の空気がみなぎっていた。

「いや、いや、いや！」

と、磯川警部は赤ん坊のようにまるまっちい手をあげて、相手をおさえつけるようなしぐさをしながら、

「そんなにはやく結論を出されちゃ困る。いまのところわれわれはいっさい白紙の状態で、どこから手をつけていったらよいかわからぬくらい困惑しとりますんじゃ。それで、被害者のいちばんの近親者として、あなたのお話をうかがいたいと……こういうわけで、いまちょっと木村君のことばがすぎたようだが、それはまあ気になさらんで。……あなたも村長として、この忌まわしい事件が一日も早く解決するように、ご協力願いたいんだが……」

「いや、警部さん、あんたみたいにそうおだやかにいわれれば話もわかるが、このひとみたいにのっけから、犯人あつかいにされちゃあ……なんぼなんでも腹にすえかねるというもんじゃ。で、ききたいというのは……？」

「まず第一に、あなたが奥さんの失踪に、はじめて気がつかれたのは……？」

「隣村の祭りの晩のことじゃったな。十二時ごろうちへかえってみて、てっきり家出をしたなと思うた」

「それはまたどういう理由で……？」

「どういう理由て、箪笥のなかがかきまわしてあり、現金を洗いざらい持っていかれたら、どないな阿房でも家出をしたなと気がつくじゃろうが」

「しかし、わたしがはじめて奥さんのことを聞いたときには、あなた大阪へ行ってるといわれたようだったがな」

村長は横柄な眼でギロリと磯川警部の顔をにらむと、

「いや、そのときはそう思うていたんじゃ。あれには大阪にひとり姉がいるんで、そこへ行ってるとばかり思うていた。ところが……」

「ところが……？」

「四日の朝、わしはその姉のところへ問い合わせ状を出したんじゃが、その返事が今日、つまり九日の朝とどいたところをみると、あっちのほうへは姿を見せんという。それでわしもだんだん不安になってきた。ほかにあれのたよって行きそうなところも思いあたらんのでな。しかし、まさか殺されていようなどとは……」

村長もちょっと息をのんだ。

「ところで、三日の晩のあなたの行動を、もうすこし詳しくおうかがいしたいんですがな。なにもあなたを疑うてのうえのことではないが、こういうことは万事きちんとしておきませんとな。なんでも三日の晩、今夜はゆっくりしていくと、腰をすえて飲んでいたのが、十一時半ごろになって、突然、むこうの村長がひきとめるのもきかないで、急にかえってこられたそうですな。そのとき、血相がかわっていたというが……」

村長はまたギロリと警部の顔をにらむと、

「それゃ大いに血相もかわろうわい。これじゃもの」

と、憤然たる色をみせて、警部のまえへたたきつけたのは、しわくちゃになった一枚の紙。警部がしわをのばしているのを、金田一耕助がそばからのぞいてみると、漉きなおしの粗悪な紙に、金釘流でこんなことが書いてある。


町内で知らぬは亭主ばかりなりというのはおまえのことじゃ。おのがかかあが間男してるのも知らないで、村長づらもおこがましい。今夜もおまえの留守中に、間男ひっぱりこんで楽しんでいるのを知らないか。

阿房村長どの

磯川警部ははっと金田一耕助と顔見合わせた。

「これをどこで……？」

「むこうで酒をごちそうになりながら、青年団の余興を見ているとき、なにげなくポケットに手を入れると、それが出てきたんじゃ。わしはつまらん中傷など気にする男ではない。しかし、今夜げんに男をひっぱりこんでるちゅうからには、相当の根拠があると思わねばならん。わしも村長の体面上、妻がそのような不埒をはたらいているとあって

「奥さんがいらっしゃらなかったというわけですね」

は捨ててはおけん。なにはともあれ、実否をただそうとかえったところが……」

と、金田一耕助が横合いから口を出した。村長はうさん臭そうな眼つきをして、耕助のもじゃもじゃ頭をにらみつけると、

「そう、おらなんだんじゃ。しかもふだん着がぬぎすててあり、金が洗いざらいのうなっている。そのとき、わしはてっきり情夫と駆け落ちしたものと思うたが、つぎの日になってみると、男で村からいなくなったもんはひとりもおらん。そこでさっきもいうたとおり、大阪の姉のところへ手紙を書いたんじゃが……」

「おたく、奉公人は……？」

「女中がひとりいることはいるが、三日の晩はやっぱり隣村の祭りへ行っとったんじゃな。家内は都会のもんじゃけん、村祭りなど興味がないちゅうて、自分のかわりに女中を出してやりよったんじゃが、それもいまから考えると、情夫に会うためじゃったかもしれん。それはともかく、そうしているうちに、由紀子のことで、騒ぎがだんだん大きゅうなってきたので、家内のことは二のつぎになってしもうたんじゃ」

「なんぼ二のつぎになったちゅうても、奥さんのことでもう少し、手の打ちようがありそうなもんじゃないかな」

刑事のひとりが、ひとりごとのようにつぶやくのへ、村長は憤然たる眼をむけて、

「それじゃあ聞くがな。いったいどういう手が打てるんじゃな。ひとりひとり男をつか

まえて、おまえおれのかかあと間男しとったんとちがうかと、いちいち聞かれもせんじゃろ。村長の体面もある。かかあに逃げられたらしいなどとはいえんじゃないか。まさか、殺されてるとは夢にも知らなんだもんじゃけんな」

「ところで村長さん、あなたは奥さんの情夫というのに心当たりはありませんか」

村長はまたギロリと耕助の顔をにらんで、

「ないな。いや、たとえあったとしたところで、証拠もないのにそういうこと、軽々に口にすべきことじゃないだろう。あんたがどういうひとかわしゃ知らんが……」

「あっはっは、いや、これは恐れ入りました」

金田一耕助はペコリと頭をさげると、

「それじゃ、警部さん、あなたからお尋ねになってください。奥さんにそういうみそかごとがあることを、村長さん、まえから気がついておられたかどうかということ。……」

「いや、まえから気がついていたら、こういう手紙を発見したとき、あんなに狼狽したりしやあせん」

「いや、どうも直接お答えくださいましてありがとうございます。すると知らぬは亭主ばかりなりで、それまで全然気がついてはいられなかったが、こういう手紙をごらんになると、あるいは……と、いう気になられたんですね」

「まあ、そういうて言えんことはない。秋子というのがな、ひと筋縄でいく女じゃない。

表面はしおらしそうにしているが、なかなかもってすごい女じゃからな」

「すごいとは……？　どういう意味で……？」

「そんなことが言えるかい。わっはっは！」

村長は腹をかかえて豪傑笑いをしてみせたが、その笑い声にはなにかしら、むなしいひびきがこもっていた。

「いや、どうも失礼しました」

金田一耕助はまたペコリと、もじゃもじゃ頭をひとつさげて、

「それでは最後にもうひとつだけ。……この手紙の筆者ですがね、あなたにだれか心当たりでも……」

「そんなことおれが知るもんか。それを調べるのが君たちの役目じゃないか。なんのために国民は高い税金をはろうとるんじゃ」

それだけいうと志賀恭平はむっくりと立ちあがり、警部のことばも待たずにすたすたと部屋から出ていった。およそかわいげのない男である。

「畜生ッ、いやなやつ」

木村刑事がいまいましそうに舌打ちして、

「ねえ、警部さん、あいつがやったんじゃないんですかねえ。細君が姦通していると知ってかあっとして……」

「しかし、木村君、それじゃ由紀子のほうはどうなるのかな。村長はなぜ由紀子を殺さ

ねばならんのじゃい」

「だからさ、警部さん、由紀子の事件とこの事件は別なんですぜ。それをひとつにして考えるからむつかしくなるんでさあ」

「どちらにしても、木村さん、村長夫人が姦通していたとすれば相手があるはずだから、それをよく調べてごらんになるんですね」

そこへまたKから死骸を受け取りに、自動車がやってきたので、金田一耕助と磯川警部はそれに同乗してひきあげることになった。

こうしてふたりは二日つづけて、死体と合乗りということになった。

八

ところが、そのつぎの日になって、事件は意外な方向へ展開していき、その結果、金田一耕助が明快な推理によって、さしもにもつれにもつれたこの事件を、一挙に解決するはこびになったのである。

その日も朝寝坊をして、磯川警部においてけぼりをくらった金田一耕助が、正午過ぎ、飄然（ひょうぜん）として湖畔の村へはいってくると、またなにか起こったらしいことが、こわばった村のひとたちの顔色から察することができた。

そこで耕助が足をはやめて駐在所へやってくると、表にはまたいっぱいのひとだかりである。それをわってなかへはいると、清水巡査がむつかしい顔をしている。

「清水さん、なにかまた……？」

金田一耕助がたずねると、

「はっ、由紀子を呼びだした偽手紙の筆者がわかりましたんで……」

「だれ、それは……？」

「西神家の康雄なんで……」

「ああ、そう」

金田一耕助は別におどろきもせず、かるくうなずいて奥へとおると、西神家の康雄があの偽手紙をつきつけられて、青白くなってふるえているところだった。

磯川警部は金田一耕助の顔を見ると、

「ああ、金田一さん、よいところへおいでんさった。いまこの興味ある手紙の筆者康雄君からおもしろい話を聞かせてもらおうと思うとるところじゃ。あんたもいっしょにお聞きんさい」

「ああ、それは、それは……」

金田一耕助が席につくのを待って、

「木村君、それではきみからきいてもらおうか。われわれはここで聞かせてもらうで」

「はっ、承知しました」

木村刑事は康雄のほうにむきなおると、歯切れのいい調子で、

「西神君、この手紙の文字がきみの筆跡であることは、もう疑いの余地はないんだ。きみはかなりうまくかえているが、この程度じゃほんとうの筆跡をごま化すわけにゃあいかん。ところで、三日の晩のことだが……」

と、木村刑事は開いた手帳に眼をおとして、

「きみは隣村の祭りへ行ってるが、八時半から十二時ごろまでのあいだ、きみの姿を見たものはひとりもないんだ。きみは四時ごろ隣村の親戚のうちへ行っている。そこでごちそうになったのち、お宮へ行って太鼓をたたいたり、接待所へ行って振舞酒を飲んだりしているが、八時半ごろになって、姿を消した。むこうの青年団の幹事が、きみにのど自慢に出てもらおうと思うて、ずいぶん探したがどこにも見つからなかったと言うている。ところが、十二時ごろになってどこからともなく、青い顔してふらりとかえってくると、それからめちゃめちゃに酒を飲み出した。……と、これがわれわれの調べた三日の夜の動静だが、西神君、ひとつきみの弁明をきかせてもらおうじゃないか。八時半ごろから十二時ごろまで、きみはどこにいたんだい」

あの薄暗い駐在所の奥のひと間である。ぴしぴしと木村刑事からきめつけられて、康雄はいまにも泣きだしそうな顔色だった。

西神家の康雄は北神家の浩一郎にくらべるとはるかに劣る。柄も小さく、色もくろく、それにひねこびれて、どこか狡猾そうなところがある。

なるほど、これでは由紀子が浩一郎をえらんだのもむりはない。

「ぼく……ぼく……」

と、康雄は貧乏ゆすりをしながら洟をすすって、

「こんなことするつもりなかったんです。こんなことするの、いややいうたんです。それをあの奥さんに焚きつけられて……みんなあの奥さんが悪いんや。あのひと、あんな怖いひととは、ぼく知らなんだんです」

「奥さん……？　奥さんてだれのこと？」

「村長さんの奥さんですがな。あの奥さんがぼくを嗾しかけよったんです」

康雄はしゃくりあげるような声だったが、それを聞くと一座にさっと緊張の気がみなぎった。ここにはじめてこの事件における、秋子の役割が露出してきたのである。

金田一耕助は磯川警部をふりかえってにっこり笑った。

「村長の奥さんが、きみにこんな偽手紙を書けいうたんかね」

「そうです、そうです。北の浩一に女とられて、指くわえてだまっとるやつがあるもんか。それじゃ、御先祖にたいしても申しわけがあるまいがな。女ちゅうやつは一度征服してしもたらもうそれきりや。なんでもええけん、由紀子をものにしてしまえ……と、そう奥さんがいうたんです」

木村刑事はあきれたように、警部の顔をふりかえったが、すぐまた康雄のほうへむきなおって、

「それできみはこんな偽手紙で、由紀子を水車小屋へ呼びよせて、むりやりに関係をつ

…んやな」

…み…ん」

…は洟をすすって頭をさげた。

それにたいして木村刑事がなにかいおうとするのを、金田一耕助が手でおさえて、

「ああ、ちょっと、康雄君」

「はあ……」

「しかし、その水車小屋には北神浩一郎がいるはずじゃありませんか。それをどうするつもりだったんです」

「浩一のやつは……浩一のやつは……奥さんがひきうけてくれることになったんです。あいつは……あいつは……」

と、康雄は急に意地悪そうな眼をギラギラ光らせて、

「村長の奥さんと関係があったんです。あいつ……あいつ、村長の奥さんと間男しとったんです！」

金田一耕助はべつにおどろかなかったが、その瞬間、一同の体がぎくりと痙攣した。

一瞬、しいんとした沈黙がおもっくるしく部屋のなかにおちこんできた。

これで秋子の役割が、いよいよ明瞭になってきたのである。

磯川警部は机の上に体をのりだし、ぎこちなくから咳をすると、

「康雄君、それ、ほんとうだろうね。でたらめじゃあるまいね」

「ほんとうです。ぼく、うそなんかいわんです」

「きみ、まえからそのことを知っとったのか」

「いいえ、ちっとも知らなかったんです。あいつら、よっぽどうまくやっとったにちがいありません。ぼくも奥さんから打ち明け話をきいたときには、あんまりびっくりして、ひっくりかえりそうになったんです。浩一のやつ、模範青年やなんて、猫かぶってやがって……」

「それじゃ、村長の細君が自分でその話を打ち明けたのか」

「そうです、そうです。でも、それにはあの奥さん、もくろみがあったんです。つまり、ぼくに由紀子を疵もんにさそちゅう。……だからそのあとで、こんなだいじなことを打ち明けたんやから、おまえもわたしのいうとおりにせんと、ただではおかんと脅かされたときには、ぼく、もう怖うなってしもて……奥さん、浩一のやつが由紀子と結婚するちゅうんで、やきもちやいて、すっかりやけになっとったんです。ぼく、あのひとあんな怖いひとやとは思わなんだんです」

「それでも、きみは奥さんの命令どおりにうごいたんだね」

「そら――ぼくだってくやしかったけん。……たとえ由紀子を自分のもんにできいでも、疵もんにして、浩一のやつの鼻をあかせてやりたかったんです」

金田一耕助は興味ぶかい眼で、康雄の顔を見まもっている。いかに先祖伝来の反目と
、これは常人の神経ではない。

「きみはこの手紙をだれにたのんで、由紀子にわたしたんだね」

「ぼく、知らんのです。この手紙は奥さんのまえで、奥さんのいうたとおり書いたんです。奥さんはそれを読みなおして封をすると、これはわたしが預かっとく。だれかにたのんできっと由紀子にとどけさせるけん、おまえは由紀子よりひと足さきに、水車小屋へ行て待ってろいうんです。だから、ぼく、奥さんがだれにたのんで由紀子にこの手紙わたさせたか、ちっとも知らんのです」

「奥さんは浩一郎をどうしたのかね」

「きっと自分の家へ呼びよせたんでしょう。あの晩は村長も女中も留守やし、どうせおそくなることとわかってるもんですけん、きっと思う存分うまいことしよったにちがいないんです」

康雄の顔色にまたくやしそうな色がうかぶ。それはどこか嫉妬ぶかい御殿女中を思わせるような表情だった。

「なるほど、わかった。それできみはあの晩、水車小屋で由紀子と逢うたが、由紀子がすなおにいうことを聞かんもんだから……」

木村刑事がいいかけると、

「ちがいます、ちがいます。それがちごとるんです」

と、康雄が躍起となって金切り声をあげた。

「ちごとるとはどうちごちょるんだ」

「それが、ちょっとおかしいんです。いや、とてもおかしいんです」

と、康雄は臆病そうな眼で、一同の顔を見まわしながら、

「こんなことというてもほんまにしてもらえるかどうかわからんですが、これ、正真正銘の話なんです。いまから考えても狐につままれたような気持ちで……隣村を出るときは、ぼくもそのつもりやったんです。それで勇気をつけようと、お宮の振舞酒をコップに二杯ほどあおったんです。へえ、それまでにも相当飲んどったんですが。……それから山越えでこっちへ来ようとしたんですが、途中まで来ると、なんだか体がだるうて、だるうて、それに眠うてしかたがのうなったんです。それがぼくには不思議なんで。……ぼく、酒はそんなに弱いほうやないんです。相手があったら一升ぐらいは平気で飲めるんです。それやのに、その晩にかぎって、眠うて、だるうてたまらんようになったんです。それで道ばたの木の根に腰をおろして、ちょっと息を入れよう思うたんですが、いつの間にや眠りこけてしもたんです。いえ、ほんまの話です。ほんまに眠ってしもたんです。こんなことというても、だれも信用してくれんちゅうことはわかっとりますが、これ、ほんまの話なんです。ところが、もっと不思議なことがあるんです」

「もっと不思議なことちゅうのは……？」

「ぼくが腰をおろしたんは、道ばたの木の根やったんに、こんど眼がさめてみたら、林のずっと奥のほうの、草のなかに寝とったんです。だれかぼくの眠っとるあいだに、林の奥へつれていったらしいんですが、それがだれだかぼくにもわからんのです」

磯川警部をはじめとして、一同の顔色には疑いの色がふかかったが、金田一耕助だけは、いかにも興味ふかげに康雄の話をきいている。

「それで眼がさめてからどうしたのかね」

「ぼく、しばらくのあいだ、なにがなにやらわけがわからなんだです。だいいち、どこに寝とるのか、それすら見当がつかんかったんです。それでも、そのうちに由紀子のことを思い出したもんですけん、はっとして腕時計を見ると、なんと、もう十一時半になっとるやありませんか。ぼく、びっくりしてとび起きると、林のなかをずいぶん迷うたあげく、ようやくのことで道へ出て、それでも水車小屋へいってみたんです。そして、そっと窓からなかをのぞいてみると、浩一のやつがすましこんで米を搗いとるやありませんか。ぼく、もう阿房らしいやら、腹が立つやら、狐につままれたような気持ちで、また、隣村へひきかえしたんです。なんだか頭が痛くてたまらんかったです」

「きみが水車小屋をのぞいたとき、由紀子の姿は見えなかったかね」

「いいえ、浩一のやつがひとりだけでした」

「そのとき、カーテンは開いてましたか。ほら、横になれるようになっているあの小部屋の、南京米袋のカーテン……」

と、金田一耕助が口を出した。

「へえ、開いとりました。ぼく、由紀子がかくれておりはせんかと、注意してみたんです」

「いや、ありがとう」

金田一耕助がひきさがると、こんどは磯川警部が、

「隣村へひきかえす途中、だれかに会わなかったかね」

「へえ、九ン十のやつがむこうから来るのんに会いましたが、ぼく、顔をあわせるとめんどうやけん、林のなかにかくれてやりすごしたんです。九ン十のやつ、酔うてふらふらしとりましたけん、気がつかなんだようです。あいつ振舞酒めあてに行きよったんです。あんなときでのうては、酔うほど酒も飲めんもんですから」

康雄はそこまでいうと、急におびえたような眼の色をして、警部の顔色をさぐりながら、

「警部さん、こんなこというても信用できんかもしれませんが、そんならぼくを林のなかへかついで行たやつを探してください。そいつなら、ぼくがどんなに眠りこけていたかちゅうことを、よう知っとるはずですけん」

警部はそれにたいして、なんとも発言しなかったが、そばから金田一耕助がすこし体を乗りだすようにして、

「康雄君、きみが振舞酒を飲んでいるとき、あたりにひとがいましたか」

「ええ、もう、そこらいっぱい。芋を洗うようにごちゃごちゃと……そんなところで酒飲むのんは、貧乏人にきまっとるもんですけん、みんなもうがつがつして餓鬼みたいに……ぼくなんかちゃんと親戚があるもんですけん、そんなとこで飲むとわらわれるんで

すが、そんときは由紀子のことがあるもんですけん、景気づけにひっかけたんです。そうやなかったら、あんなまずい酒、飲めるもんやないんです。つうんと鼻へきて。……」

「その酒、自分で酌んで飲むんですか」

「いいえ、だれかが酌んでくれました」

金田一耕助は警部のほうを見て、

「警部さん、もうこれくらいでいいでしょう。まだなにかお尋ねになることが……」

警部はうなずいて、康雄に当分禁足を要請すると、康雄はおびえたように跳びあがった。

「警部さん、ぼくはほんとうになにも知らんのです。あれはみんな浩一のやったことにちがいない。浩一のやつ、痴話が昂じて奥さんを殺しよったんです。いや、はじめから殺すつもりやったかもしれん。ところが、水車小屋へかえってくると、由紀子が行っていたので、これまた殺しよったんです。きっと由紀子になにか感づかれよったにちがいない。警部さん、警部さん、あれみんな浩一のやつのしわざです。ぼく、なんにも知らんのです。ぼくは潔白です。信じてください。信じて……」

のどもかれんばかりにわめき散らし、おんおん泣きながら康雄が刑事にひったてられて出ていくのを見送って、磯川警部は清水巡査を呼ぶと、浩一郎を迎えにやり、さて、あらためて金田一耕助のほうへむきなおった。

「金田一さん、いまの康雄の話、どうお思いですか」

「そうですね。これは一応、浩一郎の話もきいてみなければ……」

「それはそうだがいまの康雄の話、まずい弁明だとは思いませんか」

「そうですとも、そうですとも。警部さん」

と、木村刑事は膝を乗りだして、

「由紀子を殺したのはてっきりあいつですぜ。もちろん、はじめからそのつもりじゃなかったが、その場のはずみで殺してしもうた。そこで泡をくって死体を湖水へ投げこんだんでしょう。浩一郎の乗ってきた舟が、つないであったわけですけんな。それから隣村へ逃げてかえろうとしたが、そこで村長の細君のことを思い出した。水車小屋で康雄が由紀子を手ごめにしようという段取りは、村長の細君が知っている。由紀子の死骸が見つかれば、すぐ自分に疑いがかかるわけですけん、そこでこれも殺してしまいよったんです。ねえ、そう考えれば万事つじつまが合うじゃありませんか」

「なるほど、明快な推論ですね」

金田一耕助がにこにこしているところへ清水君が浩一郎をつれてきた。

浩一郎はきのうとおなじく顔色青ざめ、苦悩の色がふかかったが、しかし、きのうからみると、かえって落ち着いているようだ。

「北神君、まあ、座りたまえ」

「はっ」

浩一郎は膝っ子僧をそろえてかしこまる。

「今日はね、ひとつ、ほんとうのところを聞かせてもらおうじゃないか」

「恐れいりました。お手数をかけてすみませんでした。ぼくもそのつもりで参上しました」

うなだれながらも、自若としたその横顔を、金田一耕助はにこにこ見ながら、

「そうそう、それがいいですよ。なにもかも正直にいってしまうんですな。由紀子さんの死体を湖水へ沈めたこともね」

金田一耕助のその一言に、警部も刑事も浩一郎も、はじかれたように顔を見なおした。

九

「いや、失敬、失敬、これがぼくの悪い癖ですね。とかく知ったかぶりをするやつです。さあ、警部さん、おつづけください」

磯川警部はまじまじと、さぐるように金田一耕助の顔を見ていたが、やがてその視線を浩一郎のほうにもどした。浩一郎はうなだれて、肩がすこし小刻みにふるえていた。

「ああ、いや、北神君、さっそくだがね。いま西神の康雄君から妙なことを耳にしたんでな。きみが村長の細君と姦通していたというんだがな。どうだろう、それについてなにか……」

浩一郎はこわばった微笑をうかべて、

「はあ、そのことなら康雄君がいま、村じゅうに触れてまわっております」

「きみはそれについてなにもいうことはないのかな」

「ございません。事実、そのとおりだったんですけん」

浩一郎は沈痛な眼をあげて、警部や金田一耕助の顔を見ると、

「警部さん。しかし、この問題はこれくらいにしといてください。村長の奥さんとへんな仲になっていた。……と、ただ、それだけで満足してください。ぼくとしてもいまさら、亡くなったひとのことをとやかくいいたくないですけん。結局、ぼくの意志が弱かったんです」

浩一郎は膝の上に両手をついて、ふかく頭をたれた。

磯川警部は金田一耕助と顔見合わせて、つよくうなずくと、

「よし、わかった。それじゃあの晩のことを聞かせてもらおう。あの晩、きみは村長の細君に呼び出されたんだね」

「はっ、だいたい隣村からの招待をことわって、水車当番を買って出たちゅうのも、奥さんの命令だったんです。奥さんがおっしゃるのに、もう一度逢うてくれれば、これきりにしてあげる。もし、それもいやだいうんなら、どんなことをするかわからんけん、そう思うてくれ……と、そういわれるもんですけん。……ぼく奥さんがこわかったんです」

金田一耕助は憐愍の情をこめたまなざしで、浩一郎の横顔を見まもっている。この模範青年は年増女のしぶとい情欲にはがいじめにされて、身うごきもとれなくなっていたのだろう。

「それで、きみはあの晩、水車小屋から出かけたんだね。何時ごろ？」

「八時四十分でした。水車小屋から村長さんのところへ行くには、二十分はみておかねばならんのです。人目を避けてまわり道せんなりませんけん」

「それじゃ、村長のところで奥さんと逢うたんだね」

「はっ」

色のしろい浩一郎の顔がもえるようにあかくなる。

「それで、奥さんと別れたのは？」

「九時四十分でした。ぼく、もうすこしはやく切りあげたかったんですが、これが最後のお別れだからちゅうて、奥さんがどうしてもはなしてくれんもんですけん」

浩一郎の額から滝のように汗がながれる。警部の注意でその汗をふくと、いくらか浩一郎も落ち着いたようだ。

「それで、水車小屋へかえったのは？」

「九時五十五分でした。ぼく、奥さんがはなしてくれると、宙をとぶようにしてかえってきたんです」

「ああ、ちょっと……」

と、金田一耕助がそばから、

「立ちいったことをきくようだが、そのとき、奥さんはどんな服装をしていたの」

「はあ、あの、長襦袢(じゅばん)のまんまで……」

浩一郎の声は消えいりそうである。

「そのとき、奥さん、どこかへ出かけるというようなことといってなかった?」

「いいえ、べつに……」

「きみに駆け落ちをせまるというようなことは……?」

「はあ、せんにはさかんにせまられたんです。しかし、ちかごろではもうあきらめたらしゅうて、あの晩も、これできれいに別れてあげるちゅうてくれたんです。でも、あとから思うとそのときの奥さんの口ぶりに、なんだかとても底意地の悪いひびきがあったような気がするんです」

浩一郎はかすかに身ぶるいをすると、わしづかみにした手ぬぐいで、ごしごし額をこすっている。

「さて、九時五十五分ごろ水車小屋へかえってくると……?」

と、切りだしたものの磯川警部も、さて、そのあとどう質問をつづけてよいかわからないので、助け舟をもとめるように、金田一耕助をふりかえる。

金田一耕助はうなずいてすこし膝を乗りだした。

「浩一郎君、そのときはきみもさぞびっくりしたことだろうねえ。由紀子さんの死体がころがっていたんだから」

「な、な、なんですって！」

磯川警部をはじめとして、そこにいあわせた刑事たちはみないっせいに、金田一耕助の顔を見なおした。

「き、金田一さん、そ、それじゃ由紀子を殺したのは、この浩一郎君では……？」

「いや、いや、それはそうではないようですね。しかし、その間の事情は浩一郎君みずからの口から、聞かせてもらおうじゃありませんか」

浩一郎は無言のまま、ふかく頭をたれていたが、やがて涙のひかる眼をあげると、

「先生、ありがとうございます。それを知っていてくだされば、ぼくも助かります。ぼく、とてもこれからお話するようなことは、信用していただけまいと思うとりましたんですが……」

と、浩一郎は手ぬぐいで眼をこすると、いくらか安心したような色をうかべて、

「はじめのうち、ぼくも気がつかなんだんです。なにしろ、一時間以上も小屋をあけとりましたもんですから、夢中になって米を搗いておりました。ところが、そのうちにひょいと見ると、カーテンの下から足袋をはいた足がのぞいとるじゃありませんか。ぼく、びっくりしてカーテンのなかをのぞくとそれが由紀ちゃんなんです。ぼく、そのときはまだ殺されてるとは気がつかなんだんです。でも、由紀ちゃんが小屋にいるなんて、ゆめにも思わなんだもんですから、それだけでもうびっくりしてしもうて、あわててゆ

り起こそうとして、ひょいと顔を見ると……」

「ちょっと待ってください」

と、金田一耕助がさえぎって、

「カーテンがしめてあっても、あそこ明るいんですか」

「はあ、それはいくらか。……なにしろ、ああいう丸太組みですから、丸太のすきから月の光がさしこむんです。それに、ちょうど由紀ちゃんの顔のところに、光があたっておりましたもんですから。……あとにもさきにも、ぼくあんなにびっくりしたことはありません。なにしろ、片眼がくりぬかれておるもんですから。……それで、ぼく、はじめて由紀ちゃんが死んでいる。殺されているちゅうことに気がつきましたのです」

「暴行をうけたような形跡はありませんでしたか」

それは残酷な質問である。しかし、金田一耕助のような職業に従事していれば、ときと場合で、こういう残酷な質問も、あえてしなければならないのである。

浩一郎の頰から血の気がひいた。

「はあ、あの裾がまくれあがって……ぼくがあんなことをしたというのも、ひとつには、そういうあさましい姿を、だれにも見せたくなかったけん。……」

浩一郎はそこでギラギラと熱っぽくかがやく眼を、金田一耕助のほうへむけると、

「先生、そのときのぼくの驚きを御想像ください。ぼくもはじめはもちろんこのことを、ひとに知らせるつもりだったんです。いいえ、事実ぼくは小屋をとびだして、舟に乗っ

て部落のほうへ行きかけたんです。ところが、途中ではっと気がついて立ちどまりました。これは自分に疑いがかかってくるかもしれんちゅうことに気がついたからです。その疑いを晴らすためには、小屋をあけたちゅうことをいわねばなりません。それも五分や十分のことならともかく、一時間以上も留守にしたちゅうことになると、どこでなにをしていたかいうことを申し立てねばなりません。そうなると、村長の奥さんとのことが暴れてしまいます。いけない、いけない！……ぼくは舟を漕ぐ手をやめました。まったく、ぼく、途方にくれてしもうたんです。気が狂いそうだったんです。いいえ、いいえ、あのときたしかに気が狂うとったにちがいありません。それでなければ、あんな恐ろしいことができるはずがありませんけん」

浩一郎はいまさらのようにはげしく身ぶるいをする。

金田一耕助はやさしい眼でそれを見ながら、

「つまり君は殺人のアリバイを犠牲にしてまで、村長の奥さんとの関係のほうのアリバイを、つくりあげようとしたわけですね。ところで、きみはすぐそのとき、死体を湖水へしずめに行ったの？」

「いいえ、そうたびたび小屋をあけるわけにはいきませんし、舟で行ったり来たりしてるのをもしひとに見つかると怪しまれますけん、一時死体は舟のなかへかくしておいて、それから米搗きをつづけたんです」

金田一耕助は興味ふかい眼で浩一郎を見まもりながら、

「それじゃ、九十郎が小屋をのぞいたときには、死体はまだ舟のなかにあったわけですね」

「はあ、あのときは、ぼく、まったくどうしようかと思いました。もし、舟のなかの死体を見つかったら……と、そう思うと生きたそらもなかったんです」

「九十郎とはどんな話をしたんですか」

「いいえ、べつに……祭りがにぎやかだったとか、そんな話でした」

「あの男はめったにひとと口をきかんそうだが……」

「ええ、しかし、ぼくにはわりあいに話をするんです。それにあの晩は酒をのんでいたので、あのひとにしては上きげんのようでしたけん」

「なるほど、なるほど、それから……?」

「はあ、それから……さいわい九十郎さんもなんにも気がつかずに行ってしもうたので、一時ごろ米を搗きおわると、石臼をいっしょに舟につみこみ、荒縄で死体に結びつけて、かえる途中で湖水へしずめてしもうたんです」

浩一郎はまた額にじっとり汗をにじませて、はげしく身ぶるいをすると、

「いまから考えると、どうしてあんなむちゃなことができたもんかと思いますが、そのときは一生懸命でした。はあ、あの帯は半分解けておりましたので、結びなおしてやったんですが、男のことですからうまく結べませんで……下駄はあのときどうしたのか、いまでも思い出すことができません」

浩一郎はそこでことばをきると、張りつめた気がゆるんだのか、眼に涙をにじませ、がっくり肩をおとしてうなだれた。

金田一耕助がそばからはげますように、

「しっかりしたまえ。もう少しのところだ。きみは由紀子さんが殺されているのを見たとき、それをだれのしわざだと思った？　とっさになにか頭脳にうかんだことはなかった？」

「はあ、それはもちろん奥さんのしわざだと思いました。奥さんがみずから手をくだしたんではないにしても、だれかにやらせて、ぼくに罪をきせようとしているんだ。それが、あのひとの復讐なんだとそう思うたんです。それだけに相手の手にのってはならんと、あんな大それたことをやったんですが、きのう奥さんも殺されてるときいてびっくりしてしもうて……」

「奥さんがだれかにやらせたとするとだれに……？」

磯川警部がそばから尋ねた。

「いえ、いえ、それはぼくみたいなもんにはわかりません。しかし、いかにもそんなことしそうな、怖いひとでした」

浩一郎はいまさらのように秋子の恐ろしさを思い出したのか、額につめたい汗をうかべて身ぶるいをする。

「ところで、浩一郎君、きみはまえから由紀子さんの義眼に気がついてましたか」

「いいえ、全然知らなんだんです。だからあのときも生きた眼玉をくりぬかれたんだと思うて、ぞうっとしたんです。しかし、よくよく見ると血が少しもついておりません。それではじめて義眼をはめてたんだということに気がついたんです。そういえばまえから少し、左の眼がおかしいと思うとりましたけん」

「そのへんに義眼はなかったんですね」

「いいえ、そんなもん残しといたらたいへんですから、ずいぶん探したんですが、どこにも見えなんだんです」

「手紙だの紙入れだのは……？」

「いいえ、なんにも持っとらなんだんです」

「ところでねえ、浩一郎君」

と、金田一耕助は少し机から体を乗りだすようにして、

「きみと村長の奥さんとの関係だがね。だれか感付いてるものがなかったかしら。あんた思い当たるところない？」

浩一郎はまた顔をあかくして、

「いいえ、おそらくそんなひとないだろうと思います。そういう点、あの奥さんとても慎重で上手でしたから」

「しかし、浩一郎君、あの晩……三日の晩ですがね、こういう手紙を村長のポケットに投げこんだものがあるんですがね。警部さん、あれを……」

金田一耕助にうながされて、磯川警部が例の密告状をひろげてみせると、浩一郎はびっくりしたように眼を見張った。

「浩一郎君、あんた、こういう手紙の筆者に心当たりはありませんか」

「いいえ、いいえ、ぼく、全然……」

「この筆跡には……？」

「それも、ぼくにはわかりません」

「ああ、そう」

と、金田一耕助は手紙をたたんで、

「それじゃ、浩一郎君。最後にもうひとつお尋ねがあるんですがね」

「はあ。……」

「九十郎君のことですがね。九十郎君が由紀子さんの死体にどういうことをしていたか、きみも知っているでしょう。それについて、あんた、どう思う……？」

そのとたん、浩一郎の頬にさっと血の気がのぼったが、それが潮のように退いていくと、額にいっぱい汗をにじませ、わなわなと体をふるわせながら、

「ぼく……ぼく……とても恥ずかしいことだと思います。自分のこと棚にあげていうのもなんですが、ほかの村のもんにも顔むけできんように思うんです。あのひと、もっと村のもんがめんどうみてあげねばいかなんだんです。しかし、あのひと自身にも悪いとこがあるんです。すっかりひがんでしもうて、ひとのいうこと、すなおにうけいれてく

れんのです。しかし、それやからいうて、あんなあさましいこと……ぼく、由紀ちゃんがかわいそうで、かわいそうで……それというのもぼくが湖水にしずめたりしたもんじゃけん。……」

浩一郎は手ぬぐいを眼におしあてて男泣きに泣きだした。

金田一耕助は警部のほうを見て、

「警部さん、どうです、これくらいで……」

磯川警部はうなずくと、

「北神君、いまのきみの話が事実としても、いや、事実としたら、死体遺棄というなにがあるんだから、このままかえすわけにゃあいかんよ」

「はあ、それはもう覚悟しとります」

嗚咽（おえつ）する北神浩一郎が清水巡査に手をとられて出ていくと、木村刑事がフーッと鯨が潮を吹くようなため息をもらした。

「これはまた妙な事件ですな」

「しかし、浩一郎の話をきいてみると、あの男のやったことも、まんざらむりとも思えんな。もとより許しがたいことではあるが……」

「そうです、そうです。そうするとまた康雄がくろくなってきましたね。山越えの途中で眠りこけてしもうたなんて……警部さん、もう一度康雄をひっぱってきましょうか」

腰をうかしかける木村刑事を、

「あっ、刑事さん、ちょっと待って……」

と、金田一耕助が手でおさえて、

「九十郎はまだここの留置場にいるんでしょう」

「はあ、今日あたり送ろうと思うているんですが……」

「ああ、そう、それはさいわい、ちょっとここへ呼んでくれませんか。もう一度ききたいことがあるんだが……」

一〇

手錠をはめたまま警部のまえにひきすえられた九十郎は、あいかわらず無表情な顔色である。

あのような忌まわしい、けがらわしい罪業も、この男の良心にはなんの呵責もあたえぬらしい。狐のおちた狐憑きのように、きょとんとしたひげ面を、金田一耕助は興味ふかげに見まもっていたが、急に体を乗りだすと、そのひげ面の鼻さきへ顔をつきつけて、にやにやしながら、妙なことをしゃべりはじめた。

「九十郎君、九十郎君、人間の知恵って結局おなじようなもんだね。きみがさんざん頭をしぼったあげく、ここがいちばん安全だと思ったかくし場所は、ぼくにもやっぱりそう思えたからね。あっはっは」

そのとたん、いままで生気をうしなって、どろんと濁っていた九十郎の瞳に、一瞬、さっとつよい感情の光がほとばしった。

金田一耕助はそれを見ると、あざわらうようににやりと笑う。九十郎ははっと気がついたように、あわててもとの虚脱した、敗戦ボケの表情にもどったが、そこにいあわせたひとびとは、だれもその一瞬の動揺を見のがさなかった。磯川警部の瞳には、驚きの色と同時に、にわかに疑いの色が濃くなってくる。

「あっはっは、九十郎君、あんたぼくのいった意味がわかったとみえるね。あんたは利口なひとだ。狡猾なひとだよ、あんたは。……それにあんたの立場もよかったんだね。渦中にいるとかえって物事よく見えないものだが、あんたのように孤立してると、岡目八目というやつで、かえって村のかくしごとなどよくわかるんだね。あんたは村長の奥さんと浩一郎の情事を、だいぶまえから知ってたね」

金田一耕助は注意ぶかく九十郎の顔を見つめている。九十郎の敗戦ボケの表情には、もうなんの変化もあらわれなかったが、この取調室のなかにはさっと緊張の気がみなぎる。

磯川警部は息をころして、金田一耕助と九十郎の顔を見くらべている。

「それのみならず、利口で、狡猾で、注意ぶかい観察者であるあんたは、村長の奥さんの性質などもよくのみこんでいた。浩一郎と由紀子の婚約が発表されると、ただではすまないだろうと考えていた。そこへあの日、村長の奥さんから、由紀子にあてた浩一郎名前の手紙をことづかったから、すぐにさてはと万事をさとったんだ。敗戦ボケをよそおって、村のあらゆる秘密をかぎだそうとしているあんたは、あるいは村長の奥さんと康雄の密談を立ちぎきしていたのかもしれない。とにかく、その手紙が浩一郎の筆跡でないことをさとると、ひそかに封をひらいて中身を読んだ。それで村長夫人と康雄の計画がすっかりわかると、好機いたれりとばかり、きみはそれをきみ自身の、世にも惨悪な計画にふりかえたのだ」

一同の瞳にうかぶ緊張の色が、いよいよふかくなってくる。刑事はつと立って九十郎の背後にまわった。

「さて、あんたはなに食わぬ顔をして、浩一郎からたのまれたといってその手紙を由紀子にわたした。そして、その晩、隣村へ行き、接待場で康雄ののむ酒にねむり薬をまぜる。それから康雄のあとをつけていって、山中で康雄の眠りこけるのを待って、これを林のなかへかつぎこんだ。あとからくるであろう由紀子に見られたら困るからだね。そうしておいて水車小屋へ来てみると、浩一郎は村長夫人に呼び出されていない。そこできみはなかへしのびこみ、カーテンの奥にかくれて待っていると、間もなく由紀子がやってきた。……」

九十郎は依然として虚脱したような表情をつづけている。しかし、その装いもいまはむだだった。額に吹きだす玉のような汗が、かれの外見を裏切っているのだ。

磯川警部は驚倒するような眼の色で、金田一耕助と九十郎の顔を見くらべている。

「きみはひと思いにあわれな由紀子を絞め殺した。それから、それから……」

さすがに金田一耕助もそのあとはいいよどんだ。あまりにもいまわしい言葉だったからである。

「ところが、そのとききみは、世にも意外なことに気がついた。丸太のすきからさしこむ月の光が、仰向けに死んでいる由紀子さんの顔を照らしたが、その光のなかで、由紀子さんの左の眼が、異様なかがやきをおびているのに気がついて、きみははじめてそれを義眼だとさとった。そこで大いに好奇心をもよおしたか、それともいままでだまされていた腹立ちまぎれか、きみはその義眼を抜きとったんだ」

清水巡査はまるで自分自身が告発されてでもいるように、これまたびっしょり汗をかきながら、用心ぶかく九十郎の背後に立つ。

金田一耕助は相手の顔色などおかまいなしに、

「さて、義眼を抜きとると、きみは死体をそのままにしてそこをとび出し、村長の家へしのんでいった。そして逢曳（あいび）きをすませた村のロメオが立ちさるのを待ってなかへとびこみ、おそらくこんな言葉で奥さんをだましたんだろう。村長があんたと浩一郎の関係を知って、烈火のごとく怒っていまかえってくる。一時どこかへ身をかくしなさいと。……そして奥さんが支度をするのを待って、間道のほうへ案内し、ほどよいところで絞め殺して、赤土穴のなかへ死体を押しこんだ。そのとききみは義眼をもっていることに気がついて、穴を掘って埋めておいた。……村長の奥さんを殺したのは、文（ふみ）使いをしたことが暴れ、それからひいて疑いを招くことを恐れたからだね。恐ろしい男だよ、きみは……」

九十郎の額から吹きだす汗は、いまはもう滝となって流れおちる。しかし、手錠をはめられたかれには、それをぬぐうこともできないのである。虚脱の表情もしだいにうすれて、凶暴な憎しみの色がひろがってくる。

「ところで、その晩のきみの仕事は、まだまだ、それだけではすまなかった。それから隣村へとんでいくと、村長のポケットに、秋子浩一郎の仲を書いた密告状をほうりこんでおいた。村長を怒らせることによって、事件をできるだけ紛糾させようというんだね。これですっかり仕事もおわったので、はじめてゆっくり振舞酒にあずかり、さて、いまごろはどんな騒ぎになってるだろうと、舌なめずりをしながらかえってくると、あにはからんや、浩一郎は平然として米を搗いている。さすがのきみもそのときは、狐につままれたような気持ちだったろうが、そこは利口なきみのことだから、ひそかに成り行きを静観しているうちに、なんという不思議なめぐりあわせか、浩一郎が湖水にしずめた由紀子の死体が、翌晩の大夕立でうかびあがって、ところもあろうにきみんちのまえの崖下に流れよったのだ」

金田一耕助は嫌悪にみちた眼で、醜悪な九十郎の顔を見ながら、

「きみは狡猾な男だね、ぼくもいままで多くの犯罪者をあつかってきたが、きみみたいに狡猾なやつに出会ったのははじめてだよ。きみはその死体にたいして、けがらわしい

欲望を感じたのかもしれぬ。しかし、それよりもきみの狡猾さがあのようなことをさせたのだ。きみはそっちのほうの罪、あのけがらわしい罪状で、まず挙げられておこうと考えたのだ。つまりその罪状の煙幕のかげにかくれて、殺人の容疑からのがれようとこころみたんだ。それについては、きみには大きな安心もあった。凶行と死体発見とのあいだに、浩一郎があのような小刀細工を弄(ろう)しているんだから、いざとなったらそっちへ疑いがいくだろう。そのうえに死体から抜きとっておいた手紙や紙入れもある。それによって康雄に疑いをむけることもできる。……そこできみは大胆にも、あんな浅ましいことをやってのけたんだが、そこできみは大失態を演じたんだね」

金田一耕助はにやりとわらうと、

「実際は敗戦ボケでもなんでもないきみは、ふつう人の審美眼をもっていたんだね。そういうきみにとっては、いかになんでも片眼くりぬかれたあの顔にはがまんができかねた。実際、あれはお岩様みたいに醜悪だったからね。そこで、まえの晩、埋めておいた義眼を掘りだしに行ったんだが、きみが大失敗を演じたというのはそこのところだ」

金田一耕助が思わせぶりに口をつぐむと、九十郎はなにかいいかけたが、すぐ気がついたように沈黙する。しかし、それでもその眼は物問いたげに、金田一耕助を見まもっている。

「義眼を掘りだしに行ったとき、きみはついでに木の枝や枯れ草をあつめて死体をおおうておいたね。なぜそんな馬鹿なまねをやらかしたのかね、きみみたいな利口なひとが……村長夫人が殺されたのは、あらゆる角度からみて三日の晩ということになっているんだ。ところがそのときは、三週間も日照りがつづいて、草も木も乾ききっていたはずなんだぜ。ところが、死体をおおうていた木や草は、ぐっしょりと水にぬれていた。……と、いうことは四日の晩の大夕立ののちに、ふたたび犯人がやってきたことを意味している。では、なんのためにやってきたのか、草や木で死体をおおう、ただそれだけのためか。どうもそうは思われないね。もっとほかにさしせまった用事があったのではないか。……そう思って赤土穴をさがしているうちに、ぼくは義眼が埋めてあったらしい跡を発見したんだ。ねえ、きみ、九十郎君、きみはなぜ義眼を掘りだしたあとの土を、よくくずしておかなかったんだね。あれはふつうの土ではないよ。粘りけのある赤土なんだ。鋳型のようにくっきりと、義眼の跡がのこっていたぜ。そのとたん、ぼくは勝利のラッパが耳の底で、鳴りわたるのを聞いたね。犯人はいったん埋めた義眼を大夕立のあとで掘りだしにきた。では、いったん埋めた義眼がなぜまた必要になってきたか。……きみ、西洋にこういうことばがあるのを知ってるか。栓（せん）を必要とするものは、その栓のしっくり合う容器の持ち主だってことね。この場合、由紀子の義眼という栓を必要とした犯人は、すなわち、その義眼のしっくり合う、由紀子という容器の持ち主なんだ。そして、それはきみ、九十郎君じゃないか」

そこで金田一耕助は、ごくりとつばをのみ、なにかしら照れくさそうな表情で、磯川警部の横顔にちらりと眼をやり、それからエヘンと咳（せき）をして、九十郎のほうへむきなおった。

「ねえ、九十郎君。こうしてぼくはきみが犯人であることを知った。そこできみのうち……と、いうより小屋へ行ってみたんだ。そして、きみの知恵になり、ぼくがきみならどこへ義眼をかくしておくだろうと考えてみた。そして、結局、それほど大した苦労もせずに発見することができたんだ。見たまえ、これを……」

だしぬけに、ぱっと開いてみせた金田一耕助の掌には、黒い瞳をもつ二重貝殻ようのかたちをしたガラス玉がにぶい光を放っている。

そのとたん、手錠をはめられた九十郎の両手が、さっと上にふりあげられた。

もし、そのとき、木村刑事と清水巡査が、うしろから九十郎をおさえなかったら、金田一耕助の掌の上で、義眼はこっぱみじんと吹っとんだろう。

「馬鹿！　馬鹿！　九ン十の馬鹿！　おまえ由紀子に惚れとったのか」

荒れ狂う九十郎の体をうしろから、羽交いじめにした清水君のにきびだらけの童顔は、汗と涙でぐっしょりぬれている。

「だれが……だれが……あんなしょんべん臭い娘に……」

と、九十郎はバリバリと歯を嚙みならし、

「おれはきらいなんだ。この村がきらいなんだ。村のやつら、どいつもこいつもきらいなんだ。なにが村長だ、なにが模範青年だ、おれは村のやつらに復讐してやったんだ。この村にできるかぎりのきたない罪の烙印をやきつけてやったんだ。姦通、暴行、殺人……それからもっともっときたない、けがらわしい罪名を……村のやつらもう世間へ顔むけができなくなるだろう。世間のひとはこの村の名をきいただけでも身ぶるいをするだろう。態アみろ、態アみろ、態アアみろ！」

それはもう常人の形相ではなかったのである。

一一

「金田一さん、ありがとう、ありがとう」

北神九十郎のくわしい自供（それは金田一耕助の組み立てた推理と全然おなじだったが）があって、すっかり肩の重荷をおろした磯川警部は、その晩、金田一耕助をまじえて、部下とともにささやかな慰労の宴をはったが、ほんのりと酒気をおびた磯川警部は、幸福そのもののようであった。

「あんたのおかげでこんなにはやく片づいて……わしゃまさか九十郎がやったとは、ゆめにも思わなんだからなあ」

「いやあ、実際奸知にたけたやつですな。金田一先生もおっしゃったが、わたしもいままであんな狡猾な犯人にお眼にかかったことがない」

木村刑事もビールの満をひきながら、慨嘆するように肩をゆすった。

金田一耕助はてれながら、

「それはねえ、あいつの立場がよかったんです。あいつはいわゆるインヴィジブル・マン、すなわち見えざる男だったんですね。敗戦ボケの九十郎は、どこでなにをしようと、だれも気にするものはなかった。あいつは牛馬同様に、いや、牛馬以上に完全に、村の連中から無視されていた。そういう立場を利用して、村長夫人と浩一郎の秘事を知ったんですが、またその立場を利用してああいう巧妙な犯行をやってのけたんですね。これが村のほかの連中なら、たれそれは何時ごろから何時ごろまで隣村にいたが、何時ごろから何時ごろまではいなかったと、調べてみればすぐわかる。康雄のばあいがそうですね。だけど、九十郎のばあいだと、おそらくその調査はやっかいですよ。だれだってあの男の存在に関心をはらうものはありませんからね。そういう有利な立場を極端に利用した犯罪ですね」

「なるほど、インヴィジブル・マンというのはいい言葉ですな。ああいう罪であげられていながら、あいつの存在は完全に、われわれの焦点からはずれていたからな」

金田一耕助はため息をつくと、

「ねえ、警部さん、あなたは一昨日こういうことをおっしゃったでしょう。こういうものしずかな農村のほうが、われわれの住んでいる都会よりも、ある種の犯罪の危険性をはるかに多分に内蔵していると。……実際、そのとおりなんです。しかし、それはあくまで内蔵しているだけであって、ある種の刺激がなければ、こんどのような陰惨な事件となって爆発しなかったろうと思うんです。では、その刺激とはなにか……やはり都会人の狡知ですね。こんどの事件の下絵をかいたのは疎開者である村長夫人、そして、それをおのれの奸悪な計画に利用したインヴィジブル・マンは引揚者、きっすいの農村人である浩一郎や康雄はただ踊らされただけですからね。だからぼくのいいたいのは、農村へ都会のかすがいりこんでいる、現在の状態がいちばん不安定で危険なんですね」

「なるほど、なるほど、いわれてみればそのとおりだな」

　磯川警部はふとい猪首をふりながら、しきりに感服の体だったが、急に思い出したように、

「それはそうと、金田一さん、話はちがうがあの義眼ですな。あれはどこにかくしてあったんですか。あんたのはしっこいのには驚いたが……」

　そのとたん、金田一耕助の顔はそれこそ火がついたように真っ赤になった。

「いやだなあ、警部さん、そんな皮肉をおっしゃると、ぼく穴があったら入りたいですよ」

「皮肉……？」

　磯川警部はじめ一同は、びっくりしたように耕助の顔を見なおす。金田一耕助はいよいよ照れて、がぶりとビールをひと口のむと、

「もちろん、あんなこと卑怯なことです。少なくともフェヤーじゃない。しかし、ぼくとしてはああするよりほかに手段がなかったんです。いかに牛小屋みたいにせまい小屋でも、義眼のような小さいものを探すとなるとたいへんですからな。ですから、きのう

赤土穴のあの状態から、てっきり犯人は九十郎とにらむと、けさ、岡山の医大へ行って手ごろの義眼を借りてきたんです。ただ、ぼくの心配だったのは、九十郎のやつが義眼をすでに始末してやあしないかということでした。たたきつぶすとか、湖水へ沈めるとかねえ、そこでのっけにカマをかけて反応をためしてみたところが、まだ、どこかにかくしてあるらしい。そこで、とうとうああいうインチキをやったんですが……警部さん、ぼくのやりかたがフェヤーでなかったことについてはあやまります。だが、それはそれとしておいて、至急、九十郎の小屋を捜索してください。どこかに義眼がかくしてあるはずですから」

磯川警部はじめ一同は、唖然(あぜん)としてあいた口がふさがらなかった。

貸しボート十三号

一

金田一耕助は職掌柄、いままでずいぶんいろんな変死体を見てきている。血みどろの惨死体、酸鼻をきわめる変死体、――常人ならば一見脳貧血でも起こしそうな死体にも、金田一耕助は経験からくる一種の免疫性のようなものを持っているはずである。

そういう金田一耕助でありながら、なおかつ、血におおわれたそのボートのなかをひとめ見たとき、思わずゾーッと総毛立つのをおぼえずにはいられなかった。全身をつらぬいて走る戦慄(せんりつ)を、しばらく抑えることができなかった。

ボートのなかには男と女が、相擁するようなかっこうで、ふたりならんで横たわっている。女は洋装の上に派手なレーンコートを身にまとうているが、男のほうはどういうわけか、パンツひとつの素っ裸なのである。

だが、金田一耕助をして――いや、いや、金田一耕助のみならず、およそこのふたつの死体を見たひとびとのすべてをして、恐怖と戦慄に眼をおおわしめたのは、男のほうがパンツひとつの素っ裸であったという、ただそれだけのことではない。また、ボートのなかが真っ赤な血でおおわれていた、というそのことでもなかった。

見るひとをして、一様にふるえあがらせ、脳貧血を起こさせ、嘔吐を催させたというのは、相擁して横たわる男と女の死体の、見るも凄惨な状態にあるのだった。すなわち、そのふたつの死体ときたら、男も女も首が半分ちぎれそうになっているのである。

むろん人間の首がおもちゃの人形のように、そう簡単にちぎれるはずはない。だから、だれかが――たぶんふたりを殺した犯人が、殺したあとでふたりの首をノコギリかなんかで、挽き切ろうとこころみたのだ。

ところが、首を胴体から切りはなすという作業がまだすっかり完了しないうちに、そこになんらかの余儀ない故障がもちあがって、この恐ろしい悪魔の挽き切り作業は、中止のやむなきにいたったらしいのである。

したがって、ふたりとも首はまだ胴体につながっている。

しかし、のどのほうから半分、あるいは半分以上挽き切られて、妙に安定をうしなったふたりの首が、ボートが動揺するたびに、ガクン、ガクンとうなずくように動くのが、ギリギリと歯ぎしりがでるような空恐ろしさであった。

「こ、これは……」

と、さすがの金田一耕助も腹の底からこみあげてくる恐ろしさと気味悪さとに、思わず熱いため息を吐かずにはいられなかった。気がつくと、例によって雀の巣のようなもじゃもじゃ頭の髪の毛の一本一本が、吹きだす汗にぐっしょりとぬれているのである。

「これで見ると、いっそ、すっかり首を斬りはなされた死体のほうが、見ていてまだしも安定感がありますね。あっはっは」

金田一耕助は川風にむかってむなしいかわいた笑い声をあげると、もう一度熱いため息をついて、ぐっしょり汗にぬれた掌をハンケチでぬぐい、ついでにねばつく顔から首筋の汗をゴシゴシこすった。

そうなのだ。金田一耕助のいうとおりである。

かれも首なし死体には、いままでちょくちょくお眼にかかったことがある。またすっかり胴から斬りはなされた生首の事件を扱ったこともある。

しかし、いま眼のまえに横たわっているふたつの死体のように、首なし死体にいたるまでの途中の過程をしめすような事件にぶつかったのは、これがはじめてであった。

この事件こそ、首なし死体になるまでには、途中でこういう状態になるんですよという、その恐ろしい過程をまざまざと見せつけているのである。それが首なし死体、あるいは生首事件があたえるよりも、いっそう深刻な無残さと恐怖感を見るひとに植えつけるのだった。

「畜生！　ひどいことをしやあがったなあ！　畜生！　ひどいことをしやあがったなあ！」

等々力警部はさっきから、おなじ言葉をくりかえしくりかえし吐き出している。実際、また、この事件の担当者として、それ以外の感想はもらしようもなさそうだった。

「警部さん、長生きすれば恥多しといいますが、長生きすればいろんな事件にぶつかるもんですね。新聞記者諸君はいったいこれをなんと形容するでしょうねえ」

「はっはっは、まったくそうですね。生首事件ともいえず、首なし死体とも書けず……」

「生首半斬り事件ですかね」

「だけど、警部さん、これ心中事件とはどうです」

「ああ、そう、それじゃ生首半斬り擬装心中事件ですか」

「あっはっは」

「あっはっは」

　こういう厳粛な現実をまえにおいて、このように笑いとばすというのはいかにも不謹慎なようだけれど、事実はふたりともあまりにも陰惨な事件に直面して、やりきれない救いのなさに当惑しているのである。その当惑の思いがこのように、ふたりに毒々しい笑い声をあげさせるのだろう。

　そこは隅田川の川口、浜離宮公園の沖にあたっている。

　汐留へんの貸しボート屋から漕ぎだした、不幸な若いアベックの一組が、波間にただようこの恐ろしいボートを発見したのである。アベックの女の子のほうは、このボートを発見して以来というもの、数日間はほとんど気の狂ったような状態だったというが、それもむりのない話である。

所轄の築地署からこの報告が警視庁へはいったとき、金田一耕助は捜査一課、等々力警部担当の第五調べ室にきあわせていたのである。そこで警部に誘われるままに、いまこうして警視庁の連中といっしょに警察のランチに便乗して、現場へ見参におもむいたというわけである。

あたりはいっぱいの人だかりといいたいが、海の上だから舟だかりというところだろう。はやくもこの大事件のにおいをかぎつけた新聞社やラジオ、テレビの連中が、船を仕立ててぞくぞくと駆けつけてくる。

ボート遊びの連中もたちまち野次馬と一変して、固唾をのんで、この恐ろしい現場を遠巻きにしている。

気がつくとその日は日曜日であった。

写真班の連中がボートのなかの撮影をおわると、結局、その恐ろしいボートは所轄警察へ曳行されることになった。

「あれ、貸しボートなんですね」

曳かれていく恐怖のボートを追いながら、金田一耕助はランチのなかでつぶやいた。

そのボートの舷側には、

もどり屋ボート13号

と、ペンキではっきり書いてある。

「そうのようですね。その点、ボートの出所はすぐわかりましょう。しかし、さてそれからさきが問題ですね」

等々力警部は木の枝でも折るような、妙にポキポキとした調子でこたえた。なにか心にかかることがあって、ふかく思いに沈んでいるときの、これがこのひとのくせなのである。

ボートが海幸橋から市場橋、北門橋から采女橋へと曳行されていくにしたがって、河岸っぷちは黒山のような人だかりであった。

あいにくボートをおおうような何物も用意してなかったので、半分首のちぎれた男女の死体は、あかるい初夏の陽差しのなかにむきだしになっていた。

よせばよいのに怖いもの見たさで、その恐ろしいものを河岸から目撃したがために、二、三日、飯ものどをとおらなかったという気の毒な連中も、あちこちに、かなりたくさんあったという話もある。

さて、築地署へはこびこまれたふたつの死体は、そこで医者の綿密な調査をうけたが、その結果、いろいろとうなずけぬ節が発見されて、この事件の前途の容易ならぬことを思わせたのである。

二

ふたつの惨死体のうち、まず女の死体のほうから述べていこう。

女の年齢は四十前後、あるいは四十の坂を少しこえているのかもしれない。肉づきもゆたかで栄養もよく、いわゆる豊満な肉体というやつである。パッと眼につく器量のうえに、年齢に比して厚化粧だし、また着ているものも、レーンコートの下に着たスーツの型や色合いが、これまた年齢に比して派手であった。

だが、それにもかかわらず見たところ、玄人とは見えなかった。どこがどうというのではないけれど、全体からうける印象が中流家庭の奥様という感じである。

女はスーツの上から左の乳房、すなわち心臓をなにか鋭利な刃物でえぐられているのである。ところが、不思議なことには、それがこの女の致命傷ではなくて、彼女を死にいたらしめたのは、まだ胴とつながっている頸部に、食いいるようにのこっている紫色のひもの跡であることが、綿密な検屍の結果判明したのである。

すなわち、女は絞殺されたのである。そして、しかるのちに、鋭利な刃物で心臓部をえぐられているのである。傷口の状態だの出血の模様などが、はっきりとそれを示している。

しかし、それだとすると、犯人はなぜこのような無意味なことをやらかしたのであろう。ひもで絞めただけでは、あとになって息を吹きかえしはしないかという不安があったので、とどめを刺すという意味で心臓をえぐっておいたというのであろうか。

　さて、こんどは男のほうである。

　女にくらべると男のほうは、二十ちかくも若かった。たぶん二十二、三というところだろう。身長は五尺七寸くらい、がっちりとした体格で、胸のあつい、腕っぷしのたくましそうな青年である。とくにずば抜けた美貌というのではないが、十人並み以上にはけっこうとおる男ぶりである。

　眼もと、口もと、くっきりと彫りのふかい顔だちで、鼻もたかかったが、ただ下くちびるの厚さが肉欲的な印象と、野性的な感じをひとにあたえる。顔も手脚もたくましく陽焼けしているが、くっきりとアンダーシャツのかたちに染めのこされた肌は、きめのこまかな浅黒さで、いささか毛深いところが男の野性を象徴しているように思われた。

　さて、男のほうの死因だが、この青年ののどのまわりにも、くっきりと食いいるように、紫色のひもの跡がのこっているのだけれど、不思議なことには男のばあいは、これが致命傷とはなっていないのである。

　男の致命傷は、心臓のひと突きにあった。

　かれもまた、女の心臓をえぐった凶器とおなじ種類のものと思われる鋭利な刃物で、ふかぶかと心臓をえぐられているのであるが、女のばあいとは反対に、それがこの青年の生命をうばったものと考えられた。

ところで、問題の頭部の挽き切り作業だが、これはまだ三分どおりくらいしか進行していなかった。ノコギリをのどにあてて、五、六ぺんつよく挽いたくらいのところで、この恐ろしい挽き切り作業は中止されているのである。

なお、問題のボートだが、築地署に曳行されたのち、綿密に調査された結果、つぎのような事実が判明した。

すなわち、ボートの底には小さな穴があけられているのである。したがって犯人はあきらかに、ボートを沈めにかけようと思っていたのだ。ところがその穴が小さすぎたがために、いつかゴミや海草の類がつまって、穴が穴の役目を果たさなかったのである。だが、それではなぜ犯人はもっと大きな穴をあけておかなかったのか。その理由はいたって簡単である。

犯人はボートがあまりはやく沈むことを好まなかったのだろう。だいいち、ふたつの死体は舟底に横たえられているだけで、ボートに固定されているのではなかったから、ボートが沈むとふたつの死体は水上に投げだされるわけである。だから、ボートがあまりはやく沈むと、死体が現場からあまり遠からぬところに漂いよるかもしれぬという危険が考慮されたのであろう。

「どうも変ですなあ。いやな事件ですぜ、こいつは。……わたしゃどうも虫が好きませんよ、こんな事件は……」

築地署の捜査主任、平出警部補は以上のような報告を医者や部下の刑事からきくと、真実いやなものでも吐きだすような調子でどなった。

「そうすると、こういうことになるんですかい。女のほうはなにかひものようなもんで絞め殺しておいてから、あとでぐさっと鋭利な刃物で心臓をえぐった。ところが男のほうはその反対に、心臓をぐさりひと突きで殺しておいてから、あとでひもかなんかで首を絞めた……と、こうおっしゃるんですね、先生は……？」

平出警部補はまるでけんか腰である。

「あっはっは、まあ、そういうことになるな」

「なにがあっはっはですい、なにが……だいたいねえ、先生、犯人はなんだってまた、そんなややこしいことをやる必要があるんですい。それゃ、女のほうはのどを絞めただけじゃ、あとで呼吸を吹きかえすかもしれないという心配があったのかもしれん。そこで、とどめを刺しておこうというわけで、ぐさっとひと突き心臓をお見舞い申し上げたのかもしれん。だけど、男のほうはなんでまた、あんな二重手間をやらかす必要があるんです。ああ、ふかぶかと心臓をやられちゃ、どんな不死身な男だって、ひとたまりもありませんぜ。それをまた、なんだってあとから首を絞めやあがったんです。先生、ねえ、先生、いったいなんの必要があって……」

平出捜査主任の激昂した調子にたいして、

「それゃ、まあ、犯人にお伺いを立ててみるんだな。どうしてこんなややこしいことをおやりあそばしたかってね。わたしゃただ、医学的所見を申し述べただけのことだから、ひとつ、お手柔らかにお願い申し上げたいな」

と、警察医の吉沢さんはかるくいなすと、

「ついでにここで申し添えておくがね、女の心臓がえぐられたのは、死後ただちにじゃなくて、少なくとも半時間以上は経過してからのことらしいんだが……」

「ギョッ、ギョッ、ギョウッだ」

と、平出警部補はいよいよ忿懣やるかたなきうなり声をあげて、

「それじゃついでにお伺いしますがね。男のほうも心臓をえぐられてから、半時間ののちに首を絞められたというんじゃないんですかい」

と、医者にむかって咬みついたが、こんどもまた吉沢さんに、

「御明察、お説のとおりじゃないかと愚考しとるしだいですて」

と、かるくいなされた。

「ギョッ、ギョッ、ギョウォッだ！」

と、平出警部補はまたしても両のこぶしを振り上げて、天にむかって長嘆息をしたが、

「金田一先生！」

と、こんどはその凶暴な鉾先を金田一耕助のほうへむけてきた。

「先生は名探偵でいらっしゃるそうですな。えっへっへ、そんなに照れなさんな。ここにいらっしゃる等々力警部さんなんかも、ひとかたならぬ先生の崇拝者だと伺ってまさあ。ところが、先生にお伺いしたいんですが、先生にして、経験豊富な先生にして、こ

んな変てこな、こんなややこしい殺人事件にぶつかったことがおありですかい。ちょっとお伺いしたいもんですね」

「いやあ、ぼくもこんな変てこな事件ははじめてですな。生首半斬り擬装心中事件なんてややこしい事件はね」

「な、なんですって？　その生首半斬りなんとかなんとか事件てえのは？」

「いやねえ、平出さん、なんしろ、さすが千軍万馬の平出捜査主任さんをして、かくも混迷の淵におとしいれるくらいややこしい事件でしょう。だからブン屋諸公が記事の見だしに困っちゃいけないというんで、ご親切にも等々力警部さんがあらかじめ、キャッチフレーズを考えてあげたんですね。生首半斬り擬装心中事件ってね。いや、冗談はさておいて、だれだってはじめてでしょうねえ。こんな念入りにややこしい事件は……」

「そうでしょう、そうでしょう、そうでしょうとも！」

　と、平出警部補はいまや興奮の絶頂にあった。

「くどいようだがねえ、金田一先生、犯人はなんのためにこんなややこしいことをやってのけたんです？　これにゃひとつひとつ、やむにやまれぬ理由があってやったことなんですかい？　それとも、われらが捜査主任さんのお頭の舵を、ちょいとちょろまかしてやろうてえんで、こけおどかし、はったり、欺瞞がそこに働いてるんですかい」

「それは……」

　と、さすがの金田一耕助も、あいての鋭鋒にいささかたじたじしながら、

「主任さんのおっしゃるあとのほう、つまり捜査方針をあやまらせてやろうという、欺瞞も多分にふくまれておりましょう。こうして、首を斬り落とそうとしたところをみるとね。由来、首斬り事件というやつは被害者の身元をわからなくして、捜査方針をあやまらせてやろうというのが主旨ですからね。だけど、そればっかりじゃなく、このややこしい殺人の手口……と、いうか、殺人のあとの死体の処理には、やはりひとつひとつ、なにか重大な意味が秘められているんじゃないですかね」

「重大な意味……？　重大な意味ってなんですい。そいつをひとつお伺いしようじゃありませんか」

「いやあ、いくらなんでも、そこまではまだぼくにもわかりませんよ。ただ、ここでわたしの知りたいのは……？」

「わたしの知りたいのは……？　先生はなにをいちばんに知りたいんです？」

「つまり、犯人はなぜ首斬り作業を中止したか。……それともうひとつ、犯人はなぜ女の首を七分どおり斬り、男の首を三分どおり斬ったか。男の首を三分どおり挽き切る努力を、女の首のほうに集中すれば、女の首はおそらく完全に挽き切られていたであろうのに、なぜ勢力を分散させ、どちらも未完成におわらせるようなヘマをやらかしたか。……吉沢先生」

「はあ」

「犯人はこの挽ききり作業のばあい、男の首にさきに手をかけたか、女の首にさきに手をかけたか……そこまではおわかりにならないでしょうねえ」

「はあ、そこまではね」

　と、吉沢さんは苦笑しながら、

「このふたつの死体だけじゃそこまではむつかしいが、凶器が……ふたつの首を挽いたノコギリが血に染まったままの状態で発見されたら、いま金田一先生のおっしゃったこともわかるかもしれませんね。もし男の首をさきに挽きにかかって中絶し、女の首に取りかかったものなら、女の血のほかに多少は男の血も残っておりましょうからね。さいわい、男と女の血液型がちがっておりますから……」

「そうすると、先生、おまはんの知恵でわかることてえのは……？」

　と、平出警部補がまた咬みついてきそうになったので、吉沢さんは立ちあがってさっさとかえり支度をしながら、

「おまえさんがカンシャクを起こしているあのややこしい殺人の手つづきと、犯行の時刻だけだあね。もう一度繰りかえしてやるかんな、その石頭によくたたきこんでおきな。犯行の時間は昨夜、すなわち土曜日の午後八時から九時までのあいだだ。わかったかね」

　と、出て行こうとするうしろから、

「あっ、ちょい、ちょい、ちょい待ち、あわてなさんな。ヤブノカミ殿、まだ肝心なことをききおとしてるんだ」

「ききたいことがあったらさっさとききな。おっとわかった、おまえさんのこったから
ききたいというのはアノほうのことだろう。殺されるまえに男と女のあいだにアレが行
われたかってんだろう。態あみろ」
「ご名答、ただし、態あみろだけは余計だがね」
「お気の毒だがね。女のほうにはその形跡さらになし。男のほうはわからんよ。ちょっ
とこいつばっかりはね。これでいいかい」
「いいよ、いいよ、もういいからさっさとかえって昼寝でもしな。この竹庵め」
「昼寝しようとしまいと余計なお世話だ。ちっ、ブン屋にたたかれねえように気をつけ
ろ。あっはっは、それじゃ、金田一先生、おさきに失礼」
吉沢先生がかえっていく、急にあたりが静かになった。闘志満々の平出警部補も掛け
合いの相手がいなくなったので、ファイトのやり場がなくなったのだろう、ぶつくさつ
ぶやきながら、まるで檻のなかのライオンみたいに部屋のなかを歩きまわっている。
さて、猿股ひとつの男はもちろんのこと、スーツの上にレーンコートをはおった女の
ほうからも、身元を証明できるような何物をも発見することはできなかった。
女がスーツやレーンコートのほかに、なにか所持していたにしろ、それは男の着衣そ
の他とともに、犯罪の現場に遺留されているか……いや、いや、犯人によって適当に処
分されたにちがいない。
だから、現在の状態で知りうることは、四十前後の年増美人と、二十二、三のスポー

ツマンらしき青年と——ただそれだけのことである。

「いったい、ふたりのあいだにどういう関係があるのかな。つまり男のほうが若きつばめというやつかな」

「どちらにしてもこの青年、労働者じゃありませんね。年かっこうからいって、まだ学生じゃないでしょうかね」

「だけど、先生」

と、平出警部補はまた眼玉をギョロつかせて、

「この男の掌、相当皮が厚くなってますぜ」

「ええ、そう、でも、やっぱりぼくはこの男、労働者じゃなさそうな気がしますね。なんとなく印象からしてね」

「それにしても……」

と、平出警部補はまたカンシャクの募ってきそうな顔色で、

「女のほうはレーンコートまで着ているのに、男のほうはなぜパンツひとつの裸でいるんです。金田一先生、これにもなにか、のっぴきならぬ重大な意味があるんですかい？」

「もちろん、なにか意味があるんでしょうな」

「重大な意味……？　それはいったいどういうことです？」

「平出さん、そこまではぼくにもまだわかりませんよ。しかし、ただこれだけのことは

納得できると思うんですが……」

と、ここまでいってから金田一耕助がためらうのを、

「金田一先生、どうぞ」

と、等々力警部があとをうながした。

「いや、これくらいのことはすでにみなさんもお気づきになっていると思うんですが、念のために要約しますと、犯人は男と女の首を切断しようとこころみた。と、いうことは、犯人の最初の計画では、死体の身元をわからなくしようと思っていたんでしょうね。ところが、ああして、完全に首を切断しきらないで、首を胴体にくっつけたまま、ボートに乗っけて流したところをみると、当然、そこに最初の計画を変更せざるをえないような、余儀ない事情が突発したと思わざるをえませんね。その余儀ない事情とはなんであるか。……一見、複雑怪奇をきわめているこの事件ですが、そこらあたりにかえって、犯人にとってのウイークポイントがあるのじゃないか。だから、これは案外簡単に片づくんじゃないかという気もするんです。被害者たちの身元さえわかればね」

あとでわかったところによると、金田一耕助の予言は半分当たっていたが、肝心なところで半分外れていた。当たっていた部分というのは、かれが推察したところに、たしかに事件のウイークポイントはあったのである。

だが、そのウイークポイントから手繰りよせられたこの事件の真相というのは、金田一耕助が考えていたより、はるかに複雑怪奇をきわめていたのであった。

三

その日の夕刻になって、この事件の最初の端緒をつかむことができた。それはあの呪われた貸しボート十三号の出所が判明したことである。

それは吾妻橋ぎわにある貸しボート屋、ちどり屋の持ち舟であった。

刑事につきそわれて、捜査本部となった築地署へ出頭したちどり屋の若い店員、関口五郎君の申し立てをかいつまんでここにしるすと、運命のボートがこの恐ろしい犯罪に関連するにいたるまでには、だいたいつぎのような経緯があったようである。

殺人の行われたまえの晩、すなわち、金曜日の夜の八時ごろ、問題の貸しボート十三号は、ひとりの客を乗せて、吾妻橋ぎわから漕ぎだされた。そして、それきりかえってこなかったというのである。

「それで、その客の人相風体は……？」

「はあ、それなんですがねえ」

「それなんですがねえって、きみ、客がひとりだったてえこと覚えてるくらいだから、人相なんかも覚えてそうなもんじゃないか。いまどき、ひとりとぼとぼボートを漕ぎ出すなんてえ野郎はめずらしいんじゃないかな」

「いや、まんざらそうでもございませんので……？」

「それじゃ、てめえ、どうしてもその客を思い出せねえてえのかい」

平出警部補の大きな眼玉でギロリとにらまれて、関口五郎君がちぢみあがって恐れおののくかと思いのほか、逆にぷっと吹き出した。

「なんだ、なんだ、てめえ、なにがおかしいんだい？」

「だって、ぼくがこれからその客の人相風体を申し上げようとするのを、あなたのほうで勝手にごちゃごちゃおっしゃるもんですから……」

「あっはっは、そうか、そうか。それゃ失敬した。それじゃその男をよく覚えとるんだね」

「いえ、よくってわけにはいきませんが、ぼくとしても悔しかったですからね。親方にゃボロクソにいわれますし、……それであれやこれやと思い出してみたんです」

そこで、関口君があれやこれやと思い出してみた結果、かれの脳裏にうかびあがってきたというのは、金縁眼鏡をかけて、鼻下にうつくしいひげをはやした中年の紳士であるという。

「これはあとになって気がついたんですが、そいつ、はじめっからボートを盗むつもりだったらしいんです。なんだか、こう、妙に顔をかくすように、かくすようにしてましたからね。ただし、これもあとになって気がついたんですが……」

「それで、服装は……？」

「中折れ帽をかぶってたように思うんです。だけど、ひょっとしたら鳥打帽だったかもしれません。ただ、帽子をかぶってたことだけはたしかなんで、帽子のふちをぐっと下までさげて、その下から金縁眼鏡が光ってたのを覚えてますから……それからレーンコートの襟をふかぶかと立てていて……」

「レーンコートを着ていたんだね」

「ええ、レーンコートを着てたことはまちがいございません。ボートに乗るときレーンコートの裾が棒杭にひっかかったのを覚えてますから」

「レーンコートはどんな色？」

と、いう平出捜査主任の質問にたいして、

「さあ……」

と、関口君はちょっと小首をかしげて、

「ふつうのバーバリーってやつじゃなかったでしょうかねえ。特別変わった印象ものこっておりませんから」

と、その点については関口君もあいまいにしか答えることができなかった。

「それで、金縁眼鏡と鼻下のひげ以外に、その男の容貌なり態度なりについて、なにか眼につくような特徴はなかったかい」

「いえ、それがいっこうに。……ボートを盗まれると知っていたら、それゃもっと気をつけていたんですが。……ただ、金縁眼鏡と鼻の下のひげが印象にのこっているだけで……」

「上背はどのくらいあったかね。それくらいはわかるだろう」

「さあ、それも……なんせ、気がついたときにゃそのお客さん、ちゃんともうボートのなかに座ってたもんですから……」

「こんどその男に会ったら識別することができるかね」

「さあ……」

と、関口君は当惑したように小首をかしげた。

関口君はまだ盗まれたボートに関して、なにが起こったのか知っていないのである。したがって、かれが当惑そうに言葉を濁すのは、かならずしも責任回避のためではなく、真実自信がなかったらしい。

「それで、きみはどうしてたんだい？　え？　ボートを盗まれっぱなしでノホホンとして、手をつかねてたのかい？」

「いえ、とんでもない。主人に小っぴどくしかられましたからね。それにぼくだっていまいましかったんです。ですから、きのう一日、川筋をボートで漕いでまわって、十三号を探してあるいたんです。しかし、どうしても見つからないんで、ゆうべ橋詰めの交番へとどけといたんですが……」

それを受け付けた交番のおまわりさんも、そのことがこれほど重大な犯罪につながりがあろうとは、ゆめにも思わなかったので、つい本署への報告を怠っていたというわけである。

以上の事実からこうしてこの事件が、相当綿密に計画されていたらしいことがうかがわれる。犯人の意中には少なくとも、ボートを盗んだ金曜日以前にこんどの事件の計画がたてられ、その実行に着手されていたらしいことが想像されるのである。

その犯罪の現場がどこであったにしろ、あの恐ろしい死体解体作業はボートのなかで行われた……いや、行われようとしたことは一目瞭然(りょうぜん)であった。ボートのなかにはすさまじい血だまりができていた。

もう一度、ここで犯人の計画のあとを追ってみることにしよう。

かれはまず金曜日の夜、ちどり屋から貸しボート十三号を盗んで、それをひと晩、どこかへかくしておいた。

その翌日の土曜日の晩、かれはふたりの男女を殺害して、ボートのなかで首斬り作業を行おうとした。だが、その作業の途中でなんらかの余儀ない故障がおこって、かれは最初の計画を変更せざるをえなくなった。

そこでかれは、なかば首を切断した男女ふたりの死体を、そのままボートに乗っけて隅田川へ流した。

土曜日の晩、東京地方は小雨がバラつく程度だったが、隅田川の上流の山間部では相当猛烈な大雷雨があり、したがって隅田川の川筋は水かさもふえ、また流れも勢いをましていたのである。

あの恐ろしいふたりの男女の死体を乗っけた運命の貸しボート十三号は、その流れに乗って浜離宮公園沖へ漂いよったのであろう。

だが、それではボートはどこから流れてきたのか。そして犯罪の現場は……?

四

この恐ろしい事件の記事は、日曜日の夕刊にはほとんど間にあわなかった。二、三の新聞のごくおそい版にごく簡単に掲載されたが、それに気づいたひとはそうたくさんはなかったであろう。

この事件の記事が大々的に新聞に報道されて、世間の耳目を聳動させたのは、その翌日、すなわち月曜日の朝のことだった。

ひとびとはこの凄惨な記事をよんで、みな一様にドスぐろい恐怖の思いに、おののかずにはいられなかった。

実際、金田一耕助も指摘したとおり、いっそ、すっかり切断された首なし死体か、あるいは生首事件のほうがまだよかった。

半分首を切断されかけた死体……咽喉部をノコギリかなにかで挽かれて、しかもまだわずかに胴体とつながっている男女ふたりの死体。……

それを読んだとき、ひとびとはみな一様に、おのれの肉体のその部分に、痛烈な痛みをおぼえずにはいられなかった。

さて、月曜日の朝、金田一耕助は等々力警部にさそわれて、この事件の捜査本部になっている築地署に、はやくから詰めかけていた。ひょっとすると、けさの新聞記事の反響がありはしないかと考えられたからである。

果たしてその反響は十時ごろに訪れた。

「こういうかたが、けさの新聞にのっているボートの件について、係りのかたに会いたいといってきてるんですが……」

と、受付のものから、捜査主任の平出警部補に取りつがれた名刺を見て、一同はぎょっとしたように眼を見かわした。

それはちかごろ、とかく世間の疑惑の的となっている役所のある省の、とくに問題を起こしやすい課の課長という肩書きをもった名刺で、名前は、

「大木健造」

と、あった。

「ああ、そう、それじゃすぐにこちらへ通してくれたまえ」

やがて、受付のものといれちがいに、殺風景な捜査本部へはいってきた男の顔や服装をひと目見たとき、平出警部補はギョロリと眼玉をひからせ、等々力警部と金田一耕助はひそかに眼を見かわしてうなずいた。

大木健造。——

年齢は四十五、六だろう。色白の好男子で、金縁眼鏡をかけ、鼻の下に手入れのいき

とどいたひげをたくわえている。しかも、右手に黒っぽい中折れ帽子をもち、左腕にはバーバリーのレーンコートをかけているではないか。

平出捜査主任がエヘンと咳払いをして眼くばせすると、すぐ刑事のひとりが立ってさりげなく部屋から出ていった。

おそらくちどり屋の若い店員、関口五郎君をよびにいったのだろう。

この殺風景な部屋の入り口に立ってなかを見まわしたとき、大木健造の態度には一種の興奮と気おくれが錯綜しているようであった。

「ぼ、ぼく……けさのこの新聞を見てやってきたんですが……」

と、上衣のポケットから折りたたんだ新聞をつかみだす手つきも、わなわなと興奮にふるえていた。

「はあ、あの、ボートの二重殺人事件について来られたんですね。どうぞそこへお掛けになって。……被害者についてなにかお心当たりでも……？」

と、さすがに平出警部補も相手によっては、すこぶるお行儀がよろしいのである。

「ああ、いや、そのまえに……」

と、大木はできるだけ落ち着こうとつとめながらも、金縁眼鏡の奥の眼が不安にくもって、声もひどくうわずっていた。

「死骸を見せてもらえませんか。新聞に出ているこの記事だけじゃよくわからないんだが……」

「いや、ところがあいにくその死体は、いま両方とも解剖のために大学の付属病院のほうへ行っているんです。ここに写真がありますから、これでだいたいのことはおわかりになると思いますが……」

大木はまだドアのところに立ったままだったが、平出捜査主任が引き出しのなかから写真を取りだしてデスクの上にならべてみせると、ひきずられるように部屋のなかへ入ってきた。そして、デスクの上に両手をついて、食いいるようにそこに並んだ数葉の写真をながめていたが、急にドシンと地響きを立てるような音をさせて、椅子のうえに腰をおとした。

「ご存じですか、このふたり……？」

平出警部補が尋ねたが、大木はすぐに答えなかった。

いや、答えなかったのではない、答えることができなかったのだ。かれはまるで放心したような眼をして天井の一角をにらんでいたが、やがてその視線を自分を注視しているひとびとのほうへむけたとき、この上もなく沈痛な色がそこにあった。

「ご存じなんですね。このふたりを……？」

平出警部補がおなじ質問をくりかえすと、

「し、知っています」

と、大木のしゃがれた声はまるでむりやり絞り出されるようであった。その面上には怒りと屈辱がどすぐろい炎となってもえている。

「失礼ですがどういうひとたちですか。また、あなたとの関係は……？」

「女のほうは……」

と、平出警部補のほうへむけた大木の眼つきのなかには、挑戦するようなたけだけしい光がほとばしっている。

「女のほうはわたしの家内の藤子です。そして……そして、男のほうは……」

「はあ、男のほうは……？」

「娘のひとみの家庭教師をたのんである……いや、たのんであった駿河譲治君、Ｘ大学の学生で、ボートのチャンピオンとして有名な男です」

Ｘ大学のボートのチャンピオン！

殺風景な捜査本部はその瞬間、一種のどよめきとざわめきに支配された。

Ｘ大学の短艇部といえば、都下大学でも有名である。そこの選手といえば若い女性たちのあこがれの的となっていることを、捜査本部の連中はみんな知っている。

しかも、被害者のあの美貌とめぐまれた男性美……金田一耕助はなぜかぎょっとして、思わず口笛を吹きそうな口もとをしたが、あたりをはばかってやっとのことで制御した。

「なるほど」

と、平出警部補はデスクの上から体を乗りだすと、まじまじとさぐるように相手の顔色を見すえながら、

「それで、あなたもだいたいのことは新聞でお読みになったことでしょうが、奥さんと

お嬢さんの家庭教師なる学生が、いっしょに死んでいた、いや、殺されたということについて、あなた、なにかお心当たりがおありでしょうね」

「いいえ、全然」

と、大木は言葉に力をこめて、

「ただ、一昨夜から家内がかえらないので心をいためていたところが、けさのこの新聞でしょう。女中がこれを読んでひょっとすると、奥さんと駿河さんじゃないかなどといいだしたもんだから……女のほうの着衣その他、それから男のほうの容貌やなんかを読んで……わたしはまさかと思ったのだが、まあ、念のためにと思って……」

とぎれとぎれに語る大木健造の額からは、滝のように汗が流れはじめる。

そのうわずった眼の色や、不愉快そうなその語気には、妻をうしなった悲しみよりも、若い男といっしょに殺されていたという事実にたいする怒りと、屈辱のほうが大きいように見受けられた。

「女中さんが新聞を読んで、これが奥さんと家庭教師じゃないかと気づいたというのは、ふたりのあいだになにか忌まわしい関係でも……」

「そ、そんな馬鹿な！」

大木は吐きだすようにいったものの、その語気にはどこかしらじらしい、腰の弱さというようなものが感じられた。

かれはすぐ語調を改めて、

「藤子もそんな馬鹿じゃないでしょう。来年高校へ進もうという大きな娘をもった母親が、若い学生とそんな馬鹿げたことが……だれがなんといおうとも、わたしにはそんなこと信用できません」

「だれがなんといおうとも……？　するとだれかそんなことをいってるものがあるんですか」

平出警部補がするどく突っこむと、大木はぎょっとしたように金縁眼鏡を光らせたが、

「けさ、女中の信子がなにかそんなことをほのめかしていたが、まさか……わたしにはそんなこと信じられない」

「失礼ですが、奥さん、おいくつでした」

「ちょうどです。かぞえ年で……」

「ちょうどとおっしゃると四十……？」

「ええ、そう」

「この駿河譲治という青年がお嬢さんの家庭教師になったのは……？」

「去年の秋からです。来年の高校受験にそなえて家内が頼んだのです」

「どういうつてで……？」

「さあ」

と、大木は金縁眼鏡の奥で眼をしわしわさせながら、

「詳しいことは知りません。家のことは万事家内まかせですから。たぶん友だちにでも

紹介されたんでしょう」

「あなたも相当たびたび、この駿河譲治なる青年にお会いになったわけでしょうが、あなたの印象ではどうでした、この青年について……?」

「さあ、そういわれてもべつに……なにしろわたしは毎日役所がおそいし、駿河君は一週間に一度きり、火曜日にやってくるだけですから、めったに顔をあわすことはなかったんです。ちょくちょく家内やひとみからうわさをきくぐらいのもんで……ふたりとも教えかたが上手で親切だとほめていたので、それゃいいぐあいだと思っていたくらいのもんで……」

平出警部補は大木の妻女と駿河青年との関係について、なおも質問を進めていったが、大木はのらりくらりと言葉を濁して決定的なことは語らなかった。その言葉なり態度かららみると、ふたりの関係を知っていながら、それを語るのを恥としているのか、それとも全然けさまで知らなかったのか、どっちともとれるようであった。

平出警部補は業を煮やして、とうとう最後の切り札を持ちだした。

「ところで、大木さん」

と、平出警部補はきっと相手の顔を見すえながら、

「失礼ですが、あなた、一昨日、すなわち土曜日の晩はどこにいらっしゃいました?おうちにいられたんですか」

この質問はなにか痛いところをついたらしく、大木はギクッとしたように警部補の顔

を見なおしたが、すぐ騒ぎ立つ心をおさえるような努力をみせて、

「はあ、土曜日の晩は役所のかえりにちょっとほかへまわって、うちへかえったのは十二時ちょっとすぎだったが……」

「役所からちょっとほかへまわったとおっしゃるが、いったいどちらへ……？　念のためにお伺いしておきたいのですが……」

「いや、あの、それは……」

と、口ごもったのち、大木の頬（ほお）に突然かあっと血の気がのぼってきた。

「ああ、きみたちはこのおれを疑っているんだね」

と、怒気を満面に走らせて、

「馬鹿も休み休みいいなさい。わたしが家内と駿河君を殺すなんて……あっはっは、そ、そんな馬鹿なことが……」

「いえ、いえ、これはほんの形式だけのことでして……こういう事件が起こったばあい、いちおうその当時の関係者の行動をお伺いしておくのが、まあ、慣らわしみたいになっておりまして……もっとも、おっしゃりたくなければ、おっしゃらなくともよろしいんですが……」

　言葉そのものはおだやかだけれど、平出警部補の語気の底には、相手を冷やりとさせるようなものをもっている。

　大木もそれを感じたのか、頬からみるみる血の気がひいていって、蒼白（そうはく）のおもてがそ

そけだったようにこわばった。しかし、かれは強いて空元気をふるい起こすと、

「ああ、そう、それじゃそういうことにしておいてもらおう。だが、ここでいっときますがね。土曜日の晩のぼくの行動は、ぜったいに家内とは関係はありません。いや、家内と関係がないのみならず、そういう家庭的な問題とはちがっているんです」

「ああ、なるほど」

と、平出警部補はひややかに、

「それじゃ土曜日の晩のことはあきらめるとして、そのもうひとつまえの晩、すなわち金曜日の晩のことは話していただけるでしょうねえ。どこでお過ごしになったかということを……」

やんわりと真綿で首をしめるような平出警部補の質問に、ふたたび大木の頬がこわばった。いや、こわばったのみならず、痙攣するようにびくびくふるえた。

「き、金曜日の晩がなにかこんどの事件に関係があるというのか！」

「はあ、犯人は金曜日の晩から、殺人の準備にとりかかったのではないかと思われるふしがあるのです。失礼ですがあなた金曜日の晩はどちらに……？」

「それも、いや、金曜日の晩のこともいうことはできん。しかし、信じてもらいたい。それはぜったいに家庭的なことではないんだ。藤子や駿河譲治などとは、ぜったいに関係のないことなんだ」

「すると、お役所のほうの機密に関することでも……」

突然、そばからぼそりと口をはさんだのは金田一耕助である。

それを聞くと大木ははじかれたように体をそらせて、しばらく金田一耕助をにらんでいたが、その眼にはけわしい憎悪の色が光っていた。

「いやあ、べつにそういうわけでもないが……」

と、言葉を濁したものの、大木の額からしたたり落ちる汗は滝のようであった。

「それじゃ、もう少し質問をつづけさせてください」

と、平出警部補が金田一耕助にかわって、

「あなた、こんどの事件についてなにかほかに心当たりはありませんか。と、いうことはだれかあなたの奥さんと駿河君にたいして、恨みをふくんでいるとか、憎んでいるとか……」

「いや、いや、いっこうに……さっきもいったように家のことはいっさい家内にまかせて、わたしはなにもタッチしなかったもんだから……」

「ああ、そう、それじゃ駿河君の住居は……？」

「さあ、よく知りませんな。ああ、そうそう、合宿にいるんじゃないですか。そのことならX大学のボート部にきき合わせたらすぐわかりましょう」

「ああ、そう、それじゃそういうことにいたしましょう」

それからなおしばらく、平出警部補があまり重要とも思えない質問をながながとつづけていたのは、ちどり屋の店員、関口五郎君を呼びにいった刑事がかえるのを待っていたのだろう。

その刑事がやっとかえってきたので、

「やあ、どうもながながとお引き止めして申しわけございませんでした。それじゃ病院のほうへご案内させましょう」

平出警部補が眼くばせすると、すぐに刑事のひとりが立ち上がって、

「それじゃ、わたしがご案内しましょう」

と、さきに立って出ていったが、それにつづいて大木健造がドアから姿を消すとまもなく、刑事に付き添われて入ってきたのは関口五郎君である。

「どうだい、関口君、金曜日の晩、ボートを盗んでいったのはあの男じゃなかったかい？」

「さあ、それなんですが……」

と、関口君は真実当惑したように顔をしかめて、

「きのうもいっておいたとおり、そうはっきりと顔を見ておいたわけじゃないんで……なにしろむこうは用心ぶかく、顔をかくすようにかくすようにしてましたからね」

「しかし、感じとしてはどうだい。あの帽子やレーンコート、それに金縁眼鏡やひげなんかの感じは……？」

「ええ、そうおっしゃればたしかに眼鏡のかたちやひげのかっこうは、だいたいあれに似てましたが、金曜日の晩の男はもう少し柄が大きかったように思うんですが……」

ちなみに大木健造は五尺五寸くらいで、中肉中背というところだった。

五

大木健造の出頭によって捜査本部は俄然活況を呈してきた。

被害者の身元が判明しないあいだは、いかに敏腕で老練な刑事といえども、どこから手をつけてよいかわからなかったこの事件も、これで捜査の糸口がついたというものである。

等々力警部と平出警部補の指令で刑事が八方へとんで、いよいよこの事件にたいする活発な捜査活動が開始された。

「それにしても、主任さん、あの大木ってえのは臭いですぜ。土曜日の晩も金曜日の晩もアリバイが成り立たないというのはおかしいじゃありませんか」

根本という古狸の老練刑事の進言に、

「それだよ。やっこさん、なにか役所の機密事項に関する用件のようにおわせていたが、さて、どうかな」

「それゃ、多少はそれもあったかもしれませんが、ふた晩ともそれにかかりきってたかどうですかな。ちょっくらボートを盗みだしておいて、それからどっかへまわるという手もありますからな」

「だけど……」

と、金田一耕助が考えぶかい眼つきで、

「あの省はちかごろとかく問題の多い省ですからね。それにこの課というのが台風の眼みたいな課だって評判でしょう」

「それじゃ、金田一先生は」

と、根本刑事は挑戦するような眼を金田一耕助のほうへむけて、

「あの男の言葉を額面どおり受け取って、この事件にゃ関係ないとおっしゃるんですかい」

「とんでもない。なんといってもいちばん関係のふかい人物ですからね。ことに細君と家庭教師とのあいだに、忌まわしい関係があったとしたら……」

「とにかく根本君、金曜日と土曜日の夜におけるあの男の行動について、ひとつ徹底的に洗ってみてくれたまえ」

「はっ、承知しました」

いうにやおよぶとばかり身支度をした根本刑事が、

「おい、北川、おまえもいっしょに来い！」

と、まだそこにまごまごしていた新参らしい若い私服をつれてとびだしていくと、捜査本部もいくらか静かさと落ち着きを取りもどした。

金田一耕助がその捜査本部の一隅で、猫のようにのらりくらりとしていると、そのう

ちにぞくぞくとして情報が入ってきた。

まず、正午ごろ解剖の結果がはっきりわかったが、その結果は吉沢医師の見解と変わったところは少しもなかった。

男は心臓のひと突きが致命傷で、首を絞められたときかれは完全に死亡していた。それに反して女のほうの死因は絞殺で、心臓をえぐられたのは死後半時間くらいのちのことであろうという。そして、ふたりの殺害された時刻については、これまた吉沢医師が推断したように、土曜日の夜の八時から九時ごろまでのあいだであろうと断定された。またふたりの首を挽いた凶器については、おなじものが使用されたのであろうという鑑定である。

「ちっ、なんだい、これゃ……」

と、平出警部補の忿懣がまたそろそろ爆発しそうである。

「これじゃ、吉沢ヤブノカミ竹庵の鑑定とちっともちがやあしないじゃないか」

「あっはっは、ちがってちゃ困るじゃないか。それとも、きみはなにかより以上のものを期待していたのかい」

「そうですとも！」

「いったいなにを期待していたんだい」

「なにをって決まってるじゃありませんか。金田一先生のサゼストによるあの一件でさあ」

「金田一先生のサゼストによる一件とは……？」

「あれ、警部さんは忘れたんですかい、ほら」

と、平出警部補は金田一耕助にむかって眼玉をギョロギョロ、ギョロつかせながら、

「きのう金田一先生がヤブノカミにきいてたじゃありませんか。男の首を挽きはじめたのがさきだったか、それとも女の首を挽きはじめたのがさきだったかってこと……」

「あっはっは、あのことか。しかし、それゃいかに医学が進歩してるからって、そいつはちょっとむりだろうねえ。だけど、金田一先生」

「はあ」

「あなたのお考えじゃ、そういうことが捜査上の重要なキイとなるとおっしゃるんですか」

「はあ……」

と、金田一耕助はあいまいな調子で、

「それもそれですがもうひとつ、犯人はなぜこの首斬り作業を完成しなかったのか。なぜ途中で中止しなければならなかったのか……」

「それゃ、先生、なにか邪魔が入ったからでしょうが……」

「そう、それじゃ、その邪魔というのはどういう種類のものであったか。犯人が首斬りにとりかかったとき、そいつはよほど重大な決意をもっていたにちがいありませんね。首と胴とを斬りはなすことによって、被害者の身元をわからなくしよう。そして、あわ

よくばふたつの死体をボートとともに沈めてしまおう……と、そういう固い決意をもっていたにちがいないと思うんです。ところが実際の結果はどうです。じつに他愛なくふたつの死体が発見され、じつに他愛なくふたりの身元が明るみへ出てしまったじゃありませんか。これじゃ竜頭蛇尾(りゅうとうだび)というもおろかなりで、なにが犯人の計画をかくも他愛なく挫折(ざせつ)せしめたか……？」

「なにがかくも他愛なく犯人の計画を挫折せしめたんです？」

間髪をいれぬ平出警部補の質問にたいして、

「それがわかったらこの事件も万事ＯＫというところでしょう」

なあんだ、詰まらないというように、この野性味満々の警部補は小鼻をふくらまして肩をゆすったが、しかし、いま金田一耕助の指摘したところに、この事件解決の重大なキイがあるのではないかということは認めざるをえなかった。

さて、八方へとんだ捜査係員からぞくぞくと入ってくる情報によって、その日の午前中にわかった結果をここに述べると、それはだいたいつぎのとおりである。

Ｘ大学のボート部の合宿は埼玉県の戸田にあり、ボートハウスも戸田橋付近にあるという。

Ｘ大学のボート部では秋のインターカレッジにそなえて先日来猛練習をつづけていたが、二、三日まえボートが大破損をしたので目下修理に出してあり、一方部員も猛練習の連続でいささかへバリがきているところだったので、この機会を利用して休養をあたえようということになり、目下練習は休みで、したがって部員たちも全部登校しているということであった。

その部員のうちキャプテンの松本茂とマネジャーの鈴木太一という青年が、刑事につれられて大学の付属病院へ急行したが、ふたりとも男の死体をひと目見ると、うちの部員の駿河譲治にちがいないと証言した。ただし、このような大惨事が起こったについては、ふたりとも全然心当たりがないということであった。

こういう報告をきいて、捜査本部の方針はふたつにしぼられることになった。ひとつは大木健造の公私にわたる生活調査、もうひとつは、X大学のボート部の選手たちについて、調査をすすめていくよう指令が発せられた。

金田一耕助が等々力警部にむかって、突然戸田のボートハウスへ行ってみようじゃないかといい出したのは、こうして捜査本部の方針が決定してからのことであった。

「金田一先生」

と、たちまち平出警部補がその言葉を耳にはさんで、横から大きな眼玉をギョロつかせた。

「そうすると先生のお考えじゃ、X大学のボートハウスが怪しい、そこが殺人の現場じゃないかとおっしゃるんで」

「あっはっは、平出さん、そう飛躍しちゃいけませんよ。まだ見もしないうちからね。だけど一見の価値はあると思うんです」

「それゃそうです、それゃそうですとも。それじゃ警部さん、行ってらっしゃい。そして、男の首を挽いたのがさきだったか、女の首を挽いたのがさきだったか、ひとつよく調べてきてください」

平出警部補の冗談とも真剣ともつかぬ言葉に送られて、金田一耕助が等々力警部といっしょに出発したのは、午後ももうそろそろ四時にちかかった。自動車のなかには等々力警部腹心の部下、新井刑事も同乗している。

「なるほどねえ」

と、自動車が走りだすとまもなく、等々力警部は自分で自分に言ってきかせるように、しきりに首をふりながら、

「あの貸しボート十三号をひと晩かくしておくにゃ、ボートハウスこそもっとも屈強のかくし場所だったな」

「そうだ、そうだ、警部さん」

と、新井刑事も興奮していて、

「しかも、X大学のボートはいま破損していてボートハウスはあいている。おまけに練習も休みときてますから、だれもボートハウスにちかよるものはない。……だけど、金田一先生」

「はあ」

「そうすると、大木のやつもそれを知ってたことになりますな。あいつが犯人だとした

ら……」

「それゃわかるだろうよ」

と、等々力警部が横から引きとって、

「家庭教師の駿河が一週間に一回は大木の家へきてたんだからね」

「戸田へ行ったら、ついでに合宿へも寄ってみようじゃありませんか」

金田一耕助はただひとことそういったきり、あとはいっさい無言の行で、なにかながく考えこんでいた。

入梅をまぢかにひかえた今日このごろは、一日じゅうからっと晴れわたっているのは少なく、今日も雨雲がひくく垂れさがっていて、自動車が荒川の堤防沿いに戸田の町へ乗りいれたころには、まだそれほどの時刻でもないのに、この水郷はたそがれの靄のなかに垂れこめられていた。

自動車を戸田橋付近へつけて、X大学の艇庫ときくとすぐわかった。

それは荒川の支流の河岸っぷちに建っている鰻の寝床のように細長い、粗末な建物で、うしろには堤防をひかえ、周囲は一面に蘆荻おいしげる河原である。むろん近所隣りに人家などあろうはずはなかった。

「なるほど、これゃあ！」

と、その地形を見るとまず等々力警部がうなった。

「ああいう凶悪犯罪にはうってつけの場所だな！」

艇庫はぴったりドアがしまっており、ドアには大きな南京錠（ナンキン）がおりていた。

「錠がおりてますね」

金田一耕助はちょっと案外そうな顔色だったが、新井刑事は委細かまわず、

「なあに、構うもんですか。こうなれゃ非常手段だ。どこか窓から入ってみましょう」

新井刑事はぐるりとボートハウスの側面をまわってみて、粗末な窓をひとつひとつ調べて歩いていたが、

「金田一先生、警部さん、こちらへいらっしゃい。ここの窓が開くようです」

新井刑事が開いた窓から侵入すると、がらんと薄暗いボートハウスのなかには細長いプールが切ってあり、プールのなかにはくろずんだ水がよどんでいる。プールの水はそのまま前面の川につながっており、水門を開くとボートハウスのなかから、ボートが川へすべり出せるようになっている。水門は内部からしか開かぬようになっていた。

金田一耕助はプールのまわりを歩きまわりながら、

「これでみると外からここへボートを導入するためには、一度ボートハウスのなかへ入って内部から水門を開かねばなりませんね」

「まあ、そういうことになりますな」

と、等々力警部も水門を調べていた。

「そうすると、金曜日の晩、貸しボート十三号を盗んだ男が、ほんとにここへボートをかくしたとしたら、そいつは艇庫の鍵（かぎ）をもっていなければならんことになる……」

「どうしてですか、金田一さん」

　と、新井刑事が反駁するように、

「現に窓が簡単に開いたじゃありませんか」

「しかし、金曜日の晩、ボートを盗んだ男が、このボートハウスの窓がそう簡単に開くということを知っていたというのは……？」

「それゃ、金田一先生、ここを犯罪の現場としてえらんだとすれば、犯人は一応も二応も下検分をしたにちがいありませんぜ。それに大木だったらなんかの機会に、ボートハウスってどういう構造になってるかくらいのことは聞いてるでしょうからねえ」

「なるほど」

　と、金田一耕助はうなずいて、それ以上のことはいわなかったが、かれの性癖をよく知っている等々力警部は、いま金田一耕助の提出した疑問が気になるらしく、しきりにその横顔をうかがっていた。

　プールのそばにはボートをのっける台があったが、むろん台の上にはボートはなかった。ただ、向こうの壁にオールが林のように立てかけてあり、すみのほうに押し入れのようなものがあった。その押し入れを開いてみるとなかにはがらくた道具が半分ほど詰まっている。

「警部さん」

　と、さっきからプールのまわりを懐中電燈の光で調べていた新井刑事が、突然、押しころしたような声でささやいた。

「最近、だれかこのコンクリートをきれいに洗い落としたやつがあるんですぜ。ほら、このへん全然、泥の跡が残っていない……」

なるほど新井刑事のいうとおりで、プールサイドはまるで舐めたようにきれいに清掃されている。

「ボートハウスって、どこでもこんなにきれいに掃除ができているものかな」

「それゃわたしも知りませんが、泥靴の跡がひとつぐらい残っていてもよさそうに思いますね」

「しかし、ここがあの恐ろしい犯罪の現場だったとしても、血痕はあまり残っていなかったでしょうね。血の大部分はあのボートのなかに流されたんでしょうからね」

「まったくうまいこと考えたな。ボートのなかで首斬り作業をやってのけて、そのボートをそのまま沈めてしまえば、犯罪の現場はこの世から消滅してしまうわけだからな」

「ところが、最後の土壇場になってなにかの障害にぶつかった……」

と、新井刑事は金田一耕助の顔色をうかがいながら、

「つまり、問題はそれがどういう障害だったかということですね」

「まあね」

と、金田一耕助はなんとなくもの思わしげな眼つきである。等々力警部はまじまじとその横顔を見ながら、

「ところで、金田一さん、さっきあなたのおっしゃったことですね。金曜日の晩、ボートを盗んだ男がこのボートハウスの窓が、簡単に開くということを知ってたってこと……あなたはひょっとしたら、ここのボート部員に疑惑をもっていらっしゃるんじゃ……」

金田一耕助はしばらく黙っていたのちに、

「ねえ、警部さん、かりにここが犯罪の現場として、金曜日の晩ボートを盗んだ男が、ここまで漕ぎのぼってきたとしたら、それはたいへんな努力ですよ。吾妻橋からここまでいったいどのくらいありますかねえ。しかも、川をさかのぼるんですからねえ、ふだんボートを漕ぎなれてない男がそんなことやってのけたら、翌日は体の節々がいたくてかなわないんじゃないでしょうか。ひょっとしたら足腰が立たなかったかもしれない。ですから、金曜日の晩ボートを盗んだ男が、ここまで漕ぎのぼってきたとしたら、そいつはよほどボートに自信のある男にちがいありませんねえ」

「ようし！」

と、新井刑事は鋭く舌打ちをして、

「それじゃ、これから合宿へ行ってひとりひとり絞めあげてやろうじゃありませんか」

六

X大学のボート部の合宿というのは、戸田の町はずれ、荒川堤からほど遠からぬところにあったが、それはもう相当年代ものの、古ぼけて殺風景な建物だった。

金田一耕助は荒涼たる沼沢地を背景として、おりからのたそがれちかい曇り空のなかに建っているその殺風景な建物を仰ぎみたとき、鉛でものまされたような重っくるしい気分に圧倒されずにはいられなかった。

時刻はもうかれこれ六時、部員もおおかたかえっている時分だろうに、どの窓もほとんど灯がついておらず、妙にひっそりした感じが、なにかこう、合宿全体が呼吸をのんで世間の幻聴におののいているという印象だった。

三人が玄関へ入っていったとき、右手にある応接室で五、六人の部員が額をあつめて、なにかひそひそ話をしていたが、そのなかのひとりがだしぬけに、

「だけど、矢沢のやつがまさか……」

と、おびえたような声で叫んだのが、鋭く三人の耳をとらえた。

三人が思わずはっと顔見合わせて立ちどまったとき、応接室のなかでもそれと気がついたらしく、一瞬しいんとしずまりかえったが、

「だれだい、そこにいるのは……？　なにか用かい？」

と、つっけんどんな声がして、のっそり玄関にあらわれたのは、トレーニングパンツにアンダーシャツ一枚の青年である。

「ああ、警察のものだがね。ちょっと聞きたいことがあってやってきたんだ」

新井刑事が名刺を出すと、

「警察……？」

と、相手は聞きとがめるように、

「警察ならさっきもわれわれ全員呼ばれて、いろいろ取り調べられてきたばかりですよ」

アンダーシャツは立ったまま、じろじろ三人を見おろしている。

「いや、ところがこっちは警視庁のもんでね。きみたちに会って直接、まあ、いろいろ聞かせてもらおうと思ってやってきたんだ」

「だけど、キャプテンもマネジャーもいないんですが……」

「いいよ、いいよ、きみたちに話を聞かせてもらえれば十分だ」

新井刑事が遠慮なく靴をぬぎかけるので、アンダーシャツもしかたなく下駄箱をひらいて、スリッパを三足そこへそろえた。

金田一耕助が下駄箱をかぞえてみると二十くらいある。野球部などとちがってそうたくさん部員はいないのだろう。

玄関の右手にあるその部屋は応接室兼娯楽室になっているらしく、ラジオやテレビがそなえつけてあり、壁には部の記念写真などが一面にはりつけてある。その応接室のなかでひとかたまりになっているのは、迎えに出たアンダーシャツもくわえてつごう五人、思い思いのかっこうで椅子に腰をおろしているが、いずれもブスッとした顔をして、そこにはあきらかにきびしい警戒心と敵意とが、暗黙のうちに凍りついている。

新井刑事は立ったままずらりとひとわたり見まわすと、

「いやあ、どうも、だしぬけに押しかけてきてすまんが……ときに部員はこれだけ？」

と、アンダーシャツをふりかえると、

「いや、いまボートを修理に出してあるので、一週間ほど休養ということになってるんです。そのまに郷里へかえったやつもあるし、都内の親戚へ行ってるのもあります。だからいまこの合宿にいるのはこの五人と、マネジャーの鈴木とキャプテンの松本。……それから、そうそう駿河譲治のつごう八人でした」

「ああ、そう、それじゃすまんがひとつきみたちの名前を聞かせてもらおうか。名前を知ってないと話をするのにも都合が悪いからな」

五人の青年たちがたがいに顔を見合わせていると、なかにアロハを着た獰猛な面構えをしたのが、

「いいよ、いいよ、言っちまえよ、古川、おまえひとつ紹介しろよ」

と、ブスッとした面構えのまま言った。

「ああ、そう、それじゃ右のはしから順に紹介しましょう」

アンダーシャツは古川というらしい。

「右のはしっこのアロハが八木信作、つぎの浴衣のおっさんが片山達吉、おつぎのセーターが児玉潤、さてまたおつぎの浴衣から毛脛まる出しの兄んちゃんが長脛彦こと青木俊六、さてどん尻にひかえし紅顔可憐の美少年、かくいう吾輩は古川稔であります。報告終わり」

　アンダーシャツはたぶん二等兵物語の映画ででも見てきたのだろう、直立不動の姿勢で挙手の礼をしたが、だれも笑うものはなく、依然としてきびしい敵意が凍りついたままである。

「あっはっは、いや、どうもありがとう。それじゃこっちも紹介させてもらおう。おれはいま名刺をわたしたとおりの男だが、ここにいられるのは警視庁捜査一課の等々力警部、それからそちらの和服のかたは警部さんの親友で金田一耕助先生、私立探偵でいらっしゃる」

「あっ！」

　と、いうひくい鋭い叫びがアンダーシャツの古川と毛脛の青木のくちびるからほとんど同時にもれたので、アロハの八木がギロリと獰猛な眼を光らせた。

「なんだい、きみたち、このひとを知ってるのかい」

「ああ、譲治からきいたんだよ。なあ、稔さん、いつか譲治が金田一耕助……いや、金田一先生の話をしてたなあ」

「ああ、……失礼ですが、金田一先生」

と、五人のなかでいちばん如才ないのがアンダーシャツの古川稔である。金田一耕助のほうへむきなおると、

「先生は川崎重人さん、神門産業の専務の川崎重人氏とご昵懇じゃありませんか」

「はあ、いや、昵懇というほどじゃありませんが存じあげてることは存じあげております」

「それじゃ、お嬢さんの美穂子さんは……？」

「ここしばらくお眼にかかりませんが、ちょくちょく……」

「金田一先生は……」

と、長脛彦の青木も身を乗りだして、

「川崎氏の実兄で神門産業の総帥、神門貫太郎氏から絶対の信頼をうけてらっしゃるそうですねえ」

と、言葉つきも俄然ていねいになる。

「いやあ、絶対の信頼というのはどうですか。まあ、一種のパトロンなんですよ、あのひとが、ぼくの……」

「それじゃ、ここへいらしたのは川崎氏のご依頼で……？」

「いや、いや、それはそうじゃないんですよ。じゃ誤解のないようにあらかじめ説明しておきましょう」

と、金田一耕助は自分で勝手につごうのよい椅子に腰をおろすと、

「ここにいらっしゃる警部さん、捜査一課の等々力警部ですね。このひとにちょくちょく力を貸してもらってるんです。ぼくの仕事の場合にね。そのうちに、こう、うまが合っちゃってね、だから暇なときにはいつも警視庁のこのおやじんとこへ行ってとぐろをまいてるんです。それで、きのうもこのひとんところで油を売ってるところへ、あの事件の報告が入ったんだね。それで警部さんに誘われるままに東京湾へあのボートを見に行ったってわけです。だけど、そのときゃまだあの青年が駿河君とはもちろん知らなかった。ところがけさがたいっしょに死んでた婦人の旦那さんなる人が名乗って出てきて、そこではじめてあの青年が駿河譲治君であることを知って大いに驚いたというわけです。だけど、もしまちがってちゃいけないと思ったので、警部さんや新井さんにはまだいってないんだよ。一応きみたちに会ってたしかめてから、ふたりに打ち明けようと思ってたんだが、じゃ、やっぱりあの駿河譲治だったんですね、ふた月ほどまえスポーツ新聞のゴシップ欄をにぎわしていた……？」

「はあ、そうです、そうです。それですから……」

と、なにかいいかけた古川稔はそこで言葉を濁すと、ほかの連中と顔見合わせた。

等々力警部もさっきから新井刑事としきりに眼くばせをかわしていたが、ここにおいてやおら身を乗りだすと、

「金田一先生、それ、どういう話です？　あなたが神門の社長や専務さんの知遇を得て

いられることは知ってましたが、それとこれとはいったいどういう関係があるんです？」

「いや、どうも失礼しました」

と、金田一耕助はもじゃもじゃ頭をペコリとひとつ、警部と刑事のまえにさげると、

「いまお聞きのとおりいちおうたしかめてからと思ったもんですから、平出さんにも申し上げなかったんですが、ふた月ほどまえスポーツ新聞のゴシップ欄でこういう記事を読んだことがあるんです。つまり、神門産業の専務川崎重人氏の令嬢美穂子さんと、美穂子さんの弟さんの家庭教師で、X大学のボートの選手をしている駿河譲治君とのあいだに、このたびめでたく婚約がまとまったと……」

七

一瞬しいんと凍りついたような沈黙が、この応接室兼娯楽室のなかを支配した。

浴衣のおっさん片山達吉は両手でうしろ頭をかかえたまま、椅子のなかにふんぞりかえって、まじまじと天井の一角を凝視している。おつぎにいるセーターの児玉潤は、折り目のきちんとついたズボンの脚を組み合わせて、しきりにピースの煙を吐き出している。長脛彦の青木俊六は長い毛脛を両手で抱いて、しきりに貧乏ゆすりをやっている。アンダーシャツの古川稔はさっきからしきりに金田一耕助の顔色をうかがっている。ア

ロハの八木信作は豪然として椅子に腰をおろした両脚を八の字に開いていた。

しかし、かれらの沈黙もさっきからくらべると、だいぶん雰囲気がちがってきていることを、等々力警部のみならず新井刑事も感知していた。

この青年たちをかならずしも事大主義者というのではない。

しかし、五人が五人とも卒業を来年にひかえて、そろそろ就職に頭を悩ませなければならぬ時期にきているのだ。野球部などとちがって、ボート部は地味だから、一流会社から引っ張りだことというようなわけにはいかない。どこかによきコネはなきやと鵜の目鷹の目というのが、この五人の青年の現状なのである。

だからここに一流中の一流会社、神門産業の社長や専務の知遇を得ているという人物が出現すれば、たとえ功利的な意味ではなくとも、おのずから態度が改まるのは当然であろう。

「ああ、いや、これは驚きました」

と、等々力警部はのどにからまる痰を切るような音をさせて、

「それじゃ、結局この事件、川崎氏から金田一先生にご依頼ということになるでしょうな」

「いやあ、それはわかりませんが、あの青年がはっきり美穂子さんの婚約者だとわかれば、ぼくもこれから川崎家へお見舞いにあがらねばならぬと思ってるのですが……そうそう」

と、金田一耕助は思い出したように一同を見まわして、

「このこと川崎家へ報告は……？」

「はあ、キャプテンの松本とマネジャーの鈴木が行ってます」

と、答えたのは例によってアンダーシャツの古川稔である。

「ああ、そう、それじゃねえ、諸君、いまいったようなわけで、ぼくははからずもこの事件に首をつっこむことになったのだが、被害者のひとりが美穂子さんの婚約者だとすると、川崎家へたいする徳義上からしても、真剣にこの事件に取っ組まなければならぬと思ってる。それゃ、きみたちとしても母校の名誉、部の伝統ということもあるから、いろいろ言いにくいこともあるだろうが、ここはひとつ不幸なきみたちのチームメートのためにも、新井さんの質問にたいして、できるだけ腹蔵なく答えてあげてもらえないかね」

五人は顔を見合わせていたが、特別だれも異議をさしはさむものもなかったので、

「ええ、それゃ、先生、けっこうです。刑事さん、なんなりとご遠慮なく」

と、またしてもスポークスマンの役を買って出たのは古川である。

「ああ、そう、それじゃ、新井さん、あなたからどうぞ」

「はっ、承知しました」

と、新井刑事は金田一耕助のほうへ一礼して、

「それじゃ、まずいちばんにきみたちに聞きたいんだが、犯行の時刻は土曜日の晩の八

時から九時までということになってるんだ。だから駿河君は土曜日の晩以来この合宿へかえっていないわけだが、きみたちそれを不思議に思わなかったかい？」

「ああ、そのこと……？」

と、古川は相談するようにみんなの顔をみて、

「そのことなら小母さんに話してもらったほうがいいねえ」

一同が無言のままうなずいたので、

「それじゃ、小母さんにきてもらいましょう」

と、古川は応接室のドアから顔を出すと、

「小母さん、小母さん、ちょっとこっちへ来てくれませんか」

寮母もむろん三人が来ていることは知っていたにちがいない。知っていながら呼吸をころして成り行きいかにとうかがっていたのだろう。エプロンで手をふきながら出てきた彼女は顔面が硬直していて、

「あの、みなさん、お食事の支度ができてるんですけれど……」

と、そういう声もわざとらしかった。

お食事の支度ができていることは、彼女の言を待つまでもない。台所のほうからさっきから漂うてくるライスカレーのにおいが、新井刑事の腹の虫をいたく刺激しているのである。

「ああ、いいよ、いいよ、それより小母さん」

と、古川がなにかいいかけるのを、

「ああ、稔、ちょっと待て」

と、さえぎったのはアロハの八木である。

「えっ？」

「いや、小母さん、ライスカレー、こちらの三人に差し上げるくらい捻出できるだろう。松本や鈴木はどうせ川崎家でごちそうになってくるかんな」

「あっはっは！」

と、浴衣のおっさん片山達吉が吹き出して、

「信作、おまえブスッとしていながら、なかなかうまいとこへ気がつくじゃないか。どうです、みなさん、お食事まだなんでしょう」

「さっきからそちらの刑事さん、さかんに腹の虫が鳴ってるようですが、ここの小母さんのライスカレーときたひにゃ、得意中の得意の料理ですからね。ひとつ試食してあげてください」

と、長脛彦の青木俊六も言葉を添えた。

「あっはっは、それじゃ、警部さんも新井さんも、せっかくのご好意ですから、お言葉にあまえてごちそうになろうじゃありませんか」

「けっこうですな。おい、新井、おまえすっかり学生さんに腹の中を見すかされたじゃないか」

「そうおっしゃいますけどね、警部さん、すきっ腹にライスカレーのにおいとは、ずいぶん殺生だと思ってたんです」

「よし、きた！」

と、言下に立ち上がったのはセーターの児玉潤である。

「それじゃ、こっちへ運ぼうじゃないか。なんぼなんでも食堂は見せられないや。わが光輝あるボート部の名誉に関するからな。おい、稔、おまえも手伝え」

「オーケー」

こうしてライスカレーを山盛りに盛った大皿が、つぎからつぎへと応接室へ運ばれて、ここにきくものもきかれるものもおしなべて、寮母の岩下トミさんがうんととびきり奮発したカレーに舌を焼きながらという、世にも珍妙なきき取りが開始された。

「そいでねえ、小母さん、ここにいらっしゃる金田一耕助先生というかたはね」

と、古川はカレーで口のまわりを黄色くしながらも、スポークスマンの役は忘れない。

「有名な私立探偵でいらっしゃるんだが、ところが、そればかりではなく一方、譲治のフィアンセの美穂子さんをよくご存じなんだ」

「あら、まあ」

「そのことはいつか譲治からも聞いたことがあるんだが、いま先生にうかがってみたら、美穂子さんの伯父さんで、美穂子さんを眼のなかへいれても痛くないほどかわいがってる神門産業の大親玉、神門貫太郎さんね、あのひとがこの先生のパトロンだってさ」

「そういうわけで先生、こんどの事件にいたく興味をもって、警視庁のかたといっしょにここへ来られたんだから、小母さんもそのつもりで、そこでライスカレーをパクついてらっしゃる刑事さんの質問にどんどん答えてあげてくんないか」

「あら、まあ、まあ！」

「まあ、それは、それは……それで、どういうことから申し上げたらよろしいんでしょうか」

「やあ、岩下さん、ごちそうになったり、質問したりじゃあいすまんが」

と、新井刑事もスプーンをやすめて、

「土曜日の晩から、譲治君がこの合宿へかえらなかったのに、だれもそれを不思議に思わなかったかってえことを、いまこのひとたちにきいてたんだがね」

「ああ、そのことでございますか」

と、肥満型の岩下トミさんはうんとこしょとかたわらの椅子に腰をおろして、

「それはこうなんですの。あれは門限のちょっとまえでしたから十時半ごろでしたでしょうか。ここ門限が十一時なんですの。その門限のちょっとまえに駿河さんからお電話がございまして、急に用事ができたから信州へかえってくる。キャプテンの松本さんはじめみなさんにそう伝えてほしいといってこられたんです」

質問を切り出しておいてから、またライスカレーをしゃくいこんでいた新井刑事は、ぎょっとしたように金田一耕助や等々力警部に視線を走らせると、

「それ、十時半ごろだったというんだね」

「はあ、十時半というより十一時にちかかったかもしれません。それからまもなく松本さんがかえっていらっしゃいましたから……あのかたキャプテンですから、遅くとも門限ぎりぎりには必ずかえっていらっしゃいますから……」

と、いうことは、ほかの連中はあまり門限を守らないということを意味するらしい。

「それで、その声、譲治君に似ていたの？」

「さあ、それが……」

と、寮母は切なそうに顔をしかめて、

「そうおっしゃられてみると妙に電話がとおくて、何度も聞きなおしたくらいですから……でもそのときは駿河さんだとばかり思って、松本さんにもそのことを申し上げといたんですけれど、新聞で見るとその時分には駿河さん、もうこの世の人でなかったとか……」

寮母がエプロンを眼におしあてると、

「小母さん、小母さん、泣いてるばあいじゃないぜ。それからもう一度、譲治の名まえで電話がかかってきたってえじゃないか」

と、そばから、注意したのはセーターの児玉潤である。

「なんだ、また、電話がかかってきたというのかい。譲治君から……？」

と、新井刑事は眼をまるくして、それからまたあわててライスカレーをパクついた。

ライスカレーをパクつきながらもその眼は岩下トミからはなれない。金田一耕助と等々力警部もスプーンをやすめて、寮母の顔を見つめている。

「はあ、いまから考えるとほんとうにおかしゅうございましたわね。あれは松本さんとマネジャーの鈴木さんがおかえりになって、それから、そうそう、八木さん、あなたがちょうどかえっていらしたときでしたわね。そこの電話……」

と、応接室のすみにある卓上電話を指さして、

「が、ジリジリ鳴りだしたんです。それであたしが出てみると、それがまた駿河さんなんですの。いえ、こちら駿河だ……と、おっしゃるんでございましょう。でも、そのときはべつになんとも思わず、なにかいい忘れたことでもおありだったんだろうくらいに思って聞いてたら、さっきとそっくりおんなじことをおっしゃるじゃありませんか。急に用事を思い出したから、これから信州へかえってくる。キャプテンの松本さんはじめみなさんによろしくって。それであたしついいっちゃったんです。なにをいってらっしゃるのよう、あなたさっきもそういって電話をかけてきたじゃありませんかって。そしたらなにかとてもあわてたようすで、なにかぶつくさいってらっしゃいましたが、ちょうどそこへ八木さんがかえっていらして、駿河さんからだっていったら、八木さんがお出になったんです。そしたら、電話もう切れてたんですねえ」

アロハの八木はライスカレーの皿に顔を埋めたままうなずいた。

「ふうむ」

と、新井刑事はきれいにライスカレーをたいらげて、皿をそこへおくと、

「いや、小母さん、ごちそうさま」

と、黄色くなった口のまわりをハンケチでふきながら、

「それで二度目の電話の声、まえの電話の声とおなじだった？　それともちがってた？」

「さあ、それがなんとも……二度とも電話がとても遠くて……そうそう、それに二度目の電話は東京からでした」

「あっと。それじゃ最初の電話は戸田からだったの？」

「いや、それなんですよ、刑事さん」

と、スポークスマンの古川もきれいにたいらげたライスカレーの皿をそこへおくと、

「だから、小母さん自身がいってるんです。自分がもう少し利口だったら最初の電話をきいたとき、変だと思わなきゃいけなかったって。と、いうのは土曜日は譲治のやつ、川崎家の番なんです。川崎家は小石川の小日向台町でしょう。だから信州へかえるのになにもわざわざ戸田までかえってきて、電話かける必要はないわけですからね」

「金田一先生」

と、新井刑事がふりかえって、

「これ、なにか意味があるんでしょうねえ」

「それはもちろん。……いや、小母さん、ごちそうさまでした」

「いえ、もうとんだお粗末さまで……」

「そうすると、犯人はふたりということになるのかな。戸田から電話をかけた男と東京から電話をかけた男と……」

等々力警部も皿をそこへおいて思案顔だったが、

「いや、小母さん、ごちそうさま。それじゃ新井君、ライスカレーをごちそうになったところで、どんどん質問をつづけたほうがいいだろ」

「はっ、承知しました。ところで、譲治君、土曜日は学校からまっすぐに川崎家へ出向いて行ったの？　それともいったんこちらへかえってきてから……？」

「いえ、こちらからでした。あのかただけが早目に夕食をおすましになって、そうでしたわねえ、五時半ごろここをお出になったでしょうか」

「それでは、金田一先生」

「はあ」

「譲治君がほんとうに土曜日の晩、川崎家へ行ったかどうか、先生からたしかめていただけるでしょうねえ」

「はっ、承知しました。お伺いしてみましょう」

「ところで、どうだろうねえ。諸君。きみたちとしてはいうに忍びぬところだろうが、ああして人妻といっしょにああいうことになったろう。それで、あの婦人、……つまり、大木氏の奥さんとなにか変な関係があったんじゃないかと、いままで気がついたことはなかったかね」

この質問にたいして五人の学生はたがいに顔を見合わせていたが、そのなかから長脛彦の青木俊六がのっそりと体を起こすと、

「その質問にはぼくからお答えしましょう。われわれとしては譲治を信じたいし、現在でも信じています。しかしこれは一種の自己弁護みたいなものですから、しばらく措くとしても、譲治の品行についていちばんいい保証人は川崎重人氏だと思うんです。譲治はべつに美穂子さんをくどいて、変な関係になったから、しかたなしに両親がふたりの仲を許したというのではないんです。これは金田一先生などよくご存じでしょうが、川崎家というのはブルジョワの家庭としては非常に健全な家庭だそうですね」

「ああ、そう、きみのいうとおりですね」

「それに第一美穂子さんというひとが、そんなお嬢さんじゃありませんからね」

「ああ、きみも美穂子さんを知っているんだね」

「いや、ぼくのみならずここにいる連中はみんな知ってるんです。これはけっして変な、いやらしい意味ではなく、ここにいる連中はみんなあのお嬢さんに惚れてるんですよ。これゃ松本だって鈴木だっておんなじことです。なにしろ、あのとおりきれいで、闊達で、ものにこだわらないお嬢さんですからね。いわばあのひととわれわれのアイドルでもあり、マスコットでもあるわけです。だから、あのひとと譲治とのあいだに婚約がさだまったと聞いたとき、それゃもちろん友人のために大いに祝福しましたよ。だけどその

反面、掌中の珠をとられたような寂しさを感じたことも、否定できない事実なんです」

「信作なんかその最たるもんだったなあ」

セーターの児玉がまぜっかえすと、

「ああ、もちろん」

と、アロハの八木はにこりともせずに答えた。一見獰猛にみえるその面構えには、なにかしら悲愴なものがうかがわれた。

「だけど、信作は譲治といちばん仲よしだったからなあ。だから、いちばんよろこんだのも信作だったんですよ」

と、浴衣のおっさんの片山達吉が一席弁解の労をとったのは、友情の発露というものだろう。

「いや、いや、話がとんだ横道へそれちまいましたが……」

と、長脛彦が一同を制して、

「ぼくの強調したかったのは、譲治と美穂子さんの仲はけっして怪しい仲じゃなかった。むしろ両親のほうから譲治の秀才ぶりと品行方正、志操堅固なところに惚れこんで、婿に懇望してこられたんだということなんです。したがって川崎家では婚約をまとめるまえに、相当詳しく譲治の品行など調査されたにちがいないと思うんですよ。これが譲治にとっていちばんたしかな身分証明書じゃないでしょうかねえ、金田一先生」

「なるほど、それゃそうですねえ」

「俊六、おまえなかなかうまいこというじゃないか。おれ、すっかり見直したぜ」

浴衣のおっさんが混ぜっかえすと、

「よせやい。じゃもうおれはよしたあっと。おい、稔さん、スポークスマンはやっぱりおまえに譲らあ」

「よし、引き受けた。俊六はそれで休息しろ」

「ああ、そう、それじゃしつこいようだがねえ」

と、新井刑事がまた体を乗りだして、

「きみたち大木の奥さんというひとに会ったことある？」

一同はそこでまた顔を見合わせて黙りこんだが、やがてスポークスマンの古川がここぞとばかりに体を乗りだした。

「いえね、刑事さん、われわれははかりそめにも譲治を疑ったりなんかしちゃいないんですよ。実際譲治というのはいいやつでしたからね。それだけにあの奥さんとああいう状態で発見されたってことについて、一種の憤りみたいなものを感じるんです。これはおそらく大木家でも同様でしょうがねえ。ですからここ当分、われわれはあの奥さんのことについちゃいっさい語りたくないという気持ちでいっぱいなんです。これはひとつわれわれ純真な学生の気持ちとして汲んでいただきたいですね。どうだい、みんな」

「ウイ、ウイ、ムッシュー。スポークスマンのおっしゃるとおりだよ。なあ、みんな」

浴衣のおっさんがいちばんに賛成し、ほかの三人も無言のままうなずいたところをみると、こういう事件が起こったあとになってみて、かれらもあるいはという疑惑をもっているのではないかと思われた。

八

「ああ、そう、いや、わかったよ」

と、新井刑事もすなおに相手の要請をいれて、

「それじゃ、いまの質問は撤回するとして、もうひとつききたいんだが……きみたち怒っちゃいかんよ。これゃこういう事件が起こったときの形式的な慣例なんだからな、ここでひとつ土曜日の晩のきみたちの行動をきかせてもらおうじゃないか」

一同ははっと顔を見合わせたが、こんどもまたスポークスマンがいちばんに体を乗り出した。

「承知しました。それじゃ、そう、隗よりはじめよでぼくが口火を切りましょう。最近兄貴が郷里……と、いっても九州鹿児島なんですが、鹿児島から兄貴が上京していたので、土曜日の晩は銀座を案内かたがた、あちこちでおごってもらいました。ただしその兄貴もその夜の夜行で鹿児島へかえっちゃったんで、アリバイ調べにはちょっと手数がかかるかもしれません」

「それじゃ、こんどはわれわれの番だ。おい、玉ちゃん、おまえから話してくれよ」

長脛彦は長い脛をもてあましたように、アームチェヤーのなかに沈没していて、すっかり大儀そうである。

「ああ、そう、じゃぼくが話そう」

セーターの児玉潤はあだ名を玉ちゃんというらしい。

「あの晩われわれ三人、すなわち長脛彦の青木俊六と、片山のおっさんとぼくの三人は池袋へ出て映画を見ました。なにしろたまの休養に土曜日ときてるもんですからこたえられなかったんです。ところが映画だけでかえれゃよかったのを、このふたりがぼくを誘惑して……」

「うそつけ！　てめえがいちばんにいいだしたんじゃねえか。なあ、おっさん」

「あっはっは、まあ、どっちだっていいよ」

浴衣のおっさんの片山はちょっと仙人みたいな風格がある。

「じゃ、どっちでもいいことにして、とにかく三人でビヤホールへ入ったんです。ところがぼくこのとおり色が白い……」

「おい、ほんとかあ」

「……と、いうほどじゃありませんが、そこはいとむくつけき長脛彦やおっさんとちがって、アルコールが入るとすぐ顔に出るんです」

「それだけゃほんとだな」

「盗み酒はできねえって因果な性さ」

「ところがねえ、刑事さん」

「はあ、はあ」

と、新井刑事もにこにこ話を聞いている。

こういうきき取りの経験は刑事にとってもはじめてだったが、べつに悪い気持ちではなかった。

なかった。それはかれらが自分を愚弄しているのでないことが、はっきりわかっているからである。

「ここにいるこの小母さん、じつにいい小母さんで、われわれにとってはおふくろみたいなもんですが、惜しむらくは口が軽い。いや、口が軽いというよりはこれも母性愛の発露なんでしょうが、われわれが赤い顔でもしてかえろうものなら、さっそく監督さんにむかってご注進ご注進なんです。すると監督さんから説諭でしょう。それじゃつまんないからあのばばあ……じゃなかった、愛する小母さんの眼をごまかせる程度まで、色をさましてかえれてんで、そこは悪知恵の発達した長脛彦ですからね。で、あの晩、われわれ三人がいちばん遅かったんじゃなかったかねえ、小母さん」

「そうですよ。もうかれこれ一時でしたよ。門限から二時間ちかくも遅れたうえに、この小母さんの眼をごまかすなんて……ほっほっほ、そこへいくと八木さんは正直ねえ。赤い顔したまんまかえってきなさったから」

「なんだ、信作もあの晩飲んだのかい？」

と、長脛彦がちょっと心配そうな眼つきになる。

「ああ、あの晩、おれつまらねえ目に会ったんだ」

と、八木はあいかわらずブスッとした調子である。

「つまらねえ目って……？」

「いやさ、おまえたちみんな出かけたろう。松本と鈴木はボートのことで部長に呼ばれていくしさ、しかたがねえからおれひとりでテレビにむかってナイター見てたのよ。巨人阪神の書き入れ試合だったかんな。そしたらそこへ電話がかかってきやあがんの。出てみたらこれが松金の君公なんだ」

「あら、あれ、松金の君ちゃんでしたの」

と、小母さんがびっくりしたように質問すると、八木はなぜか顔を赧くして、

「そうだよ、小母さん、君公め、いやにお上品ぶった言葉使やあがんで、おれすっかり担がれてたろう。で、要するにおれひとりだってえと、それじゃすぐやってこないかってえんだろう。そいでさっそく出かけてみたら、君公め、そんな電話かけたおぼえねえってやあがる」

「その松金の君公というのはだれだね」

新井刑事の眼はなんとはなしにきびしくなる。

「鮨屋の看板娘なんです」

「ああ、なるほど、ふむふむ、それで……？」

「そいでぼく、なんだか狐につままれたような気持ちになっちゃったんですが、それで

もせっかく来たもんだからってんで、マグロのトロを四つだったか五つだったかつまんだきりで、すぐ松金をとびだしたんです。そいからふらふらそこいらを歩きまわってたんだけれど、なんだか、こう、めちゃめちゃに腹が立っちゃって、ついタコ平へとびこんで、おでんで一杯ひっかけたんです。小母さん、おれ、あの晩、相当酔ってたなあ」

「ええ、ずいぶんねえ」

と合槌(あいづち)はうったものの岩下トミの言葉はなんとなく重っくるしく、語尾がかすかにふるえたのを、新井刑事は聞きのがさなかった。

「だけど、八木君、きみはまたなぜそんなにめちゃくちゃに腹が立ってたまらなかったんだい。偽(にせ)電話にだまされたのが癪(しゃく)にさわったのかい？」

「もちろんそれもあります。だけど、それよりなにより、ちかごろは見るもん、聞くもんが癪にさわってたまんないんです。きっと陽気のせいでしょう。わっはっは！」

八木はかわいた声をあげてわらうと、突然椅子から立ちあがった。そして、獰猛な面構えの眼玉をギラギラ光らせて、

「みんな、おれ、ひと足さきに失敬するぜ」

「おい、信作、おまえ、どこへ行くんだ」

古川があわてて立ちあがると、

「なあに、心配するな。部屋へかえって寝るだけよ」

「だけど、おい、おまえ、そんな……」

「いいよ、いいよ、古川、ほっとけ。そいつはそんな獰猛な面構えしてるけど、ほんとうは少年みたいに感受性の強いやつなんだ。黙ってひとりにしといてやれ」

長脛彦の傻六はあいかわらずアームチェヤーにめりこんだまま、ひとりごとのようにつぶやいたが、その眼にきらりと光るものがあった。

「おい、ほんとに部屋へかえって寝るんだぞ。ふらふら外へとびだしていって、酒なんか食らやあがると承知しないぞ」

部屋の外まで追っかけて、八木の背後から注意をあたえていた古川は、部屋へかえってくると、

「金田一先生も警部さんも、それから刑事さんもあいつを誤解しないでやってください。いま青木もいったとおり、面構えこそ獰猛だが、あいつはほんとに気性のやさしいやつなんです。しかも、あいつはいま苦しいんです。いや、苦しいのはわれわれみんなおんなじですが、とりわけあいつは……あいつは……」

と、絶句して、

「苦しいんです。……」

と、腕のなかに顔を埋めて男泣きに泣きだした。

泣きだしたのは古川ばかりではない。小母さんはさっきからエプロンのなかに顔を埋めているし、児玉は鼻をすすっているし、仙人みたいな片山まで天井の一角をにらんだまま、しきりに眼をしわしわさせている。

「いや、それは諸君の気持ちはわかりますがね」

と、金田一耕助はおだやかに一同の顔を見まわしながら、

「八木君がとりわけ苦しいというのはどういうわけですか。それにはなにか特別の理由でもあるのですか」

「おい、矢沢のことを聞いてもらおうじゃないか。そうでないと……そうでないと、八木が誤解をうけるばかりだぜ」

児玉がくすんと鼻を鳴らしてひくくうめいた。

「そうだな、それがいいな。矢沢があんなばかげたことをするはずはなし。青木、これはおまえから話せ」

仙人みたいな浴衣のおっさんが天井の一角をにらんだまま賛成すると、

「あっ、そうか。それじゃおれが話そう」

長脛彦の俊六はやおらアームチェヤーから起きなおると、

「ひょっとすると、金田一先生やなんかはさっき玄関へ入ってこられたとき、矢沢という名前を耳になすったんじゃありませんか」

金田一耕助はうなずいて、

「いずれそのことについてきみたちにきこうと思っていたんです。それ、どういう人物？」

青木はちょっと考えたのち、

「ねえ、金田一先生」

「はあ」

「警部さんも刑事さんも聞いてください。こうしてわれわれ若いものがおなじ合宿に起居し、いわばおなじ釜の飯をくっていると、そこにはちょっと筆や言葉で表現できない、友情というか愛情というか、そんなものがうまれてくるもんです。これはもはや骨肉をわけた兄弟以上のものなんです。この気持ち、わかっていただけるでしょう」

「はあ、それはよくわかります」

「ですから、みんな仲よしなんです。だれかれなしに兄弟みたいな、いや、兄弟以上の仲なんですが、しかし、そういううちにもとくに仲のいいやつができるもんですね。ぼくの場合はさっき児玉が話したように、どこへ行くにもたいてい児玉と片山とぼくの三人です。そこで泣いてる古川は、今夜ここにおりませんが、キャプテンの松本とマネジャーの鈴木、それからこの古川が三人組なんです。ところが八木の相棒というのがこんどあんなことになった駿河譲治と、いま名前の出た矢沢文雄だったんです」

「ああ、なるほど」

「実際この三人はいいトリオでした。駿河はどちらかといえば秀才型だったし、八木はあのとおり野性味まるだしの男です。そして矢沢がちょうどその中間というところで、おたがいに長を学び短を補いあうにはもってこいの相棒だったんです。ですから出るにも入るにも三人いっしょだったといっても、かならずしも言い過ぎじゃなかったんです。

ところがふた月ほどまえにこの駿河と矢沢の友情にひびが入ったんです。原因は美穂子さんでした」

金田一耕助ははっとしたように相手の顔を見なおした。等々力警部と新井刑事も青木の顔を見まもりながら、相手の話に耳を傾けている。

青木はしかし淡々たる調子で、

「と、いって、これ、美穂子さんに責任があるってわけじゃ絶対にありませんよ。そこは誤解しないでいただきたいんですが、つまり、矢沢と八木がいちばん緊密に駿河に結びついていたもんですから、この合宿にいる仲間のなかでは、駿河についであのふたりが、いちばん頻繁(ひんぱん)に美穂子さんに会う機会があったわけです。そして、駿河はもとよりいうまでもありませんが、矢沢と八木のふたりが同時に美穂子さんに惚れちゃったんです」

青木がひと息いれるために言葉をきると、応接室のなかにはしいんとした沈黙が落ちこんできた。その沈黙のなかにただ小母さんの鼻をすする音だけが断続している。

「さっき、ぼくはここにいる連中はみんな美穂子さんに惚れてるといいましたね。その惚れかたがどういうものかわかっていただけるでしょう。われわれはただ孤独な青春にときどき華やかな色彩を点じてくれる女性として、あのひとに一種のあこがれみたいなもんをもってるだけですね。ところが矢沢と八木の惚れかたはわれわれとちょっとちがっていた。その惚れかたは駿河の惚れかたにちかかったのです。しかし、そうはいうものの八木はあのとおりで、ご面相に自信がありませんし、それにだいいち、あいつガールシャイなんです。松金の君ちゃん程度なら相手ができますが、良家のお嬢さんとなるとコチコチになってしまうほうです。それにくらべると矢沢のほうは相当自信があったらしいんですね。男っぷりだって駿河に劣らないし、第一、生家がいい。九州の炭鉱主のせがれですからね。そこへいくと駿河の生家ももとは信州の名家ですが、戦後はすっかり没落してしまって、アルバイトで学資の一端をかせがねばならぬという窮状でしょう。ですから、矢沢はひそかに美穂子さんを対象として自分の未来を夢想していたらしいんですね。ところがそこへだしぬけに、ふた月ほどまえ美穂子さんと駿河君との婚約の発表があったでしょう」

「それ、きみたちにとってだしぬけだったんですか」

「だしぬけでした。ただし、部長と監督とキャプテンの松本は知っていたそうです。駿河から内々相談をうけていたんですね。しかし、ほかの連中はみんな寝耳に水でおどろいたんですが、とりわけ矢沢にとってこれがどんな大きなショックだったか想像してください。それ以来、矢沢は練習も学校もすっかりさぼって酒浸りというわけで、さすが温厚な監督さんも腹にすえかねて、とうとうひと月ほどまえに泣いて馬謖を斬ったんですが、その間における八木の心労、苦衷を察してやってください」

「実際ねえ、夜の目も寝ないというのが、あの当時の八木の煩悶ぶりだったからねえ」

「そうです、そうです。いま古川がいったとおり、八木自身がおそらく失恋の苦汁に懊悩しているにちがいありませんね。しかし、ああいうやつですからそのほうの苦しみは、友人の幸福にたいするよろこびで相殺されたと思うんです。しかし、もうひとりの友人が堕落していくのを見ることは、その友人の苦しみがわかるだけに、あの男には耐えがたいことだったでしょう。かれはこんこんと矢沢に意見をくわえる一方、部長から監督、キャプテンからわれわれにいたるまで頭をさげて頼んだんです。泣いて頼んだんです。部から放逐することだけは勘弁してやってほしいって」

「実際、いじらしかったよなあ、あいつ……」

と、玉ちゃんこと児玉が指で眼をこすりながら鼻をすすった。

「しかし、八木がいかに奔走これつとめたところで、肝心の矢沢が全然ヤル気をうしなってるんですからねえ、それゃぼくなんかもかわいそうに思っていろいろいったんですけれど、結局だめで、とうとうひと月ほどまえにここを出ていったんです」

「あんときも信作のやつ、ポロポロ涙こぼして泣いてたよなあ」

話をきいているうちに金田一耕助も多情多感な若人の友情というものに胸をうたれて、

「それで、そういう際、駿河君はどういう態度をとっていたの」

「ああ、それですがねえ、金田一先生」

「はあ」

「由来恋の勝利者というものは、敗者にたいして冷酷なのがふつうなんじゃないでしょうか。だいいち、あの際、譲治が矢沢をなぐさめたりしちゃかえっておかしいですよ」

「そういやあそうだな」

と、等々力警部は合槌をうったが、

「それじゃ、その間、駿河君はわれ関せずえんという態度をとってたのかい」

と、新井刑事はいささか心外らしい口吻だった。

「いや、そうでもなかったですよ、刑事さん」

浴衣のおっさんは訥々として、

「譲治は譲治なりにかげながら、部長さんや監督さんのあいだを奔走しとったですよ」

「ふうむ」

と、新井刑事はちょっと膝を乗りだして、

「それで、矢沢文雄という男はいまどこにいるんだい？　ここを出てから……？」

「池袋のほうにひとりで下宿してるんです。じつは……」

と、いいかけてから青木は急に児玉をふりかえって、

「玉ちゃん、これからさきはおまえから話せよ」

「おっとしょ」

と、このなかでいちばん気取り屋の児玉だが、それでも眼のふちを赤くして、

「じつはねえ、金田一先生」

「はあ」

「矢沢のやつ、その後学校へも出てこなくなっちゃったんです。そいでこのまま学校も

やめちまう気じゃねえかって、それゃ信作が気をもむったらないんです。それゃもうはたのみる眼もいじらしいってのはあのことです。なあ、おっさん、稔さん」

うんうんとふたりとも無言のままでうなずいた。

「それですから土曜日の晩、われわれ三人が池袋へ出ていったというのも、じつは矢沢を訪ねていったんです。そしたらあいにく矢沢は留守で……留守なはずですよ、矢沢のやつ入れちがいにここへやってきたそうですから」

「あっ」

と、いうように低い叫びをあげて身を起こしたのは等々力警部である。

「土曜日の晩、矢沢君はここへ来たの」

「そうだって話です」

「何時ごろ……？」

「いや、警部さん、その話はあとで小母さんから聞いてください。土曜日の晩、信作のやつが自棄酒なんか飲んだのもそのせいらしいんですが、そのまえにぼくの話を聞いてください」

「ああ、そう、それじゃ……」

「で……われわれ三人が訪ねてくと矢沢のやつ留守でしょう。いたら三人で意見をして反省をもとめるつもりだったんです。じつはそれ、このおっさんの言いだしたことなんで、このおっさん達観したみたいな顔してますけど、これでなかなか人情家なんです」

「よせやい、ばか！」

「ね、このとおり照れてますけど、これでなかなかいいとこあるんです。それで、このおっさんがこのままじゃ矢沢も矢沢だが、信作がかわいそうで見ていられねえから、ひとつ文雄んとこへ行って、信作のためにも反省してもらおうじゃないかっていいだしたんです。ところが訪ねていったらあいにく留守。そこで世話んなってるそこの小母さんにきいてみたら、まあ、相当荒んだ生活してるらしいんですね。だけどほかへ泊まってくるようなことはないって小母さんがいうもんですから、そいじゃ今夜はおそくなっても待ち伏せして意見してやろうてんで、時間つぶしに映画見たんです。そしたらなあ、俊六」

「あっはっは」

「どうしたんだい」

「いやねえ、稔さん、その映画てえのがねえ、まるでわれわれに当てつけてるみたいな筋なんだ。やっぱり七人の仲のいい学生がいて、そのうちに仲間同士恋のタテヒキてえのがゴチャゴチャッとあって、あげくの果てにとうとうひとりがぐれてグレン隊になるって筋なんだ。恐れ入ったよなあ、あれにゃ……」

「つまらねえもん見やあがったな」

「ほんによ。だけどこっち映画見るのが目的じゃねえだろう。時間つぶしだからどこでもいいや、この映画、学生がおおぜい出てるようだからこいつにしよと、おっさんが決めちゃったんだ。そいで、このおっさんたら映画見ながらポロポロ泣いてんだぜ」

「つまらねえ話はよしな。みなさんお忙しいお体なんだぜ」

と、おっさんはすっかり照れている。

「いや、どうも失礼しました」

と、玉ちゃんは三人にむかってお辞儀をすると、

「そいでまあ、すっかり身につまされちゃったてえわけです。それで映画館を出てから電話かけてみたら、文雄のやつまだかえってねえというでしょう。それでしかたがねえから、こんどはビヤホールへ入ったというわけです。そこで一時間くらいねばって、十一時過ぎにまた訪ねていくと、こんどは文雄もかえってましたけど、これがもうベロンベロンに酔っ払ってて、全然歯が立たねえんです。そいでこれじゃしかたがねえからまたこんど、素面(しらふ)のときにやってこようてんで、手をむなしゅうして引き揚げてきたってわけです」

「そのとき……」

と、金田一耕助はちょっと体をまえに乗りだして、

「矢沢君、ここへ来たってことといってましたか」

「いいえ、全然。だから矢沢が土曜日の晩ここへやってきて、八木とふたりでチャンチャンバラバラやらかしたってえ話は、さっき小母さんに聞くまで知らなかったんです」

「チャンチャンバラバラやらかしたあ……？」

と、新井刑事が眼をまるくすると、

「ああ、そう、新井さん、それじゃこんどは小母さんから土曜日の晩の話を聞かせてもらおうじゃありませんか」

「はあ、あの……」

と、小母さんはいよいよ自分の番がまわってきたので、大いに緊張のおももちで、神経質にエプロンの裾をまさぐりながら、

「チャンチャンバラバラったって、なにも仲が悪くてけんかなすったわけじゃないんですのよ。あんまり仲がよすぎるもんですから、つい……」

と、小母さんがもじもじするのを金田一耕助がなぐさめ顔で、

「いや、小母さん、それはよくわかってますけどね、こういうことは誤解があっちゃいけませんから、ひとつそのいきさつをできるだけ詳しく話してくれませんか。矢沢君、何時ごろここへ訪ねてきたの」

「はあ、あの、すみません。わたしはどうも頭が悪いもんですから、うまくお話ができなくて……」

と、小母さんはそこで居ずまいをなおすと、土曜日の晩のことを改めて詳しく話しだした。

九

「あれは七時半ごろでしたわねえ。みなさんお出かけになって、八木さんだけがひとりしょんぼりここでテレビ見ていらしたんです。そしたらそこへ矢沢さんがいらしたんです。わたしそのとき台所で勝子……わたしの姪ですけれど……勝子を相手に片づけものをしてたんですの。そしたら、ああ、文雄じゃないかって、いかにもうれしそうな八木さんの声がきこえるでしょう。そこでここへ飛び出してきたら矢沢さんがいらして……そのとき矢沢さん、少し酔っていらっしゃるふうでした。でも、ベロンベロンなんてんじゃなかったんですよ。わたしも懐かしいもんですからいろいろ、まあ、話しかけたんです。でもねえ、児玉さん」

「ううん？」

「そのときのわたしの感じじゃ、矢沢さんそんなに荒んでるって感じじゃなかったんですのよ。それゃいくらかじゃない、だいぶ照れてはいらっしゃいましたけど、わたしや勝子に冗談いったりして……わたしこのぶんじゃ、またこっちへかえっていらっしゃるんじゃないかと思ったくらいですから。……八木さんはああいう無口なひとですから、そう口数はおききになりませんでしたけれど、とてもうれしそうににこにこしてらしたんです。そのうちに話があるからちょっと来いとおっしゃって、それでふたりで二階へあがっていらしたんです。それから……」

「ああ、ちょっと……」

と、金田一耕助がすばやくさえぎって、

「その、……話があるからといったのはどっち？　八木君？　矢沢君？」

「いえ、あの、すみません。矢沢さんのほうなんですの」

「ああ、そう、それで……？」

「はあ、それでふたりで二階へあがっていらっして、それからものの十五分……二十分もたった時分でしょうか、突然二階でドスンバタンと取っ組み合いをするような音がするでしょう。それでびっくりして勝子とふたりで行ってみると、八木さんが矢沢さんの上に馬乗りになって、両手でピシャンピシャンと矢沢さんの頬っぺたを殴ってるんですの。それでいて八木さんはポロポロ泣いてますし、矢沢さんは矢沢さんで眼をつむったまま、八木さんのするままにまかせてるんでしょう。それで勝子とわたしとで八木さんをとめようとすると、下から矢沢さんが眼をひらいて、いいよ、いいよとおっしゃって、それからこんな意味のことをおっしゃいました。自分はこの男の気性をよく知っている。だから、だしぬけにこんな話をもってきたら、こいつがこのとおり憤慨するのもむりはないんだ。……と、そうおっしゃって矢沢さんも眼に涙をためていらっしゃいました」

「なるほど、それで……？」

「はあ、それでもわたしどもがとめたもんですから、八木さんもおよしになって、それでもまだ憎らしそうに矢沢さんをにらんでいらっしゃいました。そしたら矢沢さんが起きなおって身づくろいをなさりながら、しみじみとした調子でこんなことをおっしゃったんです。八木、おまえにはこのおれがそんなに卑劣な男にみえるかい。おれはそういう卑劣な男になりたくないからおまえに相談にきたんだ。だけど今夜はおたがいに頭が熱くなってるからまたこんどにしよう。だけどいまのこと絶対にだれにもいうなと、そうおっしゃって階段を駆けおりていらしたんです」

「ふむ、ふむ、それで……？」

金田一耕助は等々力警部と眼くばせしながら、岩下トミさんの顔を熱心に見まもっている。

学生たちもこういう詳しい話をきくのはいまはじめてとみえて、たがいに顔を見合わせながら、これまたしいんと小母さんの顔を見つめている。

「はあ、あの、それで勝子とふたりでいろいろとおききしたんですけれど、八木さんはだまって考えこんでいらっしゃいました。なんだかとってもびっくりしたようなお顔色でしたが、突然、矢沢！　矢沢！　と、叫びながらわたしたちを突きのけて、階段を駆けおりていらしたんですの」

「あとを追っかけていったんだね」

「はあ、でも、結局見つからなかったとみえて、すごすごかえっていらして、それからまたテレビのまえに座っていらしたんですの」

「そこへ電話がかかってきたんだね」

と、この質問は新井刑事である。

「はあ……」

と、小母さんはちょっと口ごもったのち、急に児玉のほうへむきなおると、

「そのときねえ、児玉さん」

「ううん？」

「そのとき、ほんとうをいうとわたし、あなたや青木さんや片山さんを憎らしいひとだと思ってたんですのよ」

「どういう意味で……？」

「いいえ、松本さんや鈴木さんは、部長さんに呼ばれていらしたんだからしかたがございませんわね。それから古川さんも遠いお郷里からお兄さんがいらして、ああして電話をかけていらしたんですから、これまたしかたがございませんけれど、青木さんやなんかどうして今夜ここにいてあげなかったのかしら。八木さんがあんなに煩悶していらっしゃるのにほったらかしといて、映画を見にいくなんて、なんて情愛のないひとたちだろうと思ってたんですの。あなたがたが矢沢さんを訪ねていらしたなんて、ゆめにも知りませんでしたからねえ」

「ああ、なるほど、そういう意味？」

「ごめんなさい。ほんとうに……でも、そのときの八木さんたら、ほんとにお気の毒み

たいだったんですの。テレビのまえに座ってらっしゃるたって、全然、テレビなんか見てないんですものね。ときどきううんとうなったり、ひとりごといったり、わたしなんだか心配でしたから、八木さんのそばにくっついていたんですの。そしたらそこへ電話がかかってきたんです」

「その電話、いきなり八木君が出たの？」

と、金田一耕助の質問はおだやかだったが、それでも小母さんを狼狽させるには十分だった。

「いえ、あの、それはわたしが取り次いだんですけれど……」

「それで、それ、八木君がいってるように松金の君ちゃんだったの？」

「いえ、あの、それが……」

と、小母さんがいかにも切なそうに、エプロンをひきちぎりそうにするのを見て、

「小母さん」

と、金田一耕助が厳粛な顔をして、

「こんなときにはなにもかも正直にいったほうがいいですよ。そのほうがかえって八木君のためになるんですからね」

「はあ、あの……わたし、その電話、どこかのお嬢さんじゃないかと思ったんですの。言葉つきやなんかから……」

「じゃ、むこうさん、名前は名乗らなかったんですね」

「はあ」

「じゃ、どういってかかってきたの」

「はあ、八木さんはいるか、いえ、あの、いらっしゃいますか、八木さんがいらしたらお電話口まで……って、なんだかとても声がうわずっていたようで……それで、八木さんがお出になったんですけれど、ふたこと三こと話していらっしゃるうちに、なんだかとてもびっくりしたようすで、それじゃ、すぐ行きますって電話を切ってとびだしていかれたんですけれど……」

「それで、その電話、戸田からかかってきたんですね」

「はあ、あの、そうのようでした」

「それでひょっとしたらその電話の最中に、ボートハウスって言葉、出なかった？」

小母さんはぎょっとしたように、金田一耕助の顔を見すえていたが、

「はあ、あの、八木さんがびっくりしたように、ボートハウスのそばにいるんですって？　と、そう叫んだのをおぼえてますけれど……それからすぐとび出していったんです」

一瞬しいんと凍りついたような沈黙が、応接室のなかへ落ちこんできた。

四人の学生たちは突然なにかの恐怖にとりつかれたように、そそけだった顔を見合わせている。等々力警部と新井刑事は金田一耕助と岩下トミの顔を見くらべていた。

「それじゃねえ、小母さん、もうひとつ最後にきくが、門限過ぎに八木君がかえってき

たとき、ちょうど駿河君の名前で電話がかかってきていたんだろう」

「はあ……」

「そのとき、八木君の顔色はどうだった？　駿河君からの電話だというと……？」

「はあ、それはそれは八木さん、とってもびっくりなすって、しばらくわたしの顔を見つめていらっしゃいましたが、いきなりわたしの手から受話器をむしりとって……」

「ああ、ちょっと！」

と、金田一耕助はだしぬけに岩下トミをさえぎると、

「古川君！」

「えっ？」

「きみ、すまないがちょっと八木君のようすを見てきてくれませんか。すこし静かすぎるようだけど……」

一〇

一瞬、一同はぽかんと金田一耕助の顔を見ていたが、つぎの瞬間、はじかれたように椅子から腰をうかしたのは四人の学生と新井刑事である。このときばかりは仙人みたいな片山も、いたって動作が敏捷(びんしょう)だったのである。ぎくっと椅子から体を起こすと、

「ふ、古川！　あ、青木！」

「ようし、古川、おまえもいっしょに来い！」

長脛彦の青木俊六とアンダーシャツの古川稔が応接室からとびだしていき、児玉は階段の下へ、片山は応接室のドアのところでうろうろしていた。

「せ、先生！」

小母さんの岩下トミはやっと事態がのみこめてきたとみえて、大きなお尻を椅子のなかにめりこませたまま、エプロンのはしを引き裂かんばかりに握りしめている。

「児玉！　児玉！」

と、階段の上から古川の取り乱した声が降ってきた。

「医者を……医者を……えっ？」

と、なにやら青木に聞いているらしかったが、

「外科だ、外科だ、外科の菅沼先生に……大至急だ！　大至急だぞ、わかったか！」

児玉潤が気ちがいみたいに電話器へむしゃぶりつくのをあとに見ながら、金田一耕助と等々力警部、新井刑事に片山達吉が二階へのぼっていくと、八木信作は寝床のなかで血だらけになっていた。

「こいつ……こいつ……布団を頭からひっかぶって……われわれに声を聞かせぬために……ばか！　ばか！　信作のばか！……」

畳の上に血を吸ったジャックナイフがころがっており、青木は涙で顔をくしゃくしゃにしていた。

等々力警部はその青木をおしのけると、慣れた手つきで八木の傷口を調べていたが、

「だれか洗面器に水を……それからなにか強く緊縛するような清潔な布は……」

言下に古川が部屋からとび出していった。

「警部さん、頸動脈をやったんですね」

「はあ、でもさいわい刃物があんまり切れなかったので。……ああ、よし！」

古川が救急箱を、小母さんが洗面器をもってきたので、等々力警部が新井刑事に手つだわせて、なれた手つきで応急手当てをしているところへ、児玉潤があがってきた。

「菅沼先生はすぐ来てくださるそうです」

「そうか、そうか、そいつはよかった。こいつもまあ運のいいやつよ」

金田一耕助はそのあいだに部屋のなかを見まわした。そこは八木と駿河の合部屋になっていたらしく、机がふたつならんでおり、ひとつの机のうえには八木と駿河の名前の入った参考書やノートが、いかにも秀才らしくきちんと整頓されていた。それに反して乱雑をきわめた八木の机の上に、手紙が三通重ねておいてある。

金田一耕助が手にとってみると部長にあてたものと、ボート部員一同にあてたもの、それから高木一雄様というあて名のが一通あった。

「古川君」

「はあ」

「高木一雄というのはどういうひと？」

「はあ、それなら八木の義兄であります。八木は両親がなくて姉さんの夫になるひとから学資を仰いでいたのであります」

古川稔の言葉はすっかり改まっている。

「ああ、そう」

金田一耕助はそれらの三通の手紙に感謝したい気持ちでいっぱいだった。八木信作はこの三通の手紙をしたためるために手間取って、自殺の決行がおくれたのである。ことに義兄にあてた手紙は相当長文らしく、これに時間をくったのであろう。

金田一耕助はそれらの手紙を机の上にもどすと、

「古川君」

「はあ」

「そこにかかってるバーバリーのレーンコートだれのもの」

バーバリーのレーンコートと聞いて、新井刑事が反射的にふりかえろうとすると、

「新井君、だめじゃないか。もっとしっかりおさえてろ」

と、等々力警部がきびしい声でしかりつけた。そういうことは万事金田一耕助にまかせておけという意味なのである。

「はあ、これは八木のレーンコートであります」

「ああ、そう」

と、金田一耕助はちょっと考えたのち、

「こんな際にこういうことをきくのはたいへん失敬だけど、これ重大なことだからよく考えて答えてくれたまえ。金曜日の晩、きみたちはどうしてた？　土曜日のまえの晩だが……」

「はっ、金曜日の晩はミーティングがありまして、監督さんの命令で部員全部、合宿に足どめされていたんです」

「部員全部……？　ほんとに部員全部ここにいたの？」

「あっ、失礼しました。いまのは取り消します。駿河だけがなにかよんどころない用事があるとかで、監督さんの了解を得て欠席したのであります」

「ああ、そう」

と、金田一耕助はまたちょっと考えたのち、

「ときに、駿河君もこれとおなじような、つまりバーバリーのレーンコート持ってる？」

「いいえ、駿河はレーンコートは持っておりません。しかし……」

「しかし……？」

「はっ、八木のものは駿河のものもおんなじですから……」

「ああ、そう、ありがとう」

ちょうどそのとき手当てをおわった等々力警部は、新井刑事といっしょに血に染まった手を洗いながら、

「なあ、きみたち」

「はあ」

「きみたちはこの八木という男をよっぽど愛してるんだろ、さっきからの話を聞いてるとなあ」

「はっ、それはもちろん……」

「それだったらなあ、諸君、きみたちは金田一先生によっぽどよくお礼を申し上げにゃいかんぞ。先生のご注意がもう少しおくれたら、こいつ、出血のためにいけなくなってたかもしれん」

そのとたん、浴衣のおっさんがわあっと声を放って泣き、いちばん冷静な青木俊六も、

「先生！」

と、その場に両手をついてのどをつまらせた。

「ああ、いや、それは八木君の運が強かったんですよ。だけどひとこと注意しときますがね」

「はあ」

「八木君はまた決行するかもしれないからね、当分のあいだは、絶対に眼をはなさないように」

「先生、しかし、八木はいったいなんだって……」

「ああ、いや、それはいまにわかりましょう。ただ、ここでひとこと言っときますがね、

八木君は……」

と、金田一耕助はちょっとのどをつまらせて、

「八木君は八木君なりに、母校ならびにボート部の名誉を救おうとしたんでしょう。だから、そのやりかたがまちがっていたからって、八木君をあまり責めちゃいけませんよ。ああ、ちょうどいいぐあいだ。お医者さんがいらしたようですね、警部さん」

「はあ」

「われわれは階下の応接室で待っていようじゃありませんか。いや、きみたちはここで八木君に付き添っていてあげてください」

階段をあがってくる菅沼医師とすれちがいに、階下の応接室へおりてきた三人は、思い思いのポーズのまま、しばらくは口もきかなかった。

金田一耕助の頭脳にはいま推理の積み木がひとつひとつ積み重ねられているのである。こういう場合、ほかから余計な口出しをしないほうがいいということを、等々力警部はもとより、長年警部の部下でいる新井刑事もよく知っている。

金田一耕助はふと等々力警部の洋服に眼をとめて、

「あ、警部さん、だいぶ血でよごれましたね」

「ああ、いいですよ、いいですよ。名誉の負傷もおんなじことです。あれで人間ひとり助かりゃあね」

金田一耕助は無言のままうなずくと、壁にはってある写真を見て歩いていたが、

「ああ、警部さん、新井さんもちょっとここへ来てごらんなさい。ほら、おもしろいものがありますよ」

等々力警部と新井刑事がそばへよると、それはボート部員が旅行したときの記念撮影らしい。背景は琵琶湖の湖畔らしく、そこに制服制帽の部員がそろっていて、みんな自分の写真の上に署名しているが、そのなかに矢沢文雄という名前もみえた。

さっき青木もいっていたが部員全部、兄弟以上の愛情によって結ばれているが、そういうなかにもとくに仲のよい相棒ができるものだと。……

その写真のなかでも青木と児玉と片山の三人がトリオをつくっており、それとはべつに駿河譲治をなかにはさんで、矢沢文雄と八木信作の三人が肩を組んでわらっている。駿河のいかにも秀才らしい面持ちに反して、八木は野性味横溢(おういつ)している。そのふたりとトリオを形成している矢沢文雄は、いかにもお坊っちゃんお坊ちゃんした好男子だった。金田一耕助はその写真を見ているうちに、ふうっと胸が迫るのをおぼえ、あわてて視線をつぎの写真にうつしたが、

「あっはっは、これ学校の記念祭かなにかのときのコンクールなんでしょうねえ」

「やあ、これゃ……この獰猛(どうもう)な大女が八木信作だね。あっはっは、浴衣のおっさんがアイゼンハウァーか。これ、フルシチョフのつもりらしいがだれかな」

「松本か鈴木じゃありませんか。……あっと、金田一先生、どうかなさいましたか」

金田一耕助は暗い顔をして、この愛すべき、しかしまた同時に恐ろしい真実を啓示し

ている、仮装行列の写真のそばをはなれると、

「警部さん、八木君の大女と手を組んでいる金縁眼鏡にちょびひげの紳士の顔を……」

それはまぎれもなく駿河譲治であった。

「金田一先生！」

新井刑事は思わず呼吸をはずませたが金田一耕助はものかなしげに首をふると、

「ねえ、警部さん、新井さんも……このふたつの写真でもわかるとおり、かつてはみんな仲よしだったんです。無邪気で天真爛漫だったんです。それがこんなことになるというのも、現代の日本の悲劇なんでしょうねえ」

新井刑事がなにかいおうとしているところへ、小母さんが応接室のまえをとおりかかったので、金田一耕助が呼びとめた。

「小母さん、ちょっと……」

「はあ、金田一先生、さきほどはありがとうございました」

小母さんはもうなにかというと涙なのである。

「ああ、いや、それよりもねえ。さっきの話……土曜日の晩、八木君に電話をかけてきたお嬢さんだがねえ、小母さんにはそれがだれだか見当がついてるんでしょう」

岩下トミははっと怯えの色を見せて、金田一耕助の顔から眼をそむけた。

「小母さん、なにもかも正直にいったほうがいいよ、そのほうが八木君のためでもあり……」

と、言葉を添える等々力警部のあとへ、

「そして、同時にそのお嬢さんのためでもあるんだからねえ」

と、金田一耕助が付け加えた。

「はあ、あの、金田一先生は……」

と、いいかけて、小母さんは涙のにじんだ眼で金田一耕助を見つめていたが、

「それじゃ、申し上げますけれど、そのお嬢さんのお声をきいたとき、すぐ川崎さんのお嬢さんだと思いました。現に八木さんも一度美穂子さん……と、電話にむかって口走ったんですの。でも、あの晩、川崎さんのお嬢さんがこの戸田にいらっしゃるはずがございませんわねえ。現に駿河さんがお宅へ行ってらっしゃるんですから……」

「ああ、そう、ありがとう、それだけでいいんですよ」

それからまもなく菅沼医師がおりてきたので経過をきくと、等々力警部の応急手当てがよかったので、大丈夫生命はとりとめるとのことだった。金田一耕助もそれを聞くと安心して、等々力警部や新井刑事をうながして合宿を出た。

新井刑事は土地の警察へ寄って、この由を連絡しておくというのでそこで別れて、ふたりは待たせてあった自動車に乗ったが、

「ああ、そうそう、運転手君、すまないがもう一度ボートハウスへ寄ってくれませんか」

「金田一先生、ボートハウスになにか……？」

「念のためにもう一度見ていこうじゃありませんか。どうやらあのボートハウスが現場であることは、もう疑いがなさそうですからね」

ボートハウスのなかにもぐりこむと、金田一耕助はまっしぐらに押し入れのほうへ進んでいった。ドアを開いてマッチをすると、がらくた道具のあいだを調べていたが、

「金田一先生、これを……」

「ああ、そう」

等々力警部からライターを借りて、なおいっそう熱心に押し入れのなかを調べているうちに、とうとうなにかを見つけたらしく、身をかがめて床から小さなものを拾いあげた。

「金田一先生、なに……？」

「警部さん、ほら、これ！」

右手にライターをかざし、ぱっとひらいてみせた金田一耕助のてのひらに光っているのは、真珠をちりばめたアクセサリー。イヤリングのかたっぽらしかった。

「あっ！」

と、等々力警部は呼吸をのみ、

「それじゃ、だれか若い女がこの押し入れのなかに……」

「警部さん、これでどうやらなぞがとけるんじゃないでしょうか」

「なぞがとけるとおっしゃると……？」

「いいえ、ふたりの被害者のうち女のほうはレーンコートまで着ていたのに、男のほうがパンツひとつの素っ裸でいたことと、犯人がなぜ首斬り作業を中止のやむなきにいたったかということが……」

「金田一先生、それ、どういう意味……？」

と、等々力警部のその言葉もおわらぬうちに、金田一耕助は突然ライターを吹き消すと、

「だれか来た！」

金田一耕助のささやきに、等々力警部がはっと呼吸をのんで耳をすますと、なるほどボートハウスの外からこちらへちかづいてくる足音がする。ふたりはとっさに左右にわかれて、押し入れの側面にぴたっと背中をくっつけた。

やがてボートハウスの外に懐中電燈の光がして、ドアの錠前を調べているようすだったが、それが開かぬとわかると、ひとつひとつ窓を調べはじめた。とうとう懐中電燈のぬしは、いま金田一耕助と等々力警部の忍びこんだ窓へたどりついた。

懐中電燈のぬしはそこでちょっと小首をかしげているふうだったが、それでも心がきまったのか、半身窓へよじのぼって懐中電燈の光をボートハウスのなかへさしむけた。さいわいそこから押し入れまでは相当の距離があるので、光は金田一耕助や等々力警部まではとどかない。

懐中電燈のぬしは安心したのか、窓をのりこえてボートハウスのなかへ入ってくる。

その男……懐中電燈の光の反射のなかにうきあがったのは、たしかに男の姿だったが……は、このボートハウスの勝手をよく知っているとみえて、プールのそばへ寄ると、丹念にプールサイドのコンクリートを調べている。おりおりもれる荒い息使いが、この男の興奮の状態をよく示している。

男は舐めるようにコンクリートを調べていたが、そのときまたボートハウスの外から忍びやかな足音がきこえてきた。

こんどの足音のぬしは金田一耕助にもすぐわかった。おそらく懐中電燈のぬしのあとを追って、自動車の運転手がやってきたのだろう。

その足音が開いた窓の外までたどりついたのをたしかめてから、突然等々力警部が暗闇のなかから声をかけた。

「きみ、きみ、きみはそこでなにをしてるんだね」

あっ！と、叫んで懐中電燈のぬしは、はじかれたように身を起こすと、いま忍びこんできた窓のほうへ駆けよったが、鈍くひかるその窓の輪郭のなかに浮きあがっているひとの姿を見ると、ふたたびあっと叫んで別の窓へ駆けよろうとした。

金田一耕助が声をかけたのはそのときである。

「待ちたまえ、矢沢君！」

「えっ？」

と、小さく叫んで懐中電燈のぬしはその場に釘付けになった。

金田一耕助は等々力警部といっしょにそのほうへちかよっていくと、

「矢沢文雄君だね。ここのボート部員だった……」

ちかよってライターの光をさしつけると、矢沢は西洋のギャングまがいに鳥打帽をまぶかにかぶり、ネッカチーフで鼻の下をくるんでいる。

「おれは矢沢だがそれがどうした」

矢沢がみずからネッカチーフをとってすごんでみせると、窓からとびこんできた運転手が、

「野郎、神妙にしろ！」

と、おどりかかろうとするのをそばから等々力警部が、

「いいよ、いいよ、ここは金田一先生にまかせておけ」

「金田一先生……？」

と、矢沢が聞きとがめて、

「それじゃ、こちら金田一耕助先生……？」

「あっはっは、きみも駿河君から聞いていたんだね。そう、こちら金田一耕助先生」

矢沢はだまって懐中電燈の光を金田一耕助にむけていたが、相手の視線を真正面からうけて、しだいに頭を垂れていった。それから、低い搾りだすような声でつぶやいた。

「すみません。ぼくがやったんです」

「きみがやったって、なにを……」

「いいえ、ぼくが譲治と……駿河譲治と大木の奥さんを殺して、首を斬って……いや、斬りかけて、ここからボートで流したんです」

「矢沢君」

と、金田一耕助は自分よりたかい相手の肩に手をかけて、

「八木君もおなじことをいってるぜ」

「八木が……？」

「ああ、いってるばかりじゃなく、書き置きをのこして自殺を決行したんだ」

「八木が……？　自殺を……？」

矢沢のおもてに世にも悲愴なかげが走って、思わず強く両のこぶしを握りしめた。

「ああ、しかし、心配することはないよ。さいわい手当てが早かったので助かりそうなんだ。さあ、これから合宿へ行って介抱してやりたまえ。きみの介抱が八木君にとっていちばんよい慰めになるだろう」

それから、金田一耕助は等々力警部をふりかえって、

「警部さん、ご苦労さまですがもう一度合宿へ引き返してください。このひとの身柄はボート部の諸君にまかせようじゃありませんか」

一一

等々力警部のいわゆる『生首半斬り擬装心中事件』が、世間に大きな話題をまきおこしたことはいまさらいうまでもないであろう。

まず発見されたふたつの死体の眼をおおわしめる残酷さが世間の耳目を聳動させ、ついでふたりの男女の身元が判明するに及んで、さらに大きな反響をよんだ。

なにしろ男はボートの花形選手であるのみならず、いまをときめく大会社、神門産業の社長の姪の婚約者であり、また女のほうはこれまた、とかく世間の疑惑をよんでいる某省某課の課長夫人だというのだから、役者はうまくそろっていて、新聞種になるにはこれほど格好の話題はなかった。

そこに当然、いろいろと揣摩臆測がおこなわれたが、これを捜査するほうのがわからいうと、これほどやっかいな事件はなかった。

なにしろ、相手が一流中の一流会社の社長、実業界切っての実力者といわれる神門貫太郎氏の姪ともなれば、参考人として呼びだすことはおろか、面会でさえ容易なことではなかった。

川崎美穂子嬢はあの事件のショックにより、目下異常興奮状態により云々、という権威ある医者の診断書が提出されてみれば、それを押し切ってまで面会を強要するということは、人道上からしても許さるべきことではなかった。

また、被害者のひとり駿河譲治の所属していたX大学のボート部にも、世間のふかい疑惑がむけられたことはいうまでもない。ことに事件後ボート部員のひとりが自殺未遂におわっているということが外部へ漏れると、いっそう疑惑はふかめられたが、こちらのほうでも当人の健康が常態に復するまではと、医者からいっさいの面会が禁止されていた。

こうして二日三日と捜査が膠着状態のまま経過していくにつれて、平出警部補は忿懣やるかたなく、等々力警部をつかまえてボヤクのボヤカないのってなかった。

「ねえ、警部さん、こうなると問題は金田一先生ですぜ」

「なにが金田一先生だい？」

「だって、あのひとがこんどの事件解決のいっさいの鍵を握ってるんじゃありませんかねえ」

「ふむ、そういやあそうかもしれんな」

「そうかもしれんなじゃありませんぜ。警部さんもあのとき金田一先生と同行したんじゃありませんか。そうすれゃ金田一先生とおなじものを見、おなじことを聞いたでしょう」

「ああ、そうだよ。だけどあのひととおれとは頭脳のできがちがってるからな。おれの頭脳ときたひにゃ残念ながらきみの頭脳と五十歩百歩のできばえでね」

「あれッ、それゃどういう意味です？」

「だって、きみいつか吉沢ヤブノカミ竹庵先生にいわれてたじゃあないか。石頭って……」

「ちっ、あんなこといってらあ。それよりねえ、警部さん」

と、平出警部補は眼玉をギョロつかせて、

「こんどの事件の大立者、神門貫太郎氏てなあ金田一先生のパトロンですってねえ」

「ああ、そういう関係になるらしいな」

「金田一先生、まさかパトロンの圧力に屈して、この事件をもみ消そう、いや、うやむやに葬っちまおうというんじゃないでしょうなあ」

「平出君」

と、等々力警部はちょっと居ずまいをただして、

「もしあのひとがそんなひとなら、おれゃ今後いっさいあのひとと交際を断つことにするよ」

「ああ、いや、すみません」

「だいいち、一門の名誉、面子（メンツ）のために臭いものにふたというような、そんなケチ臭い神門貫太郎氏なら、金田一耕助という人物、ああ親しく出入りはしないだろうよ。だいぶん肝胆相照らしてるふうだからね。いまになにか金田一先生をとおして神門のほうから意思表示があるんじゃないかと思うんだ」

「それじゃひとつ、金田一先生の出方を期して待つべしということにいたしますかね」

「ああ、それがいいね。それより大木健造のほうはどうなの」

「ああ、それですがね」

と、そばから膝を乗りだしたのは古狸の根本刑事である。

「あの男の金曜日ならびに土曜日の行動はここにいる北川と……」

と、まだ駆け出しの新参刑事をふりかえって、

「ふたりで詳しく洗ってみましたが、その結果浮かびあがったところでは、大木という男、早晩挙げられるべき人物は人物のようです。しかし、残念ながらこんどの事件にゃ関係なさそうなんですね」

「早晩挙げられるべき人物とは……？」

「いや、それはこうで……。まず金曜日の晩のことから申し上げますが、その晩あいつは八時ごろから十一時ごろまで五反田の『ふみ月』という待合へしけこんでるんです。しかも『ふみ月』のおかみの佐藤ふみというのが大木の情婦で、驚くなかれ、一昨年まで鳥屋の女中をしていた佐藤ふみのために、数百万円という金を投じてその待合を建ててやってるんですね」

「ふうむ」

と、等々力警部は思わず眼玉をひんむいた。

「実際驚きでさあね。あの役所の課長程度の男にそんな金があるとはねえ。しかもあいつが金を出して妾同様にしてるのは佐藤ふみだけじゃなく、ほかにも二、三、バーを経営させているのや、たばこ店を出させているのがあるらしいんです。それについちゃいま北川に内偵をすすめてもらっていますがね。この事件にゃ直接関係なくとも、こっち

も乗りかかった舟ですからな」

「なるほど、それじゃあの男、金曜日の晩のことをいえなかったのもむりはないね。それで、土曜日の晩は……？」

「さあ、その土曜日の晩ですがね。その晩は赤坂の待合……」

　と、根本刑事が声をひそめて語る話をきいて、

「なるほど、そうするとこいつ、一大汚職事件に発展していく気配濃厚だね」

「そうです、そうです。あそこもなんしろ大乱脈らしいですからね。これじゃ、やっこさん、口が縦に裂けたって土曜日の晩のことはいえませんや」

「なるほどねえ」

　と、等々力警部が感心して、張り子の虎のように首をふっているかたわらから、

「ですからねえ、警部さん」

　と、平出警部補が口を出して、

「大木健造という男、なるほど、この事件にゃ直接関係はなさそうですが、この事件の遠因はあいつが作ったもおんなじことです」

「と、いうと……？」

「いや、以前の大木健造という男はそんな男じゃなかったそうです。ところがあの位置について大きな金が動くようになったもんだから、小人玉を懐いて罪有りで、あっちこっちへ女を作る。家へかえらない日も多くなる。細君のほうでもそれじゃおもしろくね

えんで亭主への面当てに、娘の家庭教師をくどいていい仲になったてえのが、こんどの事件の原因らしいですからね」

「それじゃ、ふたりの仲にはやっぱり忌まわしい関係があったのかい」

「ええ、まあ、よっぽどうまくかくしてたんですねえ。川崎家の調査にも漏れたくらいですからね。だけど女中の信子というのはだいぶんまえから知ってたそうです」

「女中だけが知っているか。まるでスリラーの題にでもなりそうじゃありませんか」

「いや、冗談はさておいて」

と、等々力警部は沈痛な顔をしてつぶやいた。

「川崎重人氏もこればっかりは疎漏だったなあ」

一二

こうして事件以来一週間たった。

築地の捜査本部では、傍系の汚職事件のほうの調査は、その後もどんどん進んでいるにもかかわらず、肝心の殺人事件のほうがいっこう埒があかないので、一同が業を煮やしていると、つぎの土曜日の夕方になって、等々力警部から平出警部補のところへ電話がかかってきた。

「いま金田一先生から電話があったんだがね。例の事件の犯人が自首するそうだ」

「自首……？」

「ああ、そう、そのうえで身柄をわれわれに引き渡したいというのだが、それについてきみとぼくとに、出向いてもらえないかという電話がいまあったんだがね」

「出向くってどこへですか」

「麻布広尾の神門貫太郎氏邸だ」

あっと小さく叫んで平出警部補は、ちょっとのま黙っていたが、

「承知しました。で、時間は……？」

「今夕六時、むこうで晩餐が出るそうだ。つまり晩餐をともにして犯人たちを送りだそうという意向らしいな」

「犯人たちとおっしゃると……？」

「ふむ、どうやら犯人は複数らしいんだ。だが、そういうことはいずれ金田一先生からご説明があるだろう。とにかく、五時半ごろおれのほうから迎えにいくから、そのつもりで待っていてくれたまえ。ただ、むこうの意向では身柄がこっちへ納まってしまうまで、あまり周囲に騒がれたくないからそのつもりでといってるんだ。その気持ちわかるだろう」

「はっ、承知しました。それじゃ、五時半、お待ちしております」

これはたいへんなことになったと、平出警部補は心中の興奮をおさえることができなかった。犯人の引き渡しに実業界の大立者といわれる神門貫太郎が立ち会おうというの

だから、これは平出捜査主任が興奮するのもむりはない。

それにしても……と、平出警部補は考える。こういう演出を企画したのも金田一耕助にちがいないが、いったい金田一耕助という男はなんという男だろうと心中舌をまかずにはいられない。

金田一耕助と神門貫太郎の結びつきについては、いつか平出警部補も等々力警部からきいたことがある。

その事件はまだ金田一耕助功名談にも書かれていないが、神門家の一族のある重要メンバーのひとりが、殺人の容疑者として検挙されたことがあった。その事件はあらゆる証拠がその人物を犯人として指さしており、しかも当人もおのれの犯行であることを認めたのである。もし、それが事実として、その人物が犯人として服罪するようなことになれば、名門神門一家の名声は地に落ちるところであった。

このとき、どうしてもそれを信ずることができず、この事件をあきらめることのできなかった神門貫太郎氏が、こころみに金田一耕助に再調査を依頼したのである。

結果はもののみごとに事件がひっくりかえった。検察当局の握っている証拠なるものが、ことごとく悪の天才ともいうべき人物によって設けられた罠(わな)であることを、金田一耕助がいちいち反証をあげて証明した。また当人の自供なるものも、裏を返せば無能な検察当局にたいする悲痛な訴えであることを、片言隻句の末端までとらえて解剖し指摘した。

こうして真犯人は捕らえられ、神門一族の名誉は救われたのである。それ以来金田一耕助といえば、神門一族からの絶対の信頼を博しているということを、平出警部補も耳にしており、それだけに金田一耕助のこの演出にたいして、大きな好奇心と興奮をおぼえずにはいられなかった。

等々力警部と平出警部補がひと目を避けて、麻布広尾の神門家の宏大(こうだい)な門をくぐったのは、約束の六時より五分まえのことであった。

さいわい新聞記者もこの演出には気がつかなかったらしく、屋敷のまわりはひっそりしていた。ふたりは玄関わきの応接室で三分ほど待たされたのち、

「お待たせいたしました。どうぞこちらへ」

と、品のいい老女の案内でとおされたのは、思いのほか質素な広間で、そこにロの字型に食卓が設けられ、出席者の全員はすでに席についていた。

「やあ、いらっしゃい。さっきからお待ちしておりました」

と、広間の入り口まで出迎えたのは金田一耕助である。例によって頭は雀(すずめ)の巣のようにもじゃもじゃだが、さすがにきょうは着物も羽織も折り目立っていて、スリッパをひっかけた足袋なども汚れ目がなかった。

「みなさんにご紹介申し上げましょう。こちら等々力警部さんに平出警部補さん。おふたりにはあとでみなさんが自己紹介をなさいましょう。さあ、どうぞこちらへ」

金田一耕助がふたりを案内したのはロの字型のテーブルの短いほうの辺(あたり)の席で、そこ

は三つしか席がなく、中央が等々力警部、その左が平出警部補、警部の右が金田一耕助だった。

「いや、どうも今夜はお招きにあずかりまして恐縮です。わたしが等々力、こちらが平出です」

と、等々力警部があいさつをして席につくと、真正面に座っているのが神門貫太郎氏、そのむかって左が八木信作で頸部(けいぶ)の包帯がいたいたしく、顔色にも憔悴(しょうすい)の色が濃かった。

さて、貫太郎氏の右に座っている少女を、平出警部補も新聞の写真などで知っていた。

それこそ問題の女性、駿河譲治の婚約者だった川崎美穂子である。

「やあ、等々力さんも平出さんもわざわざ来ていただいてたいへん恐縮でした。わたし神門貫太郎でございます。さて、わたしの左右にひかえているこのふたりは、たぶんおふたりともご存じでしょうが、念のため紹介させていただきますと、こちらが八木信作君、こちらがわたしの姪の美穂子でございます。あとは各自、自己紹介ということにいたしましょう。まず学校関係のほうから……上島先生、あなたからどうぞ」

「ああ、そう、それでは……」

と、八木信作から折れまがってすぐつぎに座っているのは、X大学の教授でボート部の部長上島亮博士であった。上島博士のつぎが監督の八波治郎、そのつぎの学生を等々力警部は知らなかったが、キャプテンの松本茂で、以下順に古川稔、青木俊六、児玉潤、片山達吉、矢沢文雄とならんでいて、最後がマネジャーの鈴木太一。鈴木は平出警部補と折れまがってすぐ左に当たっている。

さて、美穂子から折れまがってすぐつぎに座っているのが、美穂子の父の川崎重人、つぎが母の美枝子。以下神門家の一族のおもだったひとびとだが、それはこの物語に関係ないから省略しよう。一族のいちばん最後、すなわち金田一耕助から折れまがって右に座っているのが貫太郎氏夫人の加寿子である。

さて、一同の自己紹介がおわると、神門貫太郎氏が、席についたまま、

「いや、実はな、等々力さんも平出さんも」

「はあ、はあ」

「今夜のこの会合は金田一先生がおっしゃりだされたことでしてな。それというのがうちの親戚連中でも、まだことの真相をよく知っておりませんのじゃ。それをいちいち説明して歩くのもやっかいですから、ひとつおもだった連中だけ、一堂に集まってもらおうじゃないかということになったんですね。それで、それじゃいっそのこと、この事件に縁のふかい、X大学のボート部のかたがたにも来ていただいたらということになりましてな、それでかくは金田一先生にお取り計らいねがったわけです。そこでまず犯人たちに自首してもらって、それから、そのあとで金田一先生に事件の経過をご説明ねがおうと思ってるんですが、いかがでしょうな」

「はあ、けっこうでございます。平出君、いいだろう」

「はっ、けっこうでございます」

「ああ、そう、それじゃ、まず、美穂子、おまえから……」

「はい」

美穂子が席から立ちあがったとき、平出警部補は思わずテーブル掛けのはしを握りしめた。

美穂子はさすがに青ざめてはいたが、悪びれたところもなく、

「みなさんお騒がせしてたいへん申しわけございませんでした。あたしが……」

と、ちょっと絶句したのち、

「駿河譲治さんを刺しました。駿河さんを刺し殺したのはたしかにあたしでございます」

さすがに語尾はかすかにふるえたが、それでもはっきりいいきって着席したとき、一座のなかにはおどろきの叫びとすすり泣きの声がいりまじった。

「それじゃ、八木君、こんどはきみの番だ」

だれかがなにかいおうとするのをさえぎって、神門貫太郎氏が促すと、

「はっ」

と、立ちあがった八木信作は、直立不動の姿勢で、

「ぼくは……いや、ぼくが大木夫人の心臓を刺しました。それから譲治……いや、駿河の首をしめました。それから駿河の首を半分ほど斬り、ふたりの死体をボートに乗せて流しました。世間を騒がせ、また、ボート部の諸君にも心配をかけ、まことに申しわけ

なく思っております」

八木信作がもとの席へ着いたとき、一座には一種のどよめきとため息がいりまじって、しばらくはちょっと騒然たる空気につつまれた。

「貫太郎さん」

と、親戚のなかから体を乗り出して発言したのは、一族中の長老とおぼしき老人である。

「いったいこれはどういうわけなんだ。それじゃ美穂子とその八木君という青年が共謀したとでも……」

「いや、いや、小父さん、ですから、これから金田一先生にこの事件の顚末を逐一ご説明願おうじゃありませんか。金田一先生」

「はあ」

「それじゃ、ひとつ先生の推理の過程というようなものから聞かせてください。等々力警部さんや平出警部補さんはよくご存じなんでしょうが……」

「いや、ところがねえ、神門さん」

と、平出警部補が悪戯っ子みたいな顔をして体を乗りだすと、

「わたしゃそのことについて警部さんにお尋ねしたんです。警部さんはこの事件の捜査について、終始金田一先生と行動をともにしていらしたんですからね。ところが警部さんのいわくに、おれやおまえみたいな石頭には、もうひとつどうもよくわからんとおっ

しゃるんで……」

「あっはっは、それはそれは……」

「それですから、わたしもぜひ金田一先生の推理の過程から、聞かせていただきたいと思ってるんですが……」

「ああ、いや」

金田一耕助は満座の注視を浴びていささか照れながら、

「この事件では推理というほどのものはなかったんです。しかも、ねえ、平出さん」

「はあ」

「この事件のなぞを解く最大のキイを、最初に提出なすったのはあなただったんですよ」

「わたしが……？」

「はあ、あなたはいつかこういうことをおっしゃったでしょう。女のほうはレーンコートまで着ているのに、男のほうはなぜ裸でいるのかと……」

「はあ、はあ、それは申しましたが……」

「平出さん、その疑問のなかにこそ、この事件のなぞを解く最大のキイがかくされていたのですよ。つまり、あなたのお考えでは犯人は被害者の首を斬り落とそうと試みた。首を斬り落とすということは被害者の身元をあいまいたらしめるためですね。したがって男の着衣を剝いだのも、身元をかくすためであろう。それならなぜ女のほうは着衣をそのままにしておいたのか……それがあなたの疑問だったわけですね」

「はあ、はあ、いかにも……」

「ところが、そのときわたしはわたしでひとつの疑問を提出しておきましたね。犯人は被害者の首を斬り落とそうとしながら未完成におわっている。それにはなにか重大な障害が起こったにちがいないが、それはなんだろうって」

「はあ、それも伺いました」

「そこで、わたしはふたつの疑問をひとまとめにして考えてみたのです。あなたの提出された疑問と自分の提出した疑問とを、……それともうひとつ考えたのは、ある人物が人を殺して被害者の体を解体しようとするときには、当然、着衣をよごさぬために裸になるであろう。したがって、ふたつの死体のうちのひとつが裸でいるのは、身元をあいまいならしむるがために犯人が着衣を剝いだのではなくて、みずから裸になったのではないか。したがって裸のほうが犯人で、女を殺して首を斬り落とそうとしたのではないか。そして、その作業が未完成におわったというのは、犯人自身がその作業のなかばにおいて生命を落としたせいではないかと……」

「あっ……」

と、いう鋭い叫びがいっせいにひとびとのくちびるから漏れた。X大学のボート部の連中でさえ、八木と矢沢をのぞいた他の八人は、おもてに恐怖の影を走らせ、沈痛の色をみなぎらせた。かれらもまだ真相を知らなかったのである。

「ふむ、ふむ、それで……」

と、一門の長老なる老人がテーブルから身を乗りだしている。

「はあ、あのふたつの死体が発見されて、吉沢さん……警察医のかたですね。そのかたの検屍の結果をきいたとき、わたしの頭にはだいたい以上のような想定があったのです。ところがその翌日、大木健造氏の出頭によってふたりの身元が判明したとき、わたしの確信はいよいよ強くなりました。それというのが死体のひとりの駿河譲治君が、川崎重人氏の未来の愛婿と決定しているということを知っていたからです。ですから、これ以後は推理の問題というよりは、むしろ想像の問題ですね。駿河君のようにかがやかしい未来を保証されている青年が、もしかりに人妻と不倫な関係をもち、しかもその婦人かいつまでも付きまとわれたら、その婦人にたいして殺意を抱くにいたるのではないか。しかも、その犯罪をあくまで隠蔽しようとして、死体の解体を企てるのではないか。……推理といえばそこまでが推理で、では駿河君はなにびとによって生命をうしなったか、……それを知るためにわたしは警部さんを誘って戸田のボートハウスと合宿を訪れたのですが、あとは推理なんて問題じゃない。事実そのものが事件の経過を明瞭にわたしに示してくれたんです。それというのが、この事件のなかでは駿河君の犯罪だけが計画された犯罪で、あとは偶然、あるいはなんの準備もなく行われた犯罪であったがために、いたるところに証拠や証人がのこっていたからですね」

金田一耕助はそこでひと呼吸すると、

「それではここに、この事件の経過をかいつまんでお話することにいたしましょう」

と、さすがに暗澹たる面持ちで、

「駿河君はまず大木夫人との関係を清算するために、彼女を殺害し、その死体を解体して犯罪を隠蔽しようと決意しました。それにはちょうどさいわい部のボートが破損し、ボートハウスが空いたので、そこを犯罪の場にえらぶこととし、土曜日の晩八時に大木夫人とそこで落ち合う手はずをきめました。そこでその準備行為として、金曜日の夜、金縁眼鏡にちょびひげをつけ、八木君のレーンコートで詰襟の服をかくして、ちどり屋ボート店からボートを一艘盗み出しました。ここでちょっとご注意申し上げたいのは、駿河君が金縁眼鏡にちょびひげで変装したのは、必ずしも大木健造氏に罪を転嫁しようなどという、悪辣な考えではなかったろうと思うのです。たまたま去年の秋の学校の運動会の際、仮装に使った小道具が手元にあったからそれを利用したまでで、大木健造氏に変装するにはふたりの体はあまりにもちがいすぎる。上背において二寸以上もちがっておりますからね」

上島部長はだまって金田一耕助のほうへうなずいたが、その瞳のなかには感謝の思いがこめられていた。自分の弟子の罪業のいくらかでも軽からんことを願う、師匠としての切ない祈りであろう。

「さて、こうして準備をととのえておいて、土曜日の晩ボートハウスへおもむいたのですが、テキもさるもの、大木夫人もまさか駿河君がそのように恐ろしい計画を胸に秘めているとは知らなかったでしょうが、自分と駿河君との密会の現場を美穂子さんに見せつけて、駿河君から手をひかせようという魂胆でしょう、この密会を美穂子さんに密告したのです。ここにその大木夫人の手紙があります」

と、金田一耕助は紙ばさみのあいだから、一通の手紙を出して一同に見せると、

「このとき、美穂子さんがご両親に相談でもなすったら、美穂子さんに関するかぎり問題はなかったでしょう。しかしことはあまりにも忌まわしすぎた。それに自分のことは自分で解決したいという、健気といえば健気な、無謀といえば無謀な考えから、美穂子さんは両親にも内証で土曜日の晩、指定されたボートハウスへ出向いていかれたのです」

美穂子の母のすすりなくのを、さっきから夫の重人氏がしきりになだめたしなめている。美穂子はただ青ざめてうなだれていた。

「さて」

と、金田一耕助は言葉をついで、

「ボートハウスへ着いたのは美穂子さんがいちばんさきだったそうですが、そのとき、ボートハウスの入り口のドアが開いていたところをみると、駿河君がマネジャーの鈴木君の手元から持ち出した鍵で、あらかじめ錠前を開いておいたものとみえます。美穂子さんが到着してからまもなく駿河君がやってきましたが、そのとき、美穂子さんは女性の本能として、ボートハウスのすみにある押し入れのなかへ身をかくしました。その押

し入れのなかで月曜日の晩、わたしがこのイヤリングを拾ったことは、等々力警部さんが証明してくださいましょう」

と、金田一耕助は真珠のイヤリングの片方を、大木夫人の手紙のそばへ添えておくと、

「さて、駿河君がやってきてからまもなく大木夫人がやってきました。美穂子さんのお話をうかがうと、ことは非常に迅速におこなわれたらしく、美穂子さんはふたこと三ことふたりの会話を耳にしただけで、格闘の気配も夫人の悲鳴らしきものも全然聞かなかったそうです。ただ無気味な静けさのなかにだれかが動く気配と、それからまもなく一種えたいのしれぬ物音を聞かれたのです。その物音がなんであったか、それはわざとここでは明言することをひかえましょう」

金田一耕助が言葉を切ったとき、慄然たる空気が一座をつつみ、一騎当千のボート部の猛者連中でさえ、蒼白のおもてを硬直させて呼吸をのんでいた。

「そのうちに美穂子さんは押し入れの扉を細目に開いて外を見ました。押し入れのなかの暗闇になれた美穂子さんの眼には、わりにはやくその場の情景が理解されたそうです。その瞬間、美穂子さんのくちびるをついて悲鳴がほとばしり出たのもむりはないでしょう」

ふたたびどすぐろい戦慄が一座をつらぬいて走り、ひとびとは呼吸をのんでいたましげに美穂子の姿を見まもっている。その美穂子は……世にもいたましい試練をうけた少女は、さすがにそのときのことを思い出したのか、うつむいた肩がはげしくふるえつづ

けていた。

一三

「駿河君はいまや狂気だったでしょう」

と、金田一耕助は語りつづける。

「ひとに見られてはならぬ場面を、よりによってもっとも見られたくない女性に見られたのですからね。こうなると恋も栄達もありません。ただ自己保全の願望しか駿河君の念頭にはなかったでしょう。駿河君は美穂子さんを押し入れから引きずりだし、ボート台の上に仰向けにねじ倒して、両手でのどを絞めにかかりました。そのとき、駿河君からうけた爪の跡が、いまも美穂子さんの首のまわりに残っております。美穂子さんはもがいているうちに、ボート台から垂れた手がなにかに触れました。美穂子さんはそれがなにであるかよくわきまえもせず、自己防衛の本能から、それを握って下から突きあげました。これが駿河君の最期だったのです」

一座は水をうったようにしいんと静まりかえっている。あちこちで鼻をすする音が聞こえるのは、親戚がわはさることながら、ボート部の連中のあいだでもしきりであった。なかでも片山のおっさんは、こみあげてくる嗚咽の声をかみ殺すのに必死であった。

「さて……」

と、金田一耕助はほどよい間をおいたのち、ふたたび言葉をついで、

「そのとき、美穂子さんはちゃんと意識していたそうです。自分がやった行為は正当防衛であるということを。しかし、それがいかに正当防衛であったとしても、若い女性の身としてそのまま交番へ駆け込むには、それはあまりにも酸鼻をきわめた事件でした。ところが駿河君にはふたりの親友がありました。すなわち八木信作君と矢沢文雄君です。しかし矢沢君のほうはある理由からボート部を退き、したがって現在では合宿にいないことを知っていた美穂子さんは、当然の結果、八木君に電話をかけて救援を求めました。そこで八木君がボートハウスへ駆けつけてくることになったのですが、そのまえにここで、矢沢君がこの事件で果たした役割のことをお話しておきましょう」

金田一耕助がちょっと言葉を切ると、ひとびとの視線はいっせいに矢沢文雄にそそがれる。矢沢は頰を赤らめてテーブルクロスに眼をやったまま、体を固くしてしゃちこばっていた。

「いま申し上げたとおり矢沢君はひと月ほどまえ合宿を出て、目下池袋で下宿をしているんですが、金曜日の晩、大木夫人が矢沢君を訪ねてきたそうです」

まじまじと矢沢の横顔を見ていた平出警部補は、ぎょっとしたように眉をつりあげた。

「矢沢君はそのときはじめて、駿河君と大木夫人の関係を知ったそうです。しかも、大木夫人はそのとき矢沢君に宣言したそうです。自分の夫には多くのかくし女がある。このままでは将来をともにすることはおぼつかないし、夫と離婚し、娘を捨てても駿河君

と夫婦になるつもりであるから、その旨、あなたから川崎家へ申し入れてほしいと……」

「ふうむ」

と、ばかりに等々力警部は鼻を鳴らした。身から出た錆とはいえ、年増女のやにっこい深情けにからみつかれた駿河譲治の身の不運が、ふっといたましく警部の脳裏をかすめたのである。

「ところが、このとき大木夫人はその翌晩、すなわち土曜日の夜の密会のことについて言及しなかったそうです。しかし、美穂子さんが大木夫人からこの手紙を受け取ったのは、土曜日の午前の便だったそうですから、金曜日の夜はすでにこの手紙は投函されていたはずです。それを矢沢君にいわなかったところをみると、それはそれ、これはこれとして、大木夫人はあらゆる手段をつくして、駿河君と美穂子さんの婚約を妨害しようとしていたことが察しられますし、そこに駿河君をあのようなデスペレートな行為に追いやった、重大な動機があったのだろうと思われるのです」

一同は無言のままうなずいている。ああいう恐ろしい決意を固めるまでの駿河の煩悶ぶりが、まざまざとわかるような金田一耕助の話しぶりである。

「だが、それはさておき矢沢君のことをお話しましょう。矢沢君はもちろん大いに驚きました。相当強く大木夫人に意見をしたそうですけれど、意見をすればするほど相手がいきり立つので、しまいには持てあましてしまったそうです。しかし、そのまま捨てておくわけにもいかないので、土曜日の晩、八木君に善後策を相談するつもりで合宿へやってきたのです。ところが生一本な八木君はそういう矢沢君を誤解しました。すなわち友人の幸福を嫉妬するのあまり虚構の事実を設けて、友人をおとしいれようとするのであろうと。そこでふたりのあいだにチャンチャンバラバラが演じられ、矢沢君は目的を果たさずに合宿を立ち去りました。しかし、矢沢君としてはそのまま戸田の町を立ち去るに忍びなかった。そこにはかつて情熱をかたむけ、いまも愛するボートハウスがあります。矢沢君はそのボートハウスの見える堤防の中腹に寝そべって、星をかぞえていたといいますから、おそらく暗涙でものんでいたことでありましょう」

また、ボート部の連中のあいだから鼻をすする音がさかんになった。おそらく矢沢の気持ちがいちばんよくわかるのはかれらであったろう。

「それですから、当然、矢沢君は美穂子さんがボートハウスへ入るのを見ていたわけです。美穂子さんについで駿河君が忍んできました。矢沢君はそこで当然の勘ちがいをしました。見てはならぬものを見たと思ったそうです。そこでこの場をはなれると、そのまま戸田の町を立ち去るつもりでいたところが、思いがけなくバスからおりる大木夫人の姿を見かけたのです。大木夫人のほうは矢沢君に気づかなかったそうですけれど、矢沢君としては前夜のことがありますから、ふっと不吉な思いにおそわれたと言っています。そこで大木夫人のあとをつけていくと、果たしてボートハウスのなかへ入っていきました。矢沢君はまた堤防の中腹に寝そべって、ようすをうかがっていたそうです」

金田一耕助はここでちょっと言葉を切ると、一同の顔を見まわして、

「ここでさっきわたしが申し上げたことをみなさんに思い出していただきたいのですが、おなじボートハウスのなかにいた美穂子さんですら、あの恐ろしい瞬間の気配はわからなかったといっているでしょう。ですからボートハウスの外にいた矢沢君にそれがわかるはずはありませんね。矢沢君にしてもまさか自分の友人が、そんな大それたことを企んでいようとはゆめにも知りませんからね。矢沢君はそのとき、密会するのはやはり美穂子さんと駿河君で、それをかぎつけた大木夫人が嫉妬のあまり駆けつけたのだろうと思っていたそうです。ところがしばらくして美穂子さんがボートハウスのなかから駆け出してきました。そのようすがただごとではなかったので、矢沢君はボートハウスのなかへ入ってみたそうです」

一瞬またしいんと凍りついたような沈黙がそこにあった。まるですすり泣くような音を立ててため息をついたのは古川稔である。

「そのときのことについて矢沢君はこういっています。金曜日の晩のことがなかったら、すなわち大木夫人の告白をきいていなかったら、自分も大いに面くらったことであろう。しかし、その告白をきき、大木夫人のただならぬ執念を知っていただけに、ひと目見てその惨劇の意味がわかったそうです。ことに押し入れのドアがひらいていて、そこをのぞいてみるとこれが落ちていたので……」

と、金田一耕助は折りカバンから女持ちのハンドバッグを出して、大木夫人の手紙や

イヤリングのそばへならべておくと、

「矢沢君にはいっそう事態がはっきりしてきたわけです。そこで現場は現場として気にかかったのは美穂子さんのことです。ひょっとすると、荒川へ身でも投げやあしないかと、それが心配になったので、ボートハウスをとびだして、美穂子さんの行くえをさがしていると、まもなく美穂子さんが八木君といっしょに、ボートハウスへひきかえしてくるのを見たのです。そこで、いざとなったら自分も手をかすつもりで、また堤防の中腹に寝そべって待機していたそうです」

金田一耕助はそこでまたひと呼吸すると、

「ところが、そのうちに美穂子さんだけがボートハウスのなかから出てきて、そのまま立ち去るようすですが、矢沢君にはやはりそれが気になった。そこで、ボートハウスのなかに八木君ひとりを残して、美穂子さんのあとを見えがくれに尾行したのです。もしも短気なことでもしそうだったらとめるつもりだったのですが、さて、問題はいよいよこれからです。ボートハウスのなかにひとり残った八木君の行動ですね」

平出警部補はにわかに居ずまいをなおして、自分の正面に座っている八木信作の顔を見る。八木はふかく頭を垂れ、体を固くしてかしこまっている。ほかのひとたちはその八木と金田一耕助の顔を見くらべていた。

「そのときのことについて、わたしはまだ八木君とあまりくわしく話しあっていないのですが、おそらくそのとき八木君の頭脳に最初にきたのは母校の名誉、ボート部の光栄ということだったろうと思うのです。光輝ある伝統にはぐくまれてきたボート部の栄誉に傷をつけてはならぬという思い、それでいっぱいだったろうと思うのです。だから、そのときの八木君の心理を解剖してみると、おそらくこうだろうと思います。ボート部から殺人犯人を出してはならぬ。殺人犯人……それも世の常の殺人犯人ではありません、人妻と通じ、その関係を弥縫し、隠蔽せんがために、相手を殺し、その首を切断しようとした男、それが自分の親友であっただけに、八木君はいっそう痛切に責任を感じたことでしょう。だから、母校の名誉、ボート部の伝統を救うために、駿河君を被害者に仕立てておこう。すなわち、ボート部から殺人犯人を出すよりも、被害者を出したほうがまだしも救われるのではないかというのが、そのときの八木君の考えかたであったろうと思うのです。それには駿河君の死体を真実の被害者であるところの大木夫人と、寸分ちがわぬおなじ状態に仕立てておこう。そして、ふたりともおなじ人間の手にかかって、首を切断されかけたという構想をつくりあげておこう。そうすることによって駿河君の犯罪を隠蔽し、母校ならびにボート部の名誉を救おう。それがそのときの八木君の思いつめた考えであり、そこで大木夫人の胸を刺し、駿河君の首を絞め、最後に心を鬼にしてかつては親友だった人物ののどにノコギリを当てたのでしょう」

突然、わあっという泣き声が起こったので一同おどろいてふりかえると、それは片山達吉であった。さっきからおさえていた嗚咽が、ここにおいてついに爆発したのである。

しかし、だれもそれをとがめるものはなく、かえってそれを契機として、あちこちで鼻をする音がさかんになった。

その嗚咽の声がややおさまるのを待って、金田一耕助はまた語りはじめた。

「そのとき八木君のとった行動については、いろいろ批判の余地もありましょう。わたしはべつに八木君の行動を弁解しようというのではない。ただ真実を申し上げているのです」

ひとびとはみな一様にうなずいた。八木信作はいよいよ深く頭を垂れている。

「さて、そのあとで八木君は水門を開いてボートを流したのですが、平出さん」

「はあ……？」

「あのボートの穴ですね。あれは八木君は知らんそうです。ですからあの穴は駿河君があけて、一時なにか詰め物でもして漏水を防いでおいたのが、いつかそれが抜け去り、またそのあとからゴミや海草で詰まったらしいんですね」

「ああ、なるほど」

「ところで、ここでもう一度矢沢君の話にかえりましょう。矢沢君が美穂子さんのあとを尾行したというところまでさっきお話しましたが、美穂子さんがバスで戸田の町を立ち去るまで、半時間くらいかかったそうです。美穂子さんが何度かボートハウスのほうへ引き返しそうにするので、矢沢君はそのたびにハラハラしながら尾行をつづけていたそうですが、それでもやっと無事に戸田の町を立ち去るのを見送って、矢沢君が堤防づたいにふたたびボートハウスのほうへ引き返してくると、ちょうどそのとき水門のひらく音がしたので、ぎょっとして見まもっていると、なかからボートが漂い出てきたそうです。むろん、夜目遠目で、駿河君の死体がああいうむごたらしい状態になっていることまではわかりませんでしたが、それでもおりからの星明かりで、そこにふたつの死体が横たわっていることははっきり見えたそうで、矢沢君はその瞬間、思わず堤の上で合掌したそうです。ですから駿河君の死体は期せずして、ふたりの親友に見送られて、荒川から隅田川へと漂っていったというわけですね」

深い感動がひとびとののどをつまらせ、涙腺(るいせん)を刺激するらしく、さすが豪毅(ごうき)な神門貫太郎氏ですら鼻をつまらせていた。

「矢沢君はそのとき万事がおわったことを知りました。もう自分の出る幕でないことを覚ったんです。そこでいたずらに八木君を驚かせないほうがいいだろうと、そのまま黙って戸田の町を立ち去りました。さて、そのあとで八木君はボートハウスのなかのプールの周囲を清掃し、駿河君のぬぎ捨てた着衣をいっさいひとまとめにし、おもしがわりに凶器の類をバンドで縛りつけ、荒川の中流まで泳いでいってそこに沈めてきたというのが、こんどの事件の顚末(てんまつ)でした」

金田一耕助の話がおわると、一同はしばらく鳴りをひそめて、みなそれぞれの想いにふけっていたが、等々力警部が思い出したように、

「金田一先生、あの晩、駿河君の名前で合宿へ二度電話がかかってきたというのは……

……?」

「ああ、それ」

と、金田一耕助はにこにこしながら、

「まえの電話はもちろん八木君です。八木君はいっさいの仕事をおわるとまず松金へいって鮨をつまみ、それからタコ平へ行って酒をのんだのですが、タコ平へ行くまえに思いついて、合宿の小母さんに電話をかけたのです」

「すると、あとの電話は矢沢君ですか」

「そうです、そうです。東京へかえってくると矢沢君は、なんといっても美穂子さんのことが気にかかった。そこで川崎家へ電話をかけて、それとなく美穂子さんがかえっているかどうかを聞いてみたんですが、そのときとっさに駿河君の名前をつかったんですね。だから美穂子さんはおそらくその電話を、八木君だと思っていたでしょうねえ」

美穂子は頭を垂れたままうなずいた。

「ところが、そのとき矢沢君は駿河君の名前をつかったことから思いついて、ついでに合宿へも電話をかけたんだそうです。そこで死せる駿河君から一度ならず二度までも、まったくおなじ内容の電話がかかってきたという怪談がもちあがったわけですが、これでみると人間の考えることは、だいたいいつもおなじなんですね」

金田一耕助はそこでちょっと言葉を切ると平出警部補をふりかえって、

「これでだいたい委曲はつくしたつもりですが、疑問の点がおありでしたらなんなりと……」

「いや、よくわかりました。これ以上お尋ねすることはなにもありません」

「それじゃねえ、等々力さん、平出さんも……」

と、正面の席から声をかけたのは神門貫太郎氏である。

「はあ、はあ」

「今夜、このふたりの若いもんをあなたがたにお引き渡しするつもりですが、そのまえに、これもしばしの別れですからな、いっしょに飯を食おうということになっているんですが、ひとつあなたがたもつきあってやってくださらんか」

「はあ、ありがとうございます」

「それじゃねえ、上島先生」

「はあ」

と、上島博士は眼鏡を外して眼がしらをぬぐうていたが、だしぬけに貫太郎氏に声をかけられて、あわてて眼鏡をかけなおした。

「先生としちゃ、おたくの部員からそういう人間が出たということは、さぞや遺憾なことだろうとお察しいたします。しかし、それについてはわれわれ一族にも責任の一半はあり、われわれは甘んじて世間の批判にまかせるつもりでいるんです。ことにこの美穂子ですがね、世間というものは冷酷なもんで、とかく他人の不幸をよろこぶという風潮がなきにしもあらずで、真実がどうあろうとも、これにいろいろ疑惑が集中し、とかくのうわさが流れることもありましょう。しかし、美穂子はそれに耐えていく決心をしておるようです。それですからおたくのほうでも、臭いものにふたなどというお考えはお捨てになって、ひとつはっきり真相を発表するよう取り計らってくださいませんか。こんなことを申し上げるのは釈迦に説法みたいなもんかもしれませんがね」

「はっ、承知いたしました。それはもとよりわたしとしても望ましいことです。それゃ駿河譲治のような人間もいましたけれど、またここにいるような連中もおりますからな」

上島部長は誇らしげに監督以下部員一同をふりかえった。

「ほんとにそうです。そうです。それじゃなあ、八木君」

「はっ」

「あらかじめ言っとくがな、きみはこの際、情状が酌量されるだろうなどという甘い考えは捨ててしまえ。もちろんそうなったらけっこうなことだけれど、そうならなかった場合でも潔く罪に服してこい。どちらにしてもきみの骨はおれが拾ってやる」

「あっ、ありがとうございます」

それは単に八木信作の言葉のみならず、部長以下ボート部全員のくちびるから、期せずして漏れた声であった。

堕ちたる天女

黄色いマフラ

そこは東京都でも交通量の多いことで、有数な交差点になっている。

ちょうど下町と山の手をつなぐ要衝にあたっているうえに、池袋方面と新宿方面へはしる道路が、そこでクロスしているので、このI交差点を通過する車両の種類と数はおびただしいものである。

まず、都電をはじめとして、バス、自動車、トラック、自転車と、あらゆる種類のくるまが、潮のように押しよせては、すさまじい騒音をあげながら、このI交差点でクロスし、カーブし、交錯する。

この交差点をはさむ四つの角をしめているのは、三友製紙会社の本社と共楽信用組合。それから丸菱(まるびし)製薬会社の倉庫ひとむね。あとのひとつは、ながらく焼け跡のまま放置されていたのだが、ちかく六々銀行の支店が建つとやらで、目下板囲いがめぐらされ、板囲いのなかでは、鉄筋をうちこむ作業がおこなわれているらしく、機関銃をうつような甲(かん)だかい音が、付近の騒音に輪をかけている。

このI交差点と同じ町にある朝日中学校二年B組では、社会科の研究科目として、この交差点の交通量を調査することになった。

そこで担任教師の松本先生はクラスの全員を数班にわけ、それぞれ、都電、バス、自動車、トラック、自転車等々と、それぞれ専門にうけもたせ、さらに各部門を四班にわけ、東から西へむかう量、西から東へはしる数、北から南へ進む台数、南から北へ行く量というふうに、進行する方向をもあわせて調査することになった。

この調査は五月十日の午後四時から五時まで、すなわち、一日じゅうでいちばん交通量の多いと思われる時間をえらんで、行われることになった。

そしてその調査班は、三友製紙会社の三階事務所の一室と、共楽信用組合の屋上をかりて、そこからこの交差点の交通量を調査することになった。

二年B組の女子クラス委員遠藤由紀子は、三友製紙会社の三階事務室のひとつの窓ぎわに陣どって、三人の友だちとともに、九段方面から来て、池袋方面へ疾走する、トラック台数調査に余念がなかったが、どういうものか、さっきから、頭がちくちくいたんでしかたがなかった。頭がいたむばかりではない。胸がむかむかして、いまにも吐きそうな気持ちである。顔の色も真青だ。

五月十日というなまあたたかいこの陽気と、ものすさまじい付近の騒音と、さらに調査にともなう緊張が、あまり頑健でない由紀子の心身をおびやかしたものと思われる。

かてて加えて、由紀子とともに調査に従事している三人の友だちは、この仕事にあまり熱心ではない。おしゃべりをしたり、ふざけたり、ともすれば、通り過ぎるトラックも見落としがちになる。この調査班の責任者である由紀子は、だから、ひとりで緊張していなければならないのだ。腕時計を見ると、四時三十五分。まだあと二十五分間、この窓ぎわをはなれることができないのかと思うと、由紀子はいよいよ苦痛のために、胸がむかむかして吐きそうだった。もう半時間あまりも、西から東から、北から南から押しよせる、車両の流れを見つめてきたので、視神経がつかれて、あたりがくらくら躍るようだ。

しかし、それでも、責任感のつよい由紀子は、窓ぎわからはなれようとしない。

「あら！」

なにを見つけたのか由紀子は、ふいにそう叫んで窓から身を乗り出した。

「由紀子さん、どうかして？」

いままでふざけていた友だちのひとりが、由紀子の声に気がついて、窓ぎわへやってきて外をのぞいた。

「あんなところに大きな石ころが……」

「えっ、石ころ？」

「ええ、ほら、線路の少し横のほうに、コンクリートのかけらのようなものが落ちてるでしょう。危ないわ。中島さん、あんた階下へおりていって、だれかに注意してあげて……」

「ええ、じゃ、あたし、行ってくるわ」

中島加代子が窓ぎわをはなれると、かわりに二人の友だちが由紀子の左右へやってきた。

「まあ、だれがあんなもの持ってきたんでしょう。さっきまでなかったわね」

「早く取りのけなきゃ危ないわねえ。あっ、向こうからトラックが来てよ」

由紀子が見つけたコンクリートのかけらというのは、どこかの焼け跡からでも持ってきたものらしく、一辺が一尺ばかりの不規則なかたちをした直方体だったが、友だちが、トラックが来てよと叫んだとたん、九段のほうから疾走してきたトラックが、その石ころに乗りあげて、二、三度はげしくバウンドをした。

と、そのとたん、トラックの後部につんであった、まるで寝棺のような白木の箱が、鞠(まり)のように弾んだかと思うと、ずるずるとトラックから滑り落ちた。トラックの後尾の枠(わく)がはずれていたのである。

「あら、小父さん、荷物が落ちてよ」

「おっさん、荷物が落ちたよ、荷物が……」

三友製紙会社の三階と共楽信用組合の屋上から、二年B組の男女の生徒がくちぐちに叫んだが付近の騒音のために耳に入らなかったのか、運転手はハンドルを取りなおすと、そのまま池袋方面へ疾走して行く。

鳥打帽子をまぶかにかぶり、大きな塵(ちり)よけ眼鏡をかけていたが、黄色いマフラを首にまいているのが、鮮やかな印象となってのこった。トラックには寝棺のような箱以外、なにもつんでいなかった。

「やあい、あのトラック、荷物を落としていきやがった」

共楽信用組合の屋上から、男生徒がわいわいはやしたてているとき、水道橋方面からやってきて、鋭くカーブを切ったトラックが、あっという間もない、都電の線路に横たわっている、その箱に乗りあげたからたまらない。

メリメリメリ……。

由紀子の耳には、その音が聞こえたような気持ちだった。

トラックはあやうくそこで急停車したが、白木の箱はむざんに轢(ひ)きくだかれて、なかから石膏(せっこう)のような真っ白な脚が、ぴょこんと勢いよく跳び出した。

「あら!」

由紀子は思わず息をのむ。

共楽信用組合の屋上で、わいわい騒いでいた男生徒も、三友製紙会社の三階の窓ぎわでおしゃべりをしていた女生徒も、一瞬しいんとしずまりかえったが、だれかが、

「なあんだ。人形じゃないか? 石膏細工の人形よ、ほら、あの脚」

と、つぶやいたので、由紀子はほっと胸をなでおろした。

「上野の展覧会へ運ぶところだったんじゃない?」

「きっとそうよ。でも、それだとすると、あれこさえた美術家の先生、とんだ災難ね。人形めちゃめちゃにこわれてるわよ。きっと」

急停車したトラックは、二、三間(げん)後退すると、運転手がおりてきて、むざんにこわれ

た白木の箱をしらべていたが、突然、ぎょくんと二、三歩跳びのくと、あたりを見回し、気ちがいのようになにか叫んでいた。

　交差点にはもうすでに、数台の自動車や自転車がとまっている。そのなかから跳び出した、どこかの小僧らしいのが、箱のなかをのぞいていたが、これまたぎっくりしたように二、三歩あとへ跳びのくと、気ちがいのように叫び出した。

「どうしたんでしょ。なにがあったんでしょ」

「ひょっとすると、あの人形のなかに、ほんとうの人間の死体が、かくされてあったんじゃない？」

　空想力の発達した子が、おびえたような声でつぶやく。

「いやよ、加藤さん、そんな気味の悪いことといっちゃ……」

「ちょっと、ちょっと、あれ、なによ。箱のなかから変なものがしみ出してきたわよ」

　だれかが頓狂（とんきょう）な声で叫んだ。

　見ればなるほど、むざんにこわれた白木の箱の底のほうから、なんともえたいのしれぬ赤黒い粘液がしみ出してきて、じわりじわりと、アスファルトをしいた路面にひろがっていく。

　I交差点はもういっぱいのひとだかりだ。自動車があとからあとからやってきて、けたたましく警笛を鳴らしながら停車する。

　しかし、白木の箱を取りまいたひとびとは、身動きもせずに、その気味の悪い液体のひろがりを見つめている。

「やっぱりそうよ。あの人形のなかには、人間の死体が入ってたのよ。人殺しよ。人殺しがあったのよ」

加藤まさ子が気ちがいのように、金切り声をあげて叫びつづけるのを聞いているうちに、由紀子はしだいに、あたりが暗くなってくるのをおぼえ、そのままふうっと気が遠くなっていた。

花鳥(かちょう)劇場の支配人

I交差点の路面にころがっていた、小さなコンクリートのかけら……

それだけならば、まったくなんの意味もないしろものだが、この小さなコンクリートのかけらこそ、凶悪このうえもない犯罪を、白日のもとにさらけ出す、最初の端緒となったのだ。

コンクリートのかけらがそこに落ちていた。それにトラックが乗りあげて、その震動のために恐ろしい秘密をつつんだ白木の箱が路面に落ちて、ここにはからずも、世紀の犯罪が暴露したのだから、こうなると、一塊のコンクリートのかけらといえども馬鹿にはならぬ。

加藤まさ子の空想力は的確だった。白木の箱から跳び出した石膏像のなかには、まさしく、なまなましい女の裸身が塗りこめられていたのだ。

それを目撃したひとびとの話によると、それはなんともいえぬほど、無気味で、おぞましいながめであったという。

トラックは乗りあげた拍子に、石膏像の左大腿部を切断していた。その切断面からマグロのような、なまなましい肉がぶよぶよとはみ出し、そこからしみ出したどろりとした粘液が、真っ白な石膏像の腰のあたりを、じわりじわりと染めていったという。……知らせによって所轄のK署から、捜査主任の小玉警部補をはじめとして、おおぜいの係官が駆けつけてきた。

付近の通行は一時禁止され、詳細な現場写真がとられたうえ、石膏像はとりあえず、K署へひきとられていった。

一方現場付近にいあわせた目撃者から、厳密なきき取りが収集されたことはいうまでもないが、この際、朝日中学校二年B組の生徒たちの証言が、大いに役立ったことは、これまたいうまでもない。

あの恐ろしい棺桶を落としていったトラックの運転手が、首に黄色いマフラをまいていたということは、生徒たちの証言によって、まちがいはなさそうだった。

おまけに、男生徒のなかにひとり、記憶のよい子がいて、怪トラックの車体番号をおぼえているのがあった。

それによって調査したところによると、該当トラックは新宿角筈にある、山崎運送店に所属するものであることがわかった。そこでただちに、山崎運送店へ刑事が派遣されたが、その結果判明したところによると、該当トラックはその朝、付近の広場においてあったところを、何者かに盗まれたものであるという。このことは所轄のY署へ午前中に、とどけ出られていたので、まちがいはなさそうだった。

すなわち、犯人は山崎運送店のトラックを盗んで、それによって、石膏詰めにした死体を運ぼうとしていたのだ。

このトラックはのちに、上野池の端付近に乗りすててあるのが発見されたが、その車体から犯人を推定しうるような何物をも発見することができなかった。

さて、一方死体だが、数名の医師によって綿密に検視された結果、推定年齢二十二、三の女性で、死後少なくとも三日は経過しているだろうということがわかった。のどのあたりになまなましい指の跡がのこっているところを見ると、解剖の結果をまつまでもなく、死因が絞殺であることは明らかである。

なお、絞殺される直前に、犯された形跡があるという。

死体の身元はわからなかった。何しろ全裸のまま、石膏のなかに塗りこめられていたのだから、身元を推知しうるような何物もそこになかった。しかし、相当の美人で、天女のように清らかな顔をしていた。

さて、その翌日。新聞という新聞は筆をそろえて、

「石膏詰めにされた死美人」

だの、

「黄色いマフラの怪運転手」

だのと、扇情的な見だしのもとにこの事件を書き立てていたが、それを読んであたふたと、捜査本部になっている、K署へ出頭したふたりづれの男女があった。

男は少し額のはげあがった、四十五、六の色の浅黒い、すらりと背のたかい人物だったが、受付で差し出した名刺を見ると、
　浅草花鳥劇場支配人　浅原三十郎
と、ある。

つれの女は二十二、三の、化粧のどぎつい女だが、なににおびえているのか、ひどく態度がびくびくしている。

「昨日、I交差点で発見された、石膏詰めの死体について、係りのかたにお眼にかかりたいのですが……」

と、いうその男の口上を聞いて、K署は、さっと緊張した。

ちょうどそのときK署では、警視庁からこの事件の担当者、等々力警部も出張して、捜査会議を開いていたが、浅原三十郎とそのつれは、すぐその席へ招じ入れられた。

「浅原三十郎さんというんですね。なにかこの事件に心当たりでも……」

K署の捜査主任小玉警部補にたずねられて、浅原三十郎はもじもじしながら、

「はあ、それを申し上げるまえに一度死体を見せていただきたいのですが、……もし、

まちがっているとかえってみなさんにご迷惑ですから……」

浅原三十郎の返事を聞いて、小玉警部補は等々力警部と顔見合わせた。

「いや、死体は目下解剖にまわしてあるんですが、ここに写真がありますから、これを見てください」

警部補が机のひきだしから取り出したのは、いろんな角度から撮影された数葉の写真である。

三十郎はひと目その写真を見ると、みるみる顔から血の気がひいていった。

「藍ちゃん、まちがいないね」

三十郎の声はひくくかすれてふるえている。

「ええ」

女は写真にちかぢかと眼をちかづけたが、すぐ顔をそむけて、ぞくりと肩をふるわせた。それはいずれも、被害者の胸から上を撮影したもので、それほど気味の悪い写真ではなかったが……

「よく見てくださいよ。あんたのいうとおりまちがいがあっちゃたいへんですからね」

「はあ、もうまちがいはないようです。藍ちゃん、おまえもよく見なさい。リリーにちがいないね」

女はハンケチで口をおさえ、またちかぢかと写真に眼をちかづけて、おびえたように、かすかにうなずく。すすり泣くようなため息が、ながく尾をひいて、女のハンケチの下からもれる。

小玉警部補はまた、等々力警部と顔を見合わせた。それから、デスクの上に身を乗り出すと、

「リリーといいましたね。いったい、そのリリーというのはどういう女なんです」

「はあ、うちの小屋で働いていた女なんですが……」

「うちの小屋というと？」

と、警部補は名刺に眼をおとして、

「浅草の花鳥劇場ですね。この花鳥劇場というのは……？」

「ストリップ専門なんですが……」

そこでまた警部補は、はっと警部と顔見合わせて、

「ああ、それじゃ、この女はストリッパー……？」

「そうです、そうです、リリー木下といって、うちの人気者なんです。いや、ここにいる双葉藍子とともに、うちの……いわば人気女王の双璧だったんです」

「ああ、そう、それじゃそのかたもストリッパー……？」

双葉藍子はハンケチで口をおさえたまま、ちょっと体をかたくする。

「いや、失敬、失敬。それじゃ、この女はリリー木下というストリッパーなんですね。年齢は……？」

「さあ、それは……藍ちゃん、おまえ知ってる？」

「二十二だといってましたけれど、ほんとのところはわからないわ」

「なにしろ女のことですからね」

「なるほど、なるほど、新井君、メモ、いいね」

警部補はかたわらの刑事をふりかえる。

「はあ、大丈夫です」

警部補はリリー木下の住所を聞いて、刑事にひかえさせると、

「ところで浅原さん、あなたがたはこの被害者を、リリー木下ではないかと、どうしてお考えになったんですか」

と、いぶかるようにふたりの顔を見くらべる。

同性愛者

「はあ、それは……新聞に黄色いマフラのことが出ていたもんですから。……それに、ほかにもいろいろ妙なことがございますので……」

「黄色いマフラ……？」

警部補はまたはっと、等々力警部と顔見合わせて、

「それじゃ、あなたは黄色いマフラをした人物に、心当たりがあるんですか」

と、デスクのうえから身を乗り出す。

「ええ、その人物のことなら、このひとをはじめうちの小屋の連中は、みんな知ってるんです。リリー木下の愛人ってんですか、パトロンというんですか、ちょくちょく小屋へやってきたことがあるんで、わたしも見かけたことがあります。遠くのほうからですがね。いつも黄色いマフラをしているんで評判でした」

「なんというんですか、その男の名は？」

警部補の顔は緊張にひきしまる。等々力警部はかたわらから、まじまじとふたりの顔色を見くらべている。

黄色いマフラの話が出ると、双葉藍子の顔色はまたいっそう悪くなった。

「中河謙一と名乗ってたそうです。本名かどうか知りませんが、年齢はそうですね、三十七、八というところではないでしょうか」

「いいえ、マネジャー、そんなにはいってないわ。三十四、五というところよ、きっと」

「ああ、そうか。それはきみのほうがよく知っているわけだ。あっはっは」

「いやー、マネジャー」

青ざめた藍子の頰に、ちょっと薔薇色の血がのぼる。等々力警部と小玉警部補は、また意味ありげな眼くばせをした。

「それで、その男の職業というのは？」

「美術家だといってたそうです。美術家といっても絵のほうではなくて、彫刻というんですか、塑像（そぞう）というんですか。そのほうが専門だとリリーがいってました。これはリリーに聞くまでもなく、風体を見ればわかりましたね。髪をながくして、ベレー帽をかぶり、いつもマドロスパイプをくわえてましたからね」

「それで、その男の住所は……？」

「ところがそれがわからないんです。きょう新聞を見ると、うちの連中を呼びあつめて聞いてみたんですが、だれも知ってるものはないんです。実はこのひと、一昨日の晩その男のところへつれていかれて、さんざん、なにしてきたそうですが……」

浅原（あさ）原三十郎の渋い顔に、ちょっとみだらな微笑がうかぶ。藍子の頬が火のついたように赧くなった。

小玉警部補は眼を見張って、

「きみ、おとついの晩、その男のうちへつれていかれたんだって？　それじゃ、ところは……？」

「いいえ、それがわかりませんの」

藍子はあえぐような息遣いをして、

「自動車でつれていかれたんですけれど、行きがけにはすっかり酔っ払ってましたし、かえりはまた、なんだか眠くて……ひょっとすると、あたし、眠り薬をのまされたんじゃないかと思うんですの」

「そしてねえ、主任さん、そいつ、このひとを殺そうとしてたんじゃないかと思われるんです。いいえ、このひとがそういうんです」

警部も警部補も刑事たちも、ぎょっとしたように、藍子の顔を凝視する。会議室の空気が、針金のように緊張した。

等々力警部はなにかいおうとする小玉警部補をさえぎって、リリー木下のほうから話してください。

「いや、その話はあとで聞こう。それよりも順序として、リリーにはみよりの者はないのかね」

「はあ、ひとりでいま申し上げたアパートに住んでいたようです」

「それで、中河謙一という男と関係ができたのはいつごろから……？」

「さあ、ひと月まえほどのことじゃないでしょうか。ねえ、藍ちゃん」

藍子は青ざめた顔をして、無言のままうなずく。あいかわらずハンケチで口をおさえている。

「リリーにはほかに関係のある男はなかったのかね」

「さあ、それなんですよ。リリーにはちょっと妙なところがありましてねえ」

と、浅原三十郎は照れるように、つるりと顔をなでると、

「中河謙一という男ができるまで、リリーは男ぎらいで通っていたんです。男……つまり異性には興味がもてないというんですね。そのかわり女……同性に強くひかれるらしいんです。レズビアン……同性愛者だったんですね」

等々力警部は息をのみ、思わず眉を大きくつりあげた。会議室の空気がまたさっと緊張する。

「それで、そういう同性の愛人があったのかね」

「はあ、もう以前からいろいろと……本人がいうのに、男なんかけがらわしい。あたしは天女だから、男みたいなけだものに触られるのはいやだというんですね。それがどういう風の吹きまわしか、中河という男に夢中になりましてね」

「堕ちたる天女ね」

双葉藍子がつぶやくように言葉をはさんだ。

「えっ、それ、なんのこと?」

「いいえね、いままで男ぎらいで通っていたが、こんど中河という男ができたでしょう。それで楽屋でこのひとたちが、いろいろ、まあ、からかったんですね。すると、本人けろりとして、あたし堕ちたる天女よ、堕天女よといってたそうです。それ以来、堕ちたる天女というあだ名がついてたんですね」

「ああ、なるほど」

と、等々力警部はちょっと頬をほころばせて、

「それで、堕ちるまえの天女さんには、どういう同性の愛人があったのかね」

「どこかのバーのマダムだって話だったわね。とても熱烈らしかったのに」

「藍子はそのマダムに会ったことあるのかい」

「いいえ、会ったことないわ。でも、しょっちゅうのろけ聞かされてたから」

「おれは一度会ったことがある。劇場へたずねてきたんだ。リリーのことでね。リリーがつめたくなったもんだから、やきもち焼いて、わたしのところへききに来たんですね。眼がつりあがってましたよ。同性愛の嫉妬って、あんなにすごいもんかと思いましたね」

「それで、浅原君はその女の住所を……？」

「いいえ、それは聞きもらしました。つい……。こんなことになると知っていたら……」

「しかし、そんなに熱烈だったのが、リリーはなぜ急につめたくなって、男に転向したんだろうね」

「ああ、それは……」

　と、藍子が言葉をはさんで、

「そのひと……どこかのバーのマダム、肺病なんですって。それで、キスなんかして病気うつされるの、いやだといっていましたわ」

「ああ、そう、あの女、肺病なの？　道理で青白い、神経質そうな顔をしてましたよ。三十前後の、ちょっときれいな女でしたがね」

「それで、リリーのいなくなったのは？」

「リリーは七日から劇場を休んでいるんです。それでアパートへ聞きあわせてみましたところが、そちらへも六日の晩からかえらないというんですね。それでちょっと変に思ってたところが、うちのストリッパーのひとりが、六日の晩、中河という男が楽屋口へきて待っていて、リリーとつれだっていったというんです。だから、男とどこかへしけこんでるんだろうくらいに考えて、つい、とどけもしなかったんですがね。こんなことになってると知ったら。……」

浅原支配人はいくらか誇張したため息をつく。

リリー木下の死体は、少なくとも死後三日は経過しているという。すると、リリーは六日の晩、どこかで殺されたのにちがいない。

殺したのは黄色いマフラをした、中河謙一という男だろうか。

等々力警部は無言のまま、しばらくじっと考えこんでいたが、やがて双葉藍子のほうへむきなおると、

「それじゃ、藍子君、こんどは君の話を聞かせてください。きみがおとといの晩、中河謙一という男に殺されかけたというのは……？」

「はあ、あの……」

藍子は膝の上でハンケチを引きさくようにもみながら、

「それは、あの、こうなんですの」

と、こわばった表情で語りかけたが、そのとき、だしぬけに卓上電話のベルがけたたましく鳴りだした。

小玉警部補は舌打ちをして、めんどうくさそうに受話器をとりあげる。

「ええ、そう、こちらK署、わたし小玉警部補です。ええ、あっ、それは失礼しました。はあ、はあ、ええ？　黄色いマフラをした男に……はあ、はあ、はあ……ええ？……でも、署長さん、それはちがいましょう。被害者の身元はわかりましたよ。見知り人が現われたんです。ええ、浅草のストリップ劇場へ出ているストリッパーなんですがね。リリー木下というんだそうで、これはもうまちがいはありません。ええ、ええ？　はあ、はあ……しかし、それは妙ですね。その女が行方不明になったのは……？　三日の晩……？　はあ、はあ、そうです、そうです、等々力警部さんです。はあ、はあ……承知しました。警部さんともよく相談して、こちらでも研究してみますが、そちらでもどうぞ……ええ、ええ、それはもちろん、そのつどご連絡申し上げます。えっ、あっ、ほんとうに。……あなたのおっしゃるとおりだとすると、これは大事件になりそうですね。では、はあ、はあ、のちほどまた」

ガチャンと受話器をおいた小玉警部補の額には、太い血管がふくれあがって、いっぱい汗がうかんでいる。

警部補はつよくくちびるを嚙みしめながら、無言のまま、しばらくなにやら考えこんでいたが、やがて物問いたげな警部のほうへふりむけたその眼のなかには、殺気にも似たはげしい光がかぎろうている。

「警部さん」

と、警部補はまるでなにか嚙みきるような、ポキポキとした口調で、

「いまの電話、Y署の署長さんからですがね。新宿にある花園というキャバレーで働いていた、高松アケミというダンサーが、三日の晩、やはり黄色いマフラをした男につれ出されて、いまもって行方がわからないというんです。それで、こんどの事件の被害者、その女じゃないかといって照会してこられたんですが……、おや、藍子君、どうかしたの」

わなわなとふるえる藍子のくちびるは、すっかり紫色にくちて、極度の恐怖におびえた瞳(ひとみ)は、いまにも失神しそうな色を示していた。

藍子の冒険

「いえあの、あたし、ちょっと妙なことを考えていたものですから……」

しばらくして、藍子はやっと気を取りなおすと、あいかわらずハンケチをもみくちゃにしながら針のようにとがった眼を警部補の顔にすえていた。

「妙なことというのは……?」

「いえ、あの、それはこれからお話いたします」

藍子はわき立つ心をしずめるように、警部補の顔に瞳をすえたまま、しばらくだまってひかえていたが、やがて、あえぐような息づかいをしながら、とぎれとぎれに語り出

したところによるとこうである。

一昨日、すなわち九日の晩十一時ごろのことである。

劇場がはねてから藍子はただひとり、楽屋口から出ていった。化粧を落とすのに手間どったのとそれに少しつかれていたので、楽屋でひとり、ウイスキーをのんでいたので、ほかのストリッパーたちは、みんなもうかえってしまって、あたりにはだれもいなかった。

藍子はいつもつかれると、ウイスキーをあおることにしており、そのために、楽屋にウイスキーの瓶がおいてあるのだ。

さて、ホロ酔いきげんの瞼をあかく染めて、藍子が楽屋口から出ていくと、薄暗いところに、その男――すなわち、中河謙一が待っていた。

藍子はいままでその男と、口をきいたことは一度もなかった。いつも楽屋口の暗いところに待っていて、リリー木下といっしょに、楽しそうに腕を組んでいく姿を、ちょくちょく見かけたくらいのものである。

だから、中河謙一というその名前も、リリーから聞かされて知っていたのだ。ただ、べっ甲ぶちの大きな眼鏡と、いつも黄色いマフラを首にまいているのが、妙に強く印象にのこっていた。一昨日の晩も、長いレーンコートの下から、黄色いマフラを幅広くのぞかせていた。

藍子が楽屋口から出てくるのを見ると、中河は猫のように足音のない歩きかたで、そっと薄暗がりのなかを寄ってきた。

「藍ちゃん」

と、中河は呼びかけると、

「きみ、今夜、ぼくにつきあわない？」

と、いかにも女の心をそそるような、ひくい、甘いささやきである。

「あら！」

藍子はびっくりしたように、相手の顔を見直した。

この男の顔をこんなに近く見るのははじめてである。黄色いマフラで口のへんをかくしているが、色の浅黒い、いい男だ。べっ甲ぶちの眼鏡の奥で、やさしい眼がわらっている。

「いいじゃないか。これからどこかへ行こうよ」

「中河さん、リリーはどうしたの。リリー、ここ二、三日休んでるわよ。あんたといっしょじゃなかったの」

「うん、いっしょじゃない。けんかしちゃったのさ。あいつ、きっと同性の愛人と、どっかへしけこんでるんだよ」

「まあ、ほんと！」

「ほんとさ。おれ、あいつの病気なおしてやろうと思ってたんだけど、やっぱりだめだなあ。ああ、病膏肓に入っちゃあね」

「新しいのができたのかしら」

「ううん、もとのやつさ。どこかのバーのマダムだっていうじゃないか。だけど、そんなことどうでもいいさ。それより、藍ちゃん、ぼくにつきあっておくれよう。これからどこかへ遊びにいこうよ」

「中河さん」

藍子はまじまじと相手の顔を見つめながら、

「あんた、リリーにつめたくされたので、その腹癒せにあたしで埋め合わせをつけようというの。そんなの、あたしまっぴらよ」

「ううん、そうじゃないんだ、そうじゃないんだ。おれ、はじめからきみのほうが好きなんだ。だれが同性愛の女なんか好きなもんか」

「あんなことといって。じゃ、どうしてリリーにモーションかけたの」

「だって、きみにゃ谷本さんてひとがあったじゃないか」

「まあ！」

谷本というのはちかごろ藍子が別れたばかりの、もとの愛人である。

「ぼく、きみが好きで好きでたまらなかったんだけど、愛人があると聞いて腹が立ったんだ。くやしかったんだよ。それでついリリーとああなったんだ。リリー、きみのライバルだろ。ちょっときみに面当てしてやろって気になってね。ごめんよ、ね、藍子。だけど、ぼくの心、結局、いつもきみにあるだろ。リリーにはそれが不満なんだ。そこへもってきて、きみが最近、谷本さんと別れたと聞いたもんだから、ぼく、もうたまらなくなったんだよ。その気持ちリリーに見抜かれたもんだから、このあいだの晩、大げんかしちゃってね。リリー、ぼくのとことび出したんだ」

「中河さん、とにかく歩きましょうよ」

藍子は中河の腕に手をおいた。

藍子の心は妙にうわずっている。谷本と別れたあとの空虚な間隙が、彼女を非常に危険な状態においていた。

それにいま中河もいったけれど、リリーは彼女のライバルだった。いや、ライバルというより目の上のたんこぶだった。藍子はどんなに努力しても、リリーの人気に及ばないことを知っていた。

レズビアンのリリーの肉体には、妙に男をいらだたせる魅力があって、ほかの女がどんなに技巧のかぎりをつくしても、根本的に及ばないものを持っていた。

中河はどんな気持ちか知らないけれど、リリーの愛人を、つまみ食いしてみるのもおもしろいではないか。藍子の体はいまそれを求めているのだ。

「中河さん、あたしをどこへつれていくつもり？」

腕を組んで、暗いところを歩きながら、藍子はいつか甘ったれた調子になっていた。

「ぼくんちへ行かない？」

「おたくどちら？」

「代々木八幡だけど」

「遠いのね」

「なに、自動車で行きゃすぐだよ」

「でも、あたし泊まるの困るわ。母がやかましいから」

「それじゃ送っていくよ。二時ごろまでならいいだろ」

「ええ、その時分までなら……」

ふたりはいつか大通りへ出ていた。話がきまったので中河はすぐに通りかかりの自動車を呼びとめた。自動車に乗ると、中河はポケットウイスキーを取り出した。

自分もちょっと口をつけて、

「藍ちゃん、これ、飲まない？」

藍子ものどがかわいていた。それに胸のなかが火のようにもえている。

「ええ、いただくわ。コップは？」

「ううん、口ごとお飲みよ。かまわないよ。藍子だもの」

藍子はしたたかウイスキーをあおった。さっき飲んだウイスキーと、いま飲んだウイスキーと、それにほどよい自動車の震動にあおられて、藍子はにわかに酔いを発した。だから、どこをどう走ったのか、それから間もなく自動車のついたアトリエというのが、中河のいっていたように、代々木八幡だったのかどうかわからなかった。

「まあ、寂しいところね」

自動車からおりてあたりを見回した藍子は、にわかに酔いもさめたように、ゾクリと肩をふるわせた。

実際、それは寂しいところだった。武蔵野の面影をとどめる雑木林のかげに、古ぼけたそのアトリエがくろぐろと建っていた。アトリエの庭にはひとかかえ以上もあろうという松の木がからかさを開いたように、空に枝をひろげていた。あたりには、一軒も人家はなかった。

「なあに、夜だからさ。昼だとそんなでもないんだよ」

藍子はなんとなく胸が騒いだ。虫が知らせたとでもいうのか、中河が門の扉をひらいているあいだにすばやく運転手にささやいた。

「運転手さん。お願い。一時になったらここへお迎えに来て。お礼はたくさんするから」

運転手はちょっとびっくりしたような顔をしたが、それでも無言のままうなずいた。

「藍子、なにをぐずぐずしてるのさ。はやくおいでよ」

「でも、このおうち、だれもいないの。真っ暗ね」

「うん、召使たちはあっちのほうにいるのさ。もう寝てるんだろ。ぼくたちはアトリエのほうへ行こうよ。そのほうが好きなことができていいもん」

アトリエへ入って、中河がスイッチをひねったとたん、藍子はあっと立ちすくんだ。

天女とニンフ

そのアトリエは大してひろくはなかった。畳じきにして十五、六畳もしけるだろうか。その代わり寝室が付いているらしく、開けっぱなしたドアの奥にベッドが見えた。

しかし、藍子が驚いたのはそのことではない。アトリエのすみにある等身大のふたつの石膏像なのだ。ひとつは立像で、ひとつはひざまずいている。あかりがついたとたん、その真っ白な石膏像が、物の怪(け)のように藍子の網膜(もうまく)にとびこんできて、彼女は思わず中河の腕にしがみついた。

「なんだねえ、藍子。……ああ、あの塑像(そぞう)におびえたのかい。馬鹿だねえ。たかが人形じゃないか」

「だって、だしぬけなんですもの。だれかいるのかと思ったわ。それならそうと言ってくれればいいのに。憎らしいひとねえ、中河さんたら」

「あっはっは、ごめん、ごめん、だってこれがぼくの商売だもの、それくらいのこと知ってると思ってたよ」

「これ、中河さんがお作りになったの。お上手ねえ」

藍子はふたつの石膏像のまえに立った。ひとつは薄い羽衣のようなものを身にまとうた天女だが、その顔はリリーにそっくりだった。

「ああ、これ、リリーね」

「ああ、そうだよ。リリーにモデルになってもらったんだ。あいつ天女を気取ってたからね、それで天女にしてやったんだ。あっはっは」

中河はあいかわらず甘い声でひくくわらう。

「中河さんはほんとにお上手ねえ。リリーにそっくりだわ。あたし、なんだかやけてきたわ」

「あっはっは、それじゃおまえもいまに石膏像にしてあげるよ」

あとから思い出してみると、そういう中河の声の裏には、なにかしらひやりとするようなものがあった。しかし、藍子は気がつかず、

「ええ、お願いするわ。あたしモデルになってあげるわ。こんなにお上手なのならね。こっちのはなあに？」

「それはニンフ」

「これもモデルがあったの？」

「もちろんさ」

「どういうひとなの、そのひと……？」

「かつてぼくが愛してた女……ねえ、藍子、ぼくはいつも愛人ができると、その女を石膏像にしておくのさ。恋のかたみとしてね。だから藍子、おまえも石膏像になってくれよね」

「ええ、ぜひ、そうしていただくわ」

「あっはっは、藍子はかわいいねえ」

そのとき中河の脳裏には、いったいどんな幻想がえがかれていたのだろうか。……藍子はしかし、べっ甲ぶちの眼鏡の奥の中河の瞳の異様なかぎろいを、たぎり立つ情欲の流露としか考えなかったのだが。……

「中河さん、これ、なんのにおい？　なんだかとても強い香のにおいがするわねえ」

「うっふっふ。これは愛情をたかめるためのにおいだよ。だけど、藍子、どうする？　酒飲む？　それとも……」

中河の眼が眼鏡の奥でにやりとわらった。

「あたしもう飲めないわ。そんなに飲んじゃ……」

「あっはっは、じゃ、すぐむこうへ行こうよ」

中河はスイッチをひねって、アトリエの電気をほの暗くすると、藍子の手をとって、寝室へみちびいた。寝室のスイッチをひねると、ベッドの枕もとにぱっと薔薇色の電気スタンドがつく。

中河は藍子を抱きよせて洋服をぬがせにかかる。しばらくして藍子はちょっと体をうしろへひいた。

「いやよ。そんなになにもかも取っちまっちゃ……」

「どうして？」

を消そう」

「きまりが悪いじゃないの」

「だって、おまえストリッパーじゃないか」

「あれは商売よ。こんな場合は……」

「そんなものかねえ。そういえば、リリーもはじめはきまり悪がってたね。じゃ、電気を消そう」

真っ暗な寝室のベッドに藍子が体を横たえると、

「ああ、そうそう、肝心のことを忘れてたっけ」

中河はそそくさと寝室から出ていくと、アトリエのドアに錠をおろす音がして、

「ごめん、ごめん」

と、ささやくようにいいながら、寝室へかえってくると、ベッドのなかへ入ってきた。

このアトリエの異様に寂しい雰囲気と、あの気味の悪いふたつの石膏像が、かえって藍子の情火をかきたてた。それにリリーに対する痛快な優越感も手つだって、藍子はこの気まぐれな恋の炎に身をこがしていたのだ。

熱烈なキスと強い抱擁。……あらしのようなふたりの息遣いのうちに、ひとしきり情熱のかおりが部屋にたてこめて、やがて藍子はかぐわしい薔薇色の霧につつまれていった。……

それからいったい、どれくらいいたったのか。

恍惚として、夢幻境をさまよっていた藍子は、ふと、男の指が自分ののどにかかって

いるのに気がついた。しかも、その指にはしだいに力がこめられていく。

冗談だろうか。むろん、冗談にちがいない。だが、しかし、のどへ加わる圧力は、しだいに強さをましていく。……

「およしなさいよ。そんなこと……」

男はしかしそれに答えない。かえって息遣いが荒くなり、指の力はますます強くなってくる。この男、ほんとに自分を殺す気なのではあるまいか。

「よして、よして、中河さん、あたし苦しい、呼吸がつまる！」

ようやく藍子が真剣になってもがきはじめたとき、けたたましいベルの音がアトリエのなかにとどろきわたった。

「あっ、だれか来た！」

口のうちでつぶやいて、男はやっと藍子ののどから手をはなした。

「ああ……さっきの……自動車が……迎えに来たんじゃない？」

藍子はのどのあたりをなでながら、あえぎ、あえぎつぶやいた。

「おまえ、迎えにくるようにいっといたの」

男は不平そうな口吻（こうふん）である。

「ええ、だって遅くなると困るもの」

「じゃ、見てきてやる。藍子、ごめんね。でも、あんまりおまえがかわいいからさ」

「悪い趣味ね」

「あっはっは」

のどの奥でわらいながら、男は暗がりのなかで身支度をととのえ、そそくさと寝室から出ていった。

男が出ていくのを待って、藍子は電気スタンドをつけ、大急ぎで身支度をととのえる。

「藍子、やっぱりそうだったよ。自動車が迎えに来たんだ」

藍子がすっかり身支度をととのえたところへ、男がおこったような顔をしてかえってきた。

「あら、そう、じゃ、あたしかえるわ」

「じゃ、送っていこう」

「ええ、でも……」

藍子はちょっとためらって、

「いいわ、あたしひとりでかえるわ。もう遅いんですもの。あなたに悪いわ」

「ふうん、そうかい。それじゃ勝手にするがいいや」

中河はつめたく言いはなったが、すぐまたにやりとわらって、

「藍子はおれが怖くなったんだね。馬鹿だねえ、あれ、愛の極致の表現じゃないか」

それにしても、あのときベルが鳴らなかったら……？

アトリエへ出ると、中河はふたつのグラスに紅(あか)い酒を盛って、

「おあがり。気付け薬だよ。そんな顔色でゆかれるのいやだよ。おれ」

藍子もなにかほしかったので、すすめられるままにひと息に飲みほした。どういう酒だかしらないが、のども胃の腑もやけただれるような気持ちだったが、そのかわり、さっきからおおいかぶさっている恐怖感はいくらかうすらいだようだ。

「ああ、だいぶいい顔色になったよ。じゃあ門まで送っていこう」

自動車に乗って、上野桜木町のところをあらまし、運転手にいったまではおぼえているが、それからあとは夢見心地で、桜木町で運転手におこされるまで、どこをどう走ったのか、藍子はすこしもおぼえていない。……

以上が双葉藍子の冒険譚である。そして、藍子のこの気まぐれな恋の一夜の告白ほど、K署の捜査陣を興奮させたものはない。

ひとしきり、葦の葉をわたる野分のようなざわめきが、捜査陣を動揺させたが、やがて、小玉警部補がきっと藍子のほうへむきなおった。

「それじゃ、藍子君、そのアトリエには天女とニンフと、石膏像がふたつあったというんだね」

警部補の声ははずんで、すこしうわずっている。

「はい。……」

「きみ、その天女像のほうをいまでもおぼえている？」

「はあ、おぼえているつもりですけれど……」

警部補はいそがしくデスクのひきだしをひらいて、あたらしく数葉の写真をとりだした。

「藍子君、きみがそのアトリエでみた天女の像というのはこれじゃなかった？」

それはリリーの体から石膏をはぎおとすまえにうつしたもので、トラックのタイヤのために相当毀損はしているが、それでもまだ十分原型をたもっている。

藍子はちらっとそれに眼をやると、こまかく肩をふるわせて、

「ええ、それ……」

と、恐ろしそうにすぐ眼をそらす。

「ちがいないね」

「はい、ちがいございません」

「それで、そのアトリエにはこの天女像のほかに、ニンフの像があったというんだね。しかも、中河という男は愛人ができるといつも恋のかたみとして、石膏像にしておくんだといったんだね」

「ええ、それですから、あのニンフの像のなかに、もしやキャバレー花園の高松さんというかたが……」

藍子の声はいかにものうげである。極度の恐怖にかえって神経がにぶくなったのか、瞳がどろんと光をうしなっている。

「ところで藍子君はそのアトリエが、代々木八幡かどうかわからないというんだね」

「ええ、あたし、行きは酔ってたし、かえりは眠ってたし。……運転手にきけばよかっ

たんですけれど……まさか、こんな……」

藍子の瞳からしだいに光がうしなわれて、やがてとうとうデスクにつっぷしてしまった。

おそらく一大事をうちあけた気のゆるみから、一時的な失神状態におちいったのだろう。

金田一耕助

双葉藍子のこの冒険譚は、その日の夕刊に大きく報道された。

「石膏美人はストリッパー」

「危うく殺人鬼の毒手をのがれた第三の犠牲者」

「殺人鬼のアトリエはいずこ？　ニンフのなかにもはたして死体？」

等、等、等というような扇情的な見だしが、どの新聞にもどの新聞にも、大きな活字でデカデカと組まれて、東京都民の話題をひきさらったが、さて翌日の午過ぎのこと。

K署からいったん本庁へかえった等々力警部は、いままでの経過を首脳部に報告し、こんどの方針をうちあわせると、自分の担当している第五調査室へひきあげてきたが、部屋へ入るなり大きく目玉をひんむいた。

自分のデスクにきたならしい足袋をはいた足がのっかっている。うすよごれた足袋のうらがこっちをむいて、そのむこうによれよれの袴をはいた貧弱な二本の脚が、椅子へむかってずり落ちている。かすかないびきが机のむこうからきこえてきた。

等々力警部はわらいを噛みころした。それからなにかいおうとして口をうごかしかけたが、思いなおしたように、わざとしかつめらしく威厳をつくろって、

「エヘン！」

と、大きな咳払いをする。

と、いびきの声がぴたりとやみ、二本の脚がムズムズうごいたかと思うと、デスクのむこうからモソモソおきあがったのは、もじゃもじゃ頭の金田一耕助。

「あっはっは、警部さん、おかえり」

金田一耕助はショボショボと眼をしょぼつかせながら、つるりと顔をさかさになで、乱れた襟をかきあわせる。

「おかえりじゃありませんよ。金田一さん、失敬じゃありませんか。神聖なるべき机の上に、きたならしい足袋をのっけるとはなにごとです」

「あっはっは、きたならしいは手きびしいですね。もっとも、あんまりきれいな足袋ともいえませんがね」

「あたりまえですよ。失敬な！」

「おやおや、だいぶんおかんむりですね。新聞を見ると、思いのほか事件がはかどっているので警部さん、ごきげんだろうと思っていたのに」

「あっはっは、ごめん、ごめん、ちょっとあんたをからかってあげたんです」

「なあんだ、警部さん、あんたひとが悪いですねえ」

金田一耕助がもぞもぞと椅子から立ちあがろうとするのを、

「いいです、いいです。あんたそこにいらっしゃい。わたしはこれに座りますから」

「そうですか。それゃ、この椅子のほうがすわり心地いいですからね。警部さん、たばこ一本くださいよ。ぼく、ちかごろたばこ銭にも窮してるんでね」

「おやおや、あんたのパトロン、どうしたんですか」

「土建業もちかごろぱっとしないらしい。もっともあの男のことだから、すぐ立ちなおるでしょうがね」

金田一耕助は土建業をやっている、旧友の二号のところに居候（いそうろう）をしているのである。

等々力警部はいまさらのように、天才的な頭脳をもちながら、たばこ銭にも窮しているというこの男を、いたましげに見つめずにはいられなかった。

金田一耕助は警部にもらったピースを、さもうまそうに吹かしながら、

「ときに警部さん、双葉藍子がつれこまれたというアトリエはわかりましたか」

「いや、それがわからないんでね。代々木八幡の付近には、それに該当するアトリエがないんですよ」

「すると、その男、やっぱりうそをついていたんですね」

「そうです、そうです。目下の急務というのは、なによりもまず、そのアトリエを発見

することなんですがね。なにしろ東京周辺はひろいし、アトリエもたくさんありますからね。藍子がせめてどの方角とおぼえていてくれればよかったんですが」

「その男と藍子をのせた自動車の運転手から、まだ訴えはありませんか」

「それなんですよ。目下の希望はただそれだけにつながってるんですがね」

「新聞であんなに騒いでるんだから、おそかれはやかれ気がついて、訴えてでるだろうと思いますがね」

金田一耕助は半分以上吸ったピースを残りおしそうに灰皿のなかにつっこんで、たゆとう煙のゆくえをしばらく見つめていたが、急ににっこり等々力警部のほうに眼をむけると、

「ときに、警部さん、新宿のほうの話をしてください。キャバレー花園から高松アケミをつれだした、黄色いマフラの男ですがね。このほうも身元がはっきりしないんですか」

「いや、ところがこっちのほうははっきり身元がわかってるんです」

「ほほう！」

金田一耕助は意外そうに眼を見張ると、椅子の上で居ずまいをなおし、猿のように両膝を立て、両手でそれをかかえると、膝の上にあごをのっけて、

「それ、どういう男なんですか」

と、ショボショボと眼をしょぼつかせる。

「美校を中退した男ですがね。名前を杉浦陽太郎といって、まえからチョクチョク花園へやってきてたそうですが、いつも友人といっしょなんですが、その友人のなかには漫画家として、現在相当活躍している人物もあるので、これはもうまちがいはないようです。いまその男のゆくえを追求させているところですがね」

「すると、その男、すなわち杉浦陽太郎というのが、中河謙一ということになるんですね」

「まず、まちがいはなさそうですね。風貌をきいてもだいたい一致しますしね。長髪にベレー帽、マドロスパイプかなんかくわえて、いつも黄色いマフラをしているそうです。だから、それにつけても藍子のつれこまれたアトリエを、発見することが先決問題となってくるんですよ。そこにあるニンフの像から高松アケミの死体がでてきたら……」

「杉浦陽太郎というのはアトリエは……？」

「いや、そんな柄じゃあないんですが、しかし、学生時代塑像をやってたそうですから、死体を土台として、石膏像をつくるくらいのことはできるんですね」

「年齢は……？」

「三十二だというんですが、なかなか好男子だそうで、学生時代、美少年でとおっていたそうですよ」

「それで、その男、こういう変質者みたいな犯罪を、やらかしそうな男なんですか」

「それはねえ、金田一さん」

と、等々力警部は相手にたばこをすすめながら、

「学生時代からの友人をつかまえて、なおいっそうよく聞いてみなければわかりませんが、キャバレーの連中の話によると、なんだかこう、暗いかげみたいなものを背負っている男だそうです。ふだんは陽気にやっているが、どうかすると、ふうっと暗い影がさす……そういう男だったそうですよ。それに、友人のなかにはもうそろそろ、世間に知られてるのがだいぶんあるのに、自分は依然として無名でしょう。それで、相当あせっていたんじゃあないかというんですがね」

「高松アケミという女とは……？」

「べつに深い仲でもなかったんじゃあないかと、花園の連中はいってるんですがね。むしろアケミのほうが追っかけてたらしいという話です」

「三日の晩、ふたりつれだって出たっきりなんですね」

「そうです、そうです。そのときも、アケミのほうから口説きおとして、つれだしたふうだというんですが、これはどうでしょうかねえ。技巧をもちいれば周囲のものにそう思わせるの、なんでもありませんからね。いずれにしても花園では、首尾よくアケミが杉浦を射落としたので、うれしまぎれに、どこかの温泉場へでも、しけこんでるんだろうくらいにたかをくくっていたところが新聞に黄色いマフラのことが出たもんだから。

……」

「ほんとうに、黄色いマフラというのは珍しいですからね。黄色なんてあまり人に好か

れる色じゃあない」

金田一耕助は暗い顔をして、吐きすてるように、つぶやいたが、思い出したように、

「それで杉浦という男の住居は？」

「中野に下宿してるんですが、三日の晩からかえっていないんです。しかし、まあ、どっちにしても金田一さん、この事件はもう時間の問題ですよ。杉浦陽太郎もそういつまでもかくれているわけにはいきますまいよ」

「いや、そうあることを祈ります。ちかごろのように未解決の事件がこう多くちゃあねえ」

金田一耕助は無言のまま、手にしたたばこの灰を見つめていたが、ホロリとそれを灰皿におとすと、人懐っこい微笑を警部にむけて、

「ところで、警部さん、ぼく、あなたにお詫びしなければならんことがあるんですがね」

「わたしにあやまらなければならんこととは……？」

「実はあなたのお名前をちょっと拝借したんです。花鳥劇場の支配人に会うについて……」

警部はふいと眉をそびやかした。

「あなた、浅原という男に会ってきたんですか」

「ええ、ちょっと。……助平根性をおこしてね。だって、警部さん、石膏詰めの死体っ

て、大いに魅力あるじゃありませんか。それで、ちょっかいを出したくなって、ストリッパーたちにも会ってきたんですが、それについて、あなたのお名前をつかわせていただいたというわけです」

「いや、それは構いませんが、それでなにか新しい発見でも……」

等々力警部はちょっと不安そうな眼の色になる。

「いいえ、べつに……、双葉藍子という女が相当ひどい近視らしいという以外にはね」

「金田一さん、それ、どういう意味ですか」

「いやあ、べつに……、そうそう、それからもうひとつ、おもしろいこと聞いてきましたよ。浅原支配人のことですがね」

「浅原になにか……」

「ええ、あの男ホモなんだそうです」

「ホモ……?」

「ホモセクジュアリスト、同性愛者、すなわち男色家なんですね」

等々力警部は思わずぎょっと息をのむ。

金田一耕助はしかし、あいかわらず飄々たる口ぶりで、

「これはしかし、戦後の男性にはそれほど珍しい現象じゃありませんがね。世はまさに百鬼夜行。ホモはちまたにあふれておりますからね。ことに浅草のようなところを根城にしていれば、いくらでも相手が見つかるでしょうし、かてて加えて年がら年じゅう、

女の裸を見ていちゃあ、女体というものにたいして興味がもてなくなるのも当然かもしれませんね。とにかく、細君も持たず、つぎからつぎへと男をかえてるということです」

「しかし、金田一さん、そのことがこんどの事件になにか関係でも……？」

等々力警部は不安そうに眉をひそめて、相手の顔色をよんでいる。

「いやあ、そういうわけじゃありませんが、女のレズに男のホモ、いかにも浅草らしいと思ったもんですから。……浅草こそ現代日本の縮図ですね。ああ、そうそう、それから警部さん、ぼく朝日中学三年B組の生徒たちにも会ってきましたよ」

等々力警部はまたきっと眉をつりあげ、大きく眼を見張った。

「金田一さん、どういうんですか。なにかあの子たちの口から。……」

「いえ、べつに。……新聞に出ている以外のことはなにもね、ただ、女子のクラス委員、昔の言葉でいえば級長さんですか。それをやってる遠藤由紀子という少女が、あの事件のショックで発熱したとかで、休校してるってことを聞いてきただけですがね」

等々力警部は食いいるようなまなざしで、金田一耕助の顔を見つめている。

この男がこういうしゃべりかたをするときには、きっと頭脳のなかになにか蓄積されたものがあるのだということを、長いあいだのつきあいで、等々力警部も知っている。

しかし、まだ、それを明らかにすべき段階でないばあい、耕助はそれとなく疑問の節をほのめかすのだが、いつだって等々力警部はそれを捕捉できたためしがない。この男と自分とでは、脳細胞の構造がちがうのだと、警部はっとにあきらめている。

「あの生徒からあれ以上、聞き出せることはないと思うんですがねえ」

警部は耕助の顔色をうかがいながらため息をつく。

「ええ、まあ、そうでしょうねえ」

あいまいに言葉を濁す耕助の横顔を、警部はいくらかいまいましそうに見つめていたが、そのとき、卓上電話のベルがけたたましく鳴りだした。

警部は受話器をとって、ふたこと三こと話していたが、急にいきいきと眼をかがやかせて、

「ああ、そう、そいつはありがたい！　それじゃあすぐ行く」

警部はガチャンと受話器をおくと、勢いよく耕助のほうへむきなおった。

「金田一さん、やっと新聞記事の反応があらわれましたよ。九日の晩、浅草から黄色のマフラをした男と、藍子らしい女を乗せたという、自動車の運転手がK署へ名乗って出てくれたそうです」

「ああ、そう、それはおめでとう。警部さん、ぼくも連れてってくださるでしょうね」

金田一耕助はくちゃくちゃに形のくずれたお釜帽をわしづかみにして、警部よりさきに立ちあがっていた。

悪魔のアトリエ

五月十二日。午後六時ちょっと過ぎのこと。

数台の自動車がいまわだちをつらねて、甲州街道を西へむかって走っている。沿道のひとびとは何事がおこったのかと、砂煙をあげていく自動車の行列を見おくった。

いちばん先頭の自動車に乗っているのは、金田一耕助と等々力警部、ふたりのあいだには双葉藍子が、こわばった顔をして、膝の上でハンケチをもみくちゃにしている。スペヤーシートには浅原支配人と、それからさっきK署へ名乗って出た運転手の古川五郎。

あとにつづく自動車には、K署の捜査主任小玉警部補をはじめとして、捜査陣の一群、本庁の鑑識や捜査係の刑事たちのほかに、途中立ちよって拾いあげたキャバレー花園のマネジャー川上三蔵と、行方不明になっている高松アケミの仲よしだった、都築マリというダンサーが、これまた顔をこわばらせて乗っている。ひょっとすると、高松アケミの死体が発見されるかもしれないというので、同行を要請されたのである。

自動車の窓からそとを見ると、夕靄のかかった大気のむこうに、血のような色をした太陽が大きくかかっており、街道の両側に芽生えた欅の新芽が、若人の肌をおもわせる新鮮さでみずみずしい。

「ときに、警部さん」

金田一耕助が思いだしたように、藍子の肩ごしに声をかけた。

「はあ。……」

「リリー木下の死体はいまどうなってるんですか」

「リリーの死体は解剖もおわったので、きのう茶毘に付して、浅原君にひきとってもらいました。浅原君、今夜お通夜なんでしょう」

「はあ。その予定でおります。田舎の親戚へ電報をうっておきましたから、身寄りのものが来しだい葬式を出してやりたいと思いまして。……」

「お通夜は劇場で……？」

「いや、リリーのアパートでやります」

「リリーのアパートというのは？」

「下谷車坂の曙荘というんです」

「マネジャー」

金田一耕助と浅原支配人の会話をきいていた藍子が、いまにも泣きだしそうな声で、

「あたしもお通夜に出なきゃいけないの。あたしもう……」

「ああ、おまえはよしたほうがいいね。刺激が強過ぎるよ。これじゃあ体がつづかない」

「すみません。そのかわり、お葬式には出ますから」

「金田一さん、リリーの死体がどうかしましたか」

警部が藍子の肩ごしにたずねた。

「いや、なに、ちょっときいてみただけなんですがね」

金田一耕助は言葉を濁したので、それきり話のとだえた一同を乗せて、自動車は西へ西へと走っていく。

「古川君、だいじょうぶだろうねえ」

さっきから一心に窓外をにらんでいる、案内役の古川五郎に、等々力警部が心配そうに声をかける。

「だいじょうぶです。警部さん、古風な火の見櫓があって、そのとなりにお宮みたいなもんがあるんです」

案内役の古川運転手は、この異様な事件に一役かえることに、大いなる誇りと満足をおぼえているらしい。いきいきと眼をかがやかせている。

「火の見櫓って、きみ、むこうに見えるあれじゃあない？」

警視庁の運転手があごでむこうを指さした。

「ああ、そうです。そうです。あの火の見櫓とお宮のあいだに道がありますから、そこを左へ曲がってください」

はたして火の見櫓のとなりに道をへだてて、古ぼけたお宮があった。

「なるほど、こういう目印があるのならまちがいはないね」

等々力警部がつぶやいた。

そのへんは下高井戸にあたっており、中河謙一と名乗る人物が、藍子にむかって代々木八幡といったのはあきらかに偽りだった。

火の見櫓とお宮のあいだを左へきれて、鄙(ひな)びた道をものの三丁も来たところで、

「ああ、そこです、そこです、その家です」

と、古川五郎がだしぬけに注意したので、自動車はがくんと急停車する。

藍子は真っ青な顔をして、こまかく肩をふるわせながら、膝の上のハンケチをもんでいる。

どやどやと一同が自動車からおりると、

「藍子君、このアトリエだったかね」

と、等々力警部が念を押す。

「ええ、あの……」

と、藍子は身のすくむような顔色であたりを見まわすと、からかさのように空に枝をひろげている松の大木に眼をとめて、

「このアトリエのようでした」

と、こわばった顔をして、汗ばんだ額をハンケチでぬぐった。過去の恐ろしい思い出と、これから直面しなければならないかもしれぬ恐怖の予想で、すっかり瞳(ひとみ)がうわずっている。

中河謙一があの晩、藍子にささやいた言葉によると、夜はさびしいけれど、昼間はそ

っそうすごい。

れほどでもないということだったが、どうしてどうして、明るいところで見たほうがい

アトリエは、半分たちくされており、中河は母屋があるようにいっていたが、そんなものはどこにもなかった。母屋のあったと思われるあたりには、土台石だけとりのこされて、青い草が一面に生えている。

つまりここはかつてのアトリエの廃墟(はいきょ)であり、その廃墟がこんどの犯罪に利用されたらしいことが想像される。

アトリエをおおう松の木のてっぺんに、烏(からす)が五、六羽むらがって、不吉な声をたてている。

「ふうむ、これは……」

等々力警部が思わずうなった。

「それにしても警部さん。妙ですね。見たところ、これは空き家としか思えないのに、どうしてあの晩、電気がついたんでしょうねえ」

金田一耕助がつぶやいた。

「いや、電気がついたばかりではなく、わたしがそのボタンを押すと、奥のほうでベルが鳴りましたよ」

古川運転手も顔色がかわっている。

「よし、押してみよう」

金田一耕助がこころみにボタンをおすと、アトリエのなかからけたたましいベルの音がきこえ、それにおどろいたのか、松の木のてっぺんにとまっていた鳥どもが、いっせいにぱっと飛びあがった。

その羽音にびっくりして、

「あれえ！」

と、藍子は浅原支配人にしがみつく。

「とにかくだれかが臨時にこのアトリエを、借りるかなんかして利用したんですね」

「だれかって、杉浦陽太郎にきまってるさ。こういう凶悪な犯罪には、おあつらえむきの場所だからな」

等々力警部がうなっているところへ、あとにつづいた自動車がぞくぞくと到着する。所轄のT署からもおおぜい駆けつけてきて、あたりはものものしい空気につつまれた。

「とにかく、なかへ入ってみよう」

門の扉がなんなくひらいたので、警部は先頭にたって入っていく。アトリエのドアには鍵(かぎ)がかかっていたが、そこには専門家がいるので、そのドアもなんなくひらかれる。

「藍子君、きみはいっしょにきてくれたまえ。浅原君や花園キャバレーのひとたちは、しばらく外で待っていてもらいたいね。用事があったら呼ぶからね」

等々力警部の指図に、

「警部さん、あたしいっしょに行かなきゃあならないんですか」

藍子はべそをかくような顔をして尻ごみする。

「藍子さん、藍子さん、あなたはこんどの事件のスターじゃありませんか。いっしょに来なきゃあ……」

「いやよ、先生！」

「あっはっは、気にさわったらごめんね。さ、手をひいてあげよう」

窓という窓がしめきってあるので、アトリエのなかは暗かったが、それでもこのあいだのようなことはなく、ほのかにただよう黄昏の薄明のなかに、なにやら異様な臭気が鼻をつく。

「あっ、こ、これは……」

金田一耕助がハンケチで鼻をおさえたとき、そばに立っている藍子が、

「きゃっ！」

と、悲鳴をあげてしがみついてきた。

「なに？　藍ちゃん？」

「あそこ、あそこ、白いものが……」

なるほど、ほの暗いアトリエのすみにうずくまっている白いものが、ぼんやりと網膜のなかに浮きあがってくる。

「しめた！　藍ちゃん、電気のスイッチ、どこにあるの？」

「右のほうの壁じゃないかしら」

藍子はガタガタふるえながら、あえぐようにつぶやいた。

刑事のひとりがスイッチをひねると、明るくなったアトリエのなかは、天女像の欠けているだけで、このあいだ藍子が来たときと、すこしもかわったところはなかった。

そこに残された石膏像は、「沐浴するニンフ」とでもいうのだろう。裸身の女がうずくまって髪をくしけずっているところである。

「金田一さん、それじゃあやっぱりこの石膏像のなかに……」

「警部さん、もうまちがいはありませんよ。ほら、このにおい。……」

警部もむろん気がついていて、無言のままつよくうなずく。

「藍ちゃん、きみ、このあいだここへ来たとき、このにおいに気がつかなかった?」

「いいえ、あの晩、この部屋にはとてもつよい香のにおいがたてこめていたもんですから。……それに、あたし、酔ってもいたし。……」

藍子があえぐようにつぶやいた。

「なるほど、やっこさん、香のにおいでこのにおいをカモフラージしてたんだね。なかなか手がこんでるよ、この事件は……」

捜査はただちに開始された。あらゆる角度から現場と石膏像の写真がとられ、綿密な指紋の検出がおこなわれたのち、いよいよ石膏像がうちこわされることになったが、おそらくその瞬間がこの事件のうちでも、最大の山場であったろう。

いったん、藍子を外へ出すと、「沐浴するニンフ」は、専門家の手によって顔面から石膏がそぎ落とされていく。まっ白な石膏がボロボロと床に落ちていくにしたがって、その下からあらわれてくるくろずんだ人間の肌を見たとき、金田一耕助は腹の底がかたくなるような悪寒をおぼえた。

三十分ほどのち、キャバレー花園のマネジャー川上三蔵と都築マリが呼びこまれたが、まっ白な石膏像の肩からつきだしている、紫色の、なかば腐乱した女の顔をひと目見たとたん、

「きゃっ！」

と、叫んで都築マリは川上三蔵の腕のなかに失神してしまった。マネジャーの川上三蔵はその体をしっかとだきとめながら、

「高松アケミにちがいございません」

と、きっぱりいいきって、それからあわてて眼をそらした。

これでいよいよリリー木下殺しと杉浦陽太郎が、はっきりむすびついてきたわけである。

川上三蔵と都築マリといれちがいに、ふたたび藍子が呼びいれられて、彼女と中河謙一なる人物が、あやしい情痴の夢に血をたぎらせた、あの寝室が点検された。

「このベッドの上で中河なる人物が、藍ちゃんの首をしめようとしたんだね」

「はい。……」

あのとき、運転手がむかえにきてくれなかったら、自分もリリー木下や、高松アケミ

とおなじ運命におちていたのかと思うと、藍子は生きたそらもなかった。

寝室もこのあいだの晩と、ほとんどかわるところはなかった。

「いや、藍子君、ご苦労さんでした。それじゃ、きみはもうひきあげてもいいよ。浅原君におくっていってもらいたまえ」

等々力警部にいたわられて、藍子が逃げるように出ていったあと、アトリエの内外は厳重に捜索されたが、ここでふたりの女が殺害されたのだろうという想像以外には、これといってたしかな証拠はなにひとつ発見できなかった。

同性の愛人

「金田一さん、金田一さん、わたしをどこへつれて行こうというんです。わたしはまだ現場に残って、いろいろしなければならぬことがあったんですが……」

等々力警部は自動車のなかですっかりむくれかえっている。金田一耕助はそれをなぐさめるように、

「いいですよ、いいですよ、警部さん、あとのことはあのひとたちにまかせておきなさいよ。警部さんにはもっと重大な任務があるんですからね」

「だからその重大な任務というのをいってください。なんぼなんでもわけもいわずに引っ張りだされちゃあ……これじゃまるでかどわかしじゃありませんか」

「かどわかし……？　あっはっは、警部さんをかどわかしたところで一文の徳にもならない。あなたみたいな人を買ってくれそうなところは、どこにもなさそうですからな」

「金田一さん、冗談じゃありませんよ」

　等々力警部はむっとする。

「ごめんなさい。いまにわかりますがね。ぼく、きっとやってくると思うんです」

「やってくるってだれが……？」

「だから、いまにわかります。まあ、もう少し待ってください」

　午後八時。

　等々力警部と金田一耕助を乗せた自動車は、いままっ暗な甲州街道を、東へむけて走っている。

　等々力警部はまだ現場にとどまって、T署やK署の係官と、いろいろ打ち合わせをしたかったのだが、なに思ったのか金田一耕助が、むりやりに引っ張りだしたのである。しかもその理由をいわないのだから、警部が中っ腹（ちゅうっぱら）になるのもむりはない。

「困りましたねえ、金田一さん、せめて行く先だけでもいってください。キャバレー花園へ行くんですか」

「いや、花園のほうはほかのひとにまかせておいていいでしょう。とにかく、ぼくは一刻もはやく会ってみたいんです」

「会うってだれに？」

ちょうどそのとき自動車は新宿へさしかかっていた。

「くるま、どちらへやりますか」

運転手が尋ねた。

「ああ、下谷の車坂へやってください。警部さん、リリーのアパート、曙荘とかいってましたね」

「ええ、そう、だけど、金田一さん、リリーのアパートへ行くんですか」

等々力警部は不思議そうな顔である。

「そうです、そうです。おとつい、I交差点で発見された石膏美人が、リリー木下だってことはきのうの夕刊に出ましたね。しかも、今夜はリリーのお通夜でしょう。だから、きっと駆けつけてきますよ、ね」

「駆けつけてくるって、だれが……？」

「だれがって、ほら、リリーの愛人がでさあ。同性の……」

「あっ！」

警部はおもわず呼吸をのむ。

「そうか、そうか、わかりました。ありがとう、金田一さん、おい、運転手、大急ぎだ。大急ぎで下谷車坂へ行ってくれ」

車坂でたずねると曙荘はすぐわかった。戦後の建物に共通した、ちゃちな造作だが、リリーのような階級の女や男がねぐらとするには、かっこうのアパートである。

受付でたずねたふたりがリリーの部屋へはいっていくと、客の応対をしていた浅原支配人がびっくりしたように眼を見張った。

「警部さん、なにかまた……？」

「いやね」

と、金田一耕助が警部にかわって、

「あっちのほうの仕事が思いのほかはやく片づいたので、仏さんにお線香をあげていこうということになってね。お邪魔じゃないでしょう」

「とんでもない。どうぞ拝んでやってください」

浅原支配人は腰をうかして座をゆずる。

「警部さん、さきほどは失礼いたしました」

「いやこちらこそ。……ご苦労さんでした。藍子はどうしましたか」

「桜木町のうちまで送ってやりました。すっかりまいっておりますので、当分休座させます。いっときにスターふたりをとられちゃあたまりませんからね。ほい、しまった。こんなときに商売気をだしちゃあいけないかな。さあ、どうぞ、どうぞ」

浅原は首をすくめて、少し禿げあがった額をなでながら、警部と耕助に座布団をすすめる。金田一耕助は警部のあとから線香をあげると、浅原にすすめられた席につき、あらためて部屋のなかを見まわした。

せまい六畳の壁にはいたるところにヌードの写真がはってあり、ファンからの贈りものらしいこけし人形やフランス人形が、小さい本箱の上に飾ってある。写真はみんなリリー木下自身なのだろう、さすがにきれいな曲線をみせている。

部屋の一方には白布でおおわれた机がおいてあり、その机の上に黒い額ぶちにおさまったリリー木下の胸から上の写真が子どもっぽい笑顔を見せている。こういう職業の女としては、ひどく無邪気そうで、どこか頼りなげに見えるのが哀れである。

写真のまえに白い布でつつんだ骨壺、その骨壺のまえに線香立てとならんで、赤い酒をついだグラスのそなえてあるのが、いかにもストリッパーのお通夜らしい。

ほかにお供えの果物かごがふたつ三つ、そのなかの特別大きなかごには、水原鶴代という名が見える。

お通夜の客は浅原支配人をのぞいて五人いたが、そのなかにひとり、とてもきれいな年増がいるのに眼をとめると、金田一耕助はちらと等々力警部に眼くばせをした。

警部もすでに気がついていたとみえ、くちびるをきっとへの字なりにむすんで、かるく耕助にうなずきかえす。

その女。――

としは三十二、三だろう。くろっぽい、地味なかすりのお召に黒い羽織をきて、髪をアップにした襟あしがぬけるように白い。眼鼻立ちのかっきりとした、すらりと姿のよい、ちょっと珍しいほどの美人なのだが、いかにも色艶がわるいのは、どこかに病気があるとみえる。

細い金ぶち眼鏡をかけているのも、上品ではあるが病身らしく、その眼鏡の奥の眼を、真っ赤に泣きはらしているのが、金田一耕助や等々力警部の注目をひいたのだ。

この女以外の連中は、みなこのアパートの住人らしく、リリーの死をくやむというよりは、好奇心から支配人の話をきいていたらしい。山盛りになった煎餅が、もうかなり食いあらされている。

「金田一先生、下高井戸のほうでなにか証拠のようなものが……」

浅原支配人が尋ねた。

「さあ。……いまのところなんともいえませんが、この事件、これ以上証拠がどうのこうのという問題じゃないのじゃないかな。犯人はもうだいたいわかっているようなもんだから」

「杉浦陽太郎という画家なんですってね」

「おや、マネジャーはどうしてそれを知っているの？　ああ、そうか。キャバレー花園のマネジャーに聞いたんですね」

「ええ、川上さんや都築マリというダンサーに聞いたんですが、杉浦という男は身元もはっきりわかっているそうじゃありませんか」

「ああ、そう、だから犯人の逮捕も時間の問題というところまできてるようですね。ときに、マネジャー、花鳥劇場のひとたちは？」

「あの連中は小屋がはねてからやってきます。休むわけにはいきませんから。……奥さん」

と、浅原支配人は金ぶち眼鏡の婦人にむきなおって、

「いま、お聞きになったとおりで、犯人もまもなくつかまるそうですから、どうぞご安心なすって。……」

「はい。……」

と、眼鏡の下で眼をおさえる女を、金田一耕助はわざと不思議そうに見まもりながら、

「こちら、どういうかた……？ 今夜の仏の身寄りのかたでも……？」

「はあ、こちらは渋谷の道玄坂でアジサイというバーを経営していられるマダムで、水原鶴代さんとおっしゃるかたです。リリーとはとくにねんごろに……いや、親しくしていられたんですね」

浅原支配人は等々力警部と金田一耕助の顔を見くらべながら、くすぐったそうににやりと笑った。

これがリリー木下の同性の愛人なのである。

保険金受取人
水原鶴代は眼鏡をはずして、しずかに拭いをかけると、さすがに青白んだ頰にちょっと紅の色を走らせて、

「わたくし、水原鶴代と申します。このたびはリリーちゃんのことでいろいろと……」

と、眼鏡をかけなおして、そっと畳に手をついた。

「いやあ、われわれは役目ですからね。それよりマダムは力をお落としなすったろう。リリーさんがこんなことになって。……」

等々力警部の眼は好奇心にもえているが、それでも言葉だけは、やさしいいたわりを忘れない。

「はい、ありがとうございます」

鶴代は片手を畳についたまま、ハンケチを眼におしあてて、胸をえぐるように嗚咽する。

「みなさん、ちょっとむこうへ行こうじゃありませんか。警部さん、このかたになにかお話しなさりたいことがおありかもしれませんから」

浅原支配人が気をきかして座を立った。それにつづいてアパートの住人も席を立つ。一同が出ていくのを待って、鶴代はハンケチから眼をはなした。

「失礼いたしました。あまりだしぬけなもんですから、つい思いきれなくなって。……」

「そうでしょうとも。それはごむりもありませんよ。こんなことを申し上げちゃ失礼かもしれませんが、同性同士の愛情というやつは、異性間の愛情より、いっそうこまやかだということを聞いておりますからね」

金田一耕助がまじめくさってなぐさめる。

鶴代は手まで真っ赤に染めて、

「お恥ずかしゅうございますけれど、あたしどものことをご存じのようですから申し上げますけれど、あたしもう、リリーちゃんがかわいくて、かわいくて……」

鶴代はハンケチで頰をおおうと、小娘のようなはじらいをみせながら、くねくねと身をくねらせる。

等々力警部は忌まわしそうに眉をひそめたが、金田一耕助はすましたもので、

「そうでしょうとも。ぼくは生前のリリーちゃんを知りませんけれど、ここにある写真で拝見すると、とても清らかな印象ですね」

と、お座なりをいう。

「ほんとうにそうです。このひとはあたしの天使でした。天女のようにきれいなひとでした」

鶴代はまたハンケチで眼をおさえる。

「それだのに、リリーちゃんはあなたを裏切ったんですってね。あんたを捨てて、こともあろうに男に乗りかえたんですってね」

「あれはほんとうに魔がさしたというんでしょうねえ。リリーちゃんが男のかたを愛するなんて……」

「なにか、しかし、それには動機があるんですか。リリーちゃんが奥さんにたいして、

つめたくなったというについては……」

「はい、あれはあたしが悪いんですの。あたし、リリーちゃんに逢ってるとき、血を吐いたんですの。あたし、以前からここが……」

と、鶴代はそっと胸をおさえて、

「悪いんですけれど、それをリリーちゃんにかくしていたんです。リリーちゃんはこの病気をとても怖がるんです」

「キスなんかして、うつっちゃいやだというわけですね」

金田一耕助はまじめくさった顔色である。そばで等々力警部がにがりきっている。

「はあ、そうなんですの。それであたし心中立てをお見せしたんですの。あたしリリーちゃんに捨てられたら、生きてる空もございませんから。……すると、リリーちゃんもやっと折れてくれたんですけれど。……」

「心中立てってえと……？」

「あたし、この世にひとりぼっちで、だれも身寄りのもの、ございませんでしょう。それで、あたしにもしものことがございました場合、だれもお店、譲るひとがいないわけなんですの。それで、遺言状こさえて、あたしにもしものことがあった場合、リリーちゃんにお店、譲ることにしたんですの」

金田一耕助はふっと警部と顔見合わせた。

「それは、それは……道玄坂のお店といえば、相当の財産でしょう」

「大したことはございませんけれど、地所もついておりますから。……そのほか、生命保険にも入って、リリーちゃんを受取人にしたんです」

金田一耕助はまたはっと警部と顔見合わせる。

「それは、それは……しかし、生命保険に入れるくらいなら、ご病気、大したことじゃないんですね」

「はあ、最初に喀血するの、たちがいいと申しますから」

「それは大した心中立てですが、リリーちゃんはそれにたいして、なにかあなたに報いるところがあったんですか。愛情のほかになにか物質的な問題で……？」

「はあ、あの、……そのときはもう、リリーちゃん、とてもよろこんでくれました。いえ、あの物質的な意味ではございませんのよ。あたしの愛情のあかしにたいして。……」

「なるほど」

「それで……」

「それで……？」

「はあ、あの、いまになってみると、あたしあんなことお受けしなければよかったと思うんですけれど、リリーちゃん、あたしも愛情のあかしをみせたいからって、自分も生命保険に加入してあたしを受取人にしてくれたんです」

等々力警部の眉が突然ぐいとつりあがって、眼が大きくひろがった。そして、一種のつよい感情をひめた眼で、鶴代の白い襟あしを穴のあくほど見つめている。金田一耕助は思わず口笛を吹きかけて、気がついてそれをやめると、雀の巣のようなもじゃもじゃ頭を、めったやたらとかきまわす。

「奥さん」

と、警部はいくらかせきこんだ、熱っぽい調子で、

「金額はいくらでした」

「五百万円ですの。あたしもそれだけ加入しておりますの」

「五百万円といやあ、掛金も相当のもんでしょうが、リリーにそんな金が……？」

「いいえ、それはあたしが掛けたんですの。あたし、そんなことしなくても……あなたは健康なんだからと、どんなにいっても聞かないで。……」

「マダム、それはいつごろのことなんです？」

金田一耕助が横から口を出した。

「去年の十月のことでした」

「それじゃ、それ以来おふたりの愛情は、いよいよたかまったでしょうねえ」

「それはもちろん」

「それだのに、どうして最近になって、リリーちゃんがつめたくなったんですか」

「それはやっぱり、あたしがいけなかったんです」

鶴代はほっとため息をつくと、

「この病気、春さきがいけないってこと、ご存じでしょう。三月のはじめに、あたしまた喀血して……それも、リリーちゃんと……あの……なにしてるとき……」

と、鶴代は消えいりそうな声で、

「しかも、こんどは相当、量が多かったもんですから、リリーちゃん、すっかり怖がって……いえ、怖がっただけならよかったんですが、とってもおこって……あたし、もう病気、なおったようにいってたもんですから……マダムはあたしをだましたんだ、あたしをだまして病気をうつすつもりなんだなんて、ヒステリーみたいになって跳びだしたきり……」

「お逢いにならないんですか」

「はあ……」

「では、あなたはリリーちゃんに異性の愛人ができたということは……?」

「それは存じておりました。いくら電話をかけても、手紙を出しても逢ってくれないもんですから、あたし一度花鳥劇場へ出向いて行ったんです。そして、いまここにいられた支配人のかたにお眼にかかってうかがったところが、異性の愛人ができてるとおっしゃるんでしょう。あたしそのときは絶望のどん底にたたきこまれました。異性に興味をもつようになっては、あたしたちの仲もおしまいですからね。それで、一度リリーちゃんに逢ってよく気持ちをきき、どうしてもだめなようなら、きれいに清算しましょう。遺言状のことも、生命保険のことも、なんとかかたをつけようと思っているやさきに、こんなことができてしまって……」

鶴代は生命保険のことから、自分に疑いがかかるかもしれないなどとは、思いもおよばないのか、またハンケチを眼におしあてて嗚咽する。

金田一耕助と等々力警部は無言のまま、嗚咽にふるえる鶴代のしろい襟あしを見つめているが、警部の瞳には、つよい猜疑の色がかぎろうている。

しばらくして金田一耕助が、ぎこちなく空咳をしながら、

「マダムはリリーの新しい、異性の愛人に逢ったことがありますか」

と、尋ねた。

「いいえ。……」

「奥さんはもしや、杉浦陽太郎という絵かきをご存じじゃありませんか」

等々力警部の声はきびしかった。

「いいえ、それ、どういうかたですの。いまもその名が出てたようですけれど……」

と、鶴代は顔をあげると、不思議そうに警部と金田一耕助の顔を見くらべながら、

「リリーちゃんのひとなら、たしか中河さんといったとうかがっておりますけれど……」

「はあ、その中河謙一というのがすなわち、杉浦陽太郎らしいのですが、奥さんは中河という男に、お逢いになったことは……？」

「いいえ、一度もございません。そんな必要ございませんもの」

中河謙一なる人物に、愛人をとられたのがくやしいのか、悲しいのか、鶴代はポトリと膝に涙を落とした。

第三の犠牲者

「血に狂った殺人鬼」

と、呼ばれ、

「残忍な石膏魔」

と、異名をつけられた杉浦陽太郎のこの犯行ほど、当時、世間をさわがせた事件はなかった。

杉浦陽太郎自身はまだ一介無名の画家だったのが、かれの属しているグループには、もう相当、世間に知られている人物が多く、それらの人物がつぎからつぎへと新聞紙上に登場して、杉浦陽太郎なる人物の性格ならびにこんどの事件に批判をくわえたから、この「石膏美人」事件はいまや、大きな社会問題となってきた。

それらの批判は概して杉浦にたいして好意的だったが、しかし、かれがこういう犯罪に、絶対に無関係であろうといいきった人物も少なかった。だれも杉浦がなにかしら、暗い影を背負っていたということは認めており、また、ちかごろかれが相当ニヒルに、そしてデスペレートになっていたことについては、だれの意見も一致していた。

希望をうしなった人間ほど危険な存在はなく、かれらは往々にして、血なまぐさい犯罪に走るものだと、まことしやかに述べた文明批評家もあった。

そのなかにあってただひとり、ちかごろ新日報の夕刊に「ヽ〇先生」を連載して、いちはやく人気者になった漫画家の清水隆一画伯だけは、杉浦陽太郎の熱心な同情者だった。

かれも杉浦陽太郎の暗い影を認めており、また杉浦がかなりデスペレートになっていたことも知っているが、それでもなおかつ、口をきわめてこの不幸な友人を弁護し、この事件の犯人はぜったいに杉浦でないと主張してゆずらなかった。

だが、しかし、それならば杉浦陽太郎はなぜ姿をあらわさないのか。かれはこの事件以来、杳として消息をくらましているのである。失踪こそ、もっとも雄弁な告白ではあるまいか。

新聞には連日のように杉浦の写真が掲載され、ひとびとの注目をひいた。杉浦の端麗な、どちらかといえばいくらか女性的なおもざしは、当時、一般のひとたちに強い印象をあたえたものだ。そういう秀麗な容貌からして、女装して潜伏しているのではあるまいかという議論と同時に、リリー木下や高松アケミのほかにも愛人があって、その愛人の庇護のもとにかくれているのではないかという説もあった。

さて、一方下高井戸のアトリエだが、これは付近の土地家屋の周旋業者が、もとの持ち主から管理を依頼されていたものだが、そこへあらわれたのが中河謙一と名乗る人物で、一か月の契約で臨時に借りうけていたものである。

その契約は五月十五日にきれることになっており、その期限がすぎると、アトリエはとりこわされることになっている。杉浦陽太郎らしき人物は、だから、アトリエがとりこわされるまえにあの恐ろしい石膏像を、ほかへうつさなければならなかったのだろうと信じられている。

等々力警部は部下を督励して、躍起となって杉浦陽太郎の行くえを追及する一方、水原鶴代の身辺に、ひそかに捜索の手をのばすことを忘れなかった。

五百万円の生命保険金の受取人。……それは殺人事件の動機として十分考えられることである。ちかごろではわずか数千円の金のために、尊い人命がうばわれることさえあるではないか。

ひょっとすると水原鶴代と杉浦陽太郎は、共謀しているのではないか。そして、一見性的犯罪と見えるこの事件も、その底には五百万円という保険金が、動機として根ざしているのではあるまいか。……

しかし、残念ながら、敏腕な刑事たちのこのうえもない綿密な調査によっても、水原鶴代と杉浦陽太郎のむすびつきを発見することはできなかった。かれらはいままで完全に、別の世界に住んでいたのだ。杉浦陽太郎は一度もアジサイへ出向いたことはなさそうだし、水原鶴代も杉浦陽太郎に会ったことはなかったらしい。

こうして等々力警部をはじめとして、捜査陣の焦燥のうちに五日とたち、一週間とすぎていったが、捜査陣が杉浦陽太郎の消息をつかむまえに、まるで捜査陣を愚弄するかのごとく、杉浦陽太郎はまた第三の犯行をやってのけたのである。

それはリリー木下の死体が石膏詰めとなって発見されてから、十日ほどのちの五月二十一日の朝のことである。

石膏魔事件の捜査本部となっているK署へ、等々力警部がこれからそろそろ出かけようとするところへ、U署から電話がかかってきて、けさ、上野公園で、石膏魔杉浦陽太郎の犯行とおぼしい殺人事件が、また一件発見されたから、すぐに出張されたしというのであった。

等々力警部はこの報告をきいた刹那、おもい鈍器でぐゎあんと一撃、後頭部へお見舞いをうけたようなショックを感じた。警視庁にたいする不信の声と、ごうごうたる世間の非難が、耳の底にきこえるような気がする。……

等々力警部は電話がきれたあとしばらく、受話器をにぎったまま、茫然と眼を見張っていたが、やがて気をとりなおすと、一応首脳部と打ち合わせたのち、係官を引率して、ただちにU署へ出向いていった。

現場は五重塔の付近で、日ごろは上野公園のなかでもいちばん寂しい場所なのだが、今日はいっぱい野次馬がむらがっている。

「いったい、だれが発見したんだね」

野次馬をかきわけていきながら、案内にたったU署の私服にたずねると、

「上野公園にたむろしている浮浪者のひとりが、けさはやく発見して、交番へとどけて出たんですね。そこから署のほうへ連絡があったもんですから……」

「しかし、それが杉浦陽太郎の犯行だとどうしてわかったの？」

「いや、それは死体をごらんになればわかります」

死体は草むらのなかに倒れており、いま医師の検屍中らしかった。等々力警部がちかづいていくと、死体をとりまいていた数名の係官のなかから、こちらをふりかえったのはK署の小玉警部補だった。

「ああ、小玉君、きみも来てたの？」

小玉警部補はそれにはこたえず、

「警部さん、まんまと先を越されましたよ。こんなことと知ったら、もう少し気をつけてやればよかったんです」

と、いかにもくやしそうにくちびるをかんでいる。

「気をつけてやればよかったとは？」

「被害者の顔をごらんになればわかりますよ」

小玉警部補はおこったような声音である。

等々力警部は医者のうしろから爪先立って、草むらのなかに倒れている女の顔をのぞきこんだが、そのとたん、脳天から真っ赤にやけた鉄串でもぶちこまれたような大きなショックを感じた。

なんとそこに殺されているのはストリッパーの双葉藍子ではないか。

等々力警部は小玉警部補が感じたのであろうと同じようなはげしい憤りに胸をふさがれて、両手をきっと握りしめたまま、しばらくは呼吸をすることも忘れたように、上から藍子の顔を見おろしている。

そういえば藍子は上野桜木町に住んでいるといった。おそらくゆうべ浅草の花鳥劇場からのかえりがけ、待ちぶせしていた犯人にここへつれこまれ、こういうむごたらしい羽目になったのだろう。

「警部さん、このマフラが被害者の首にまきついていたんですよ。それでひょっとすると、石膏魔の事件に関係があるんじゃないかと、本庁とK署へ連絡したんです」

U署の捜査主任、渡辺警部補が出してみせたのは黄色いマフラである。その一部分についている赤黒い汚点をみて、等々力警部は思わず顔をしかめる。藍子は首を絞められたとき、鼻と口から出血しているのである。

「被害者はこのマフラで絞殺されたんですか」

「いや、そのマフラで絞められるまえ、すでに絶息していたろうと思われますね。ほら、この指の跡……」

と、医者が草むらから立ちあがった。

なるほど、藍子の白いのどには、大きな親指の跡がふたつついている。

「つまり犯人は被害者を扼殺したんですが、それだけでは息を吹きかえしやあしないかと不安だったんですね。それであらためてマフラで絞めたというわけでしょう」

「それで、ゆうべの何時ごろ……？」

「十一時から十二時までのあいだではないでしょうか。解剖の結果を見ないと詳しいことはいえないが……」

「それで暴行されたような形跡は……？」

「犯人はたしかに暴行を加えようという意志をもってたんですね。しかし、被害者の抵抗がつよかったので、目的をとげることができなかったようです。つまり暴行を加えるまえに扼殺してしまったものだから、恐ろしくなって逃げだした。……と、だいたいこういうことになるんじゃないかな」

「それにしても妙ですね」

と、小玉警部補が小鬢(こびん)をかきながらつぶやいた。

「被害者は中河謙一、すなわち杉浦陽太郎を知っているはずなんだ。知っていて、恐れているはずでしょう。杉浦が待ちぶせしていたとしても、どうしてこんな寂しい場所へ、おとなしくついてきたもんでしょうな」

「おとなしくついてきたか、むりやり引っ張ってこられたか。……そちらを詳しく調べてみるんだね」

　おりから押しよせてきたおおぜいの新聞記者にむかって、いったいなんと答えたものかと考えながら、等々力警部はいまいましそうにくちびるをかんでいた。

そどみあ

石膏魔、杉浦陽太郎の三度目のこの犯行ほど、世間に大きなショックをあたえた事件はちかごろなかった。

杉浦陽太郎は警察の眼をのがれて、逃避行をつづけているばかりではない。ときどき、狐(きつね)のかくれ穴から這(は)いだしてきて、新しい犠牲者をあさるのだ。いや、一度血祭りにあげようとねらった犠牲者は、目的をとげるまでつけねらう執念ぶかさを持っているのだ。

……

この事実はかつて杉浦陽太郎といくらかでも知り合っていた女たち、たとえばキャバレー花園のダンサーたちに、深刻な恐怖をあたえた。ごく浅いなじみを縁に、こんな無気味な犯人につけねらわれてはたまらない。……

かわいそうなのは双葉藍子で、あれ以来、ずっと劇場を休んでいたのを、二十日の晩、ひさしぶりに出勤して、そしてその帰途、あの災厄(さいやく)に会っているのだ。

してみると、杉浦陽太郎は犠牲者に接近しうる最初のチャンスをみごとにつかんで、首尾よく目的をとげたのだが、ここに不思議なのは双葉藍子が、どうしてあのような寂しい場所まで、おとなしく犯人についていったかということである。

現場付近の所見からしても、むりやりに拉致(らち)された形跡はみられなかったし、犯行の時刻前後に女の悲鳴をきいたものはひとりもなかった。上野公園を塒としている浮浪者はかなり多く、その時刻にも山内のあちこちに浮浪者がたむろしていたはずなのだが。……

双葉藍子は中河謙一、すなわち杉浦陽太郎に会うと、恐怖のあまり蛇にみこまれた蛙のように身がすくんで、相手の意のままになったのであろうか。

むろん、あの黄色いマフラは杉浦陽太郎の知人や友人たちによって、かれ自身のものにちがいないことが確認されたが、このマフラについては、もうひとつ恐ろしい事実が発見されたのである。

と、いうのはこのマフラには双葉藍子の血とはちがった、もうひとつ別の古い血痕がごく微量ながらついているのである。藍子の血液型はAB型だが、もうひとつの血痕はO型だった。しかも、杉浦陽太郎に殺害されたリリー木下も高松アケミもO型ではない。

そこでこういうことが考えられるのだ。その血痕の古さからして、リリー木下や高松アケミが殺害されたとおなじころ、もうひとりO型の女がそのマフラで、どこかで絞め殺されているのではないか。……

この新しい発見は、世間にまたまた大きな恐怖をなげかけ、この恐ろしい変質者を、いつまでも逮捕できないでいる警察にたいして、世間からごうごうたる非難の声がむけられた。

こうして、警視庁が非難の矢面に立っている真っ最中、すなわち、五月二十四日の午後二時ごろのことである。数寄屋橋ぎわにあるSビル三階、尖端漫画家グループの事務所へ、清水隆一画伯をたずねてきた人物がある。

金田一耕助だった。

清水画伯も金田一耕助の名前は知っていた。耕助がこの事件に関係しているとは知らなかったが、ほかに心当たりもないので、おそらく杉浦陽太郎のことだろうと、こころよく面会することになった。

ふたりは殺風景な応接室で、初対面のあいさつをした。

「名前はうけたまわっております。杉浦のことでいらしたんでしょうねえ」

「はあ、あなたがいちばん杉浦君の同情者のようにお見受けしたものですから」

金田一耕助はいま自分の眼のまえに腰をおろしている、精力的な新進漫画家が、いついかなるばあいでも、ベレーをとらないのは、頭の毛のうすいのをかくすためだという記事を、なにかで読んだことを思いだして、心のなかで微笑した。いまも清水隆一画伯は、ちゃんとベレーをのっけている。

ふたりはしばらくこんどの事件について語りあっていたが、話がすすむにしたがって、隆一画伯の態度から、しだいに落ち着きがうしなわれていくのが、金田一耕助にはっきり感じられた。ことに漫画家があくまで杉浦陽太郎の潔白を信じているその理由に、なにかたしかな根拠でもあるかとつっこむと、ちょっとしどろもどろという感じであった。

「いやあ、べつに。……ただ、あいつに限ってそんな馬鹿なことがあるはずがないと思ってるんですが……」

と、そういいながら、しかし、ちらちら上眼づかいに金田一耕助を見るその素振りは、あきらかに自分の言葉を裏切っていた。

金田一耕助がなんにもいわずに、にこにこしながら、だまってその顔を見つめていると、

「金田一さん」

と、隆一画伯はまんまるい童顔に、少女のようなはじらいの色をうかべて、

「あなたのお考えはどうなんですか。あなたもやはり杉浦が……」

「いや、わたしはいまのところ白紙です。これからあなたのお話をうけたまわって、はっきり考えをまとめようと思っているんです。しかし、どちらかというと、わたしもあなたとおなじ意見なんですがね」

「ありがとう、金田一さん」

漫画家はようやく落ち着きをとりもどして、

「ぜひ杉浦の冤をそそいでやってください。それで、ぼくにどういうことをお尋ねになりたいんですか」

「さあ、そのことなんですがね」

金田一耕助はちょっと椅子から乗りだすようにして、

「杉浦君がなにかこう、暗い影をせおっていたということですね。これはどなたの意見

も一致してるようですが、それをあなたにお尋ねしたいんです。杉浦君は昔からそうなんですか。学生時代はそうじゃなかったというひとがあるんですが……」

この質問はあきらかに核心をついたらしい。

漫画家はまたそわそわしはじめ、金田一耕助の顔から眼をそらして、テーブルの塵を指でなでたり、ハンケチで手をこすったりする。

「清水さん、あなたはそのことを、いや、その原因をご存じなんですね」

「はあ、あの、ぼく、ちょっと……しかし、弱ったなあ。そのことがこんどの事件の調査のうえに、ぜったいに必要だとおっしゃるんですか」

「それはお話をうけたまわってみなければわかりませんが、杉浦君はそのために、誤解をうけている点もあるんじゃないでしょうか。どうでしょう。ひとつ打ちあけていただけないでしょうか」

隆一画伯はそれでもまだ決心がつかないらしく、そわそわとハンケチで掌の汗をこすっている。

金田一耕助はただまじまじとその顔を見つめていた。

しばらくして漫画家はやっと決心がついたのか、

「ねえ、金田一さん、こんなことききいちゃ失礼だけど、あなたは信頼できるひとでしょうねえ」

金田一耕助はかすかにほほえんでみせて、

「どういう意味でそういうご質問があるのか存じませんが、これからあなたのお話しくださることを、ぜったいに秘密にしろとおっしゃるなら、それはわたしを信頼していただいてもいいと思います」

漫画家は小羊のようにやさしい眼で、まじまじと金田一耕助の眼を見つめていたが、やがて立って応接室のドアをしめた。それから金田一耕助のまえへかえってくると、

「失礼しました。これは杉浦がひたかくしにかくしていることで、ぼく以外、だれもしらない秘密なんです。ですからあいつの名誉のためにぜったい必要なばあい以外口外なさらないように。……金田一さん」

と、清水画伯はため息をついて、

「あいつも戦争の犠牲者なんです。大きな、深刻な犠牲者なんですよ」

「と、いうのはどういう意味で……？」

「あいつ、ソドミアなんです」

と、吐きだすようにいって、隆一画伯はべそをかくような表情をした。

「ソ、ソ、ソドミア！」

金田一耕助は大きく見張った眼で、漫画家の童顔を見つめながら、椅子のなかではげしく体をふるわせる。脳天から鉄串でもぶちこまれるような大きなショックを感じたのだ。

「む、昔……からですか」

金田一耕助の声はひくくしゃがれている。

「いや、以前はそうじゃあなかった。軍隊にいるあいだにそういう習癖がついたんです。下士官たちの相手をさせられているうちに……」

隆一画伯は依然としてべそをかくような顔つきである。

「それで……」

と、金田一耕助はつばをのみこむことによって、やっと沸きたつ胸をおさえながら、

「少年の同性を愛したいほうなんですか。それとも、年長の男に愛されたいほうなんですか」

隆一画伯はちらと耕助に眼をやったが、すぐほかへ視線をそらすと、

「いまおっしゃったあとのほうです。だから、いっそう深刻なんです。稚児さんをかわいがるほうならまだしものこと。……」

金田一耕助は両手に汗をにぎりしめて、また椅子のなかでふるえあがる。

「そ、そ、それで……」

と、あえぎながら、

「だれか……愛人があったんですか」

「あったようですね。それがしかしどういう人物か、ぼくも知りません。本人、ひたかくしにかくしていましたからね。ぼくもずいぶん心配して、忠告もし、本人も煩悶してたんですが、どうしても誘惑にうちかつことができなかったんですね」

漫画家はゆううつな眼をしてため息をつく。

「それで、異性にたいしては……？」

「全然、興味がないという話でしたね。だいいち、衝動が起こらないそうですよ。ところが、ねえ金田一さん、あの死体、犯された形跡があるというんでしょう。だから、ぼく……」

漫画家は童顔を赧くする。

金田一耕助の頭脳のなかには、いま恐ろしい考えがめまぐるしく駆けめぐっている。溶鉱炉のなかにたぎりたつ、どろどろとした、焼けただれた鉱物のようなものが、すさまじい勢いで耕助の頭脳のなかで奔騰している。そして、その焼けただれた、どろどろとしたものは、めまぐるしく駆けめぐりながら、いま、しだいにひとつの形にかたまっていく。

金田一耕助は突然椅子から立ちあがった。

「清水さん、ありがとうございました。あなたとしてはいうに忍びないことをお尋ねして……」

「金田一さん、このことがなにか……？」

「はあ、この知識なくしては、こんどの事件は解決されなかったでしょう。しかも清水さん」

金田一耕助はすまなさそうな顔をして、

「わたし、さっきどんなことでもぜったいに口外しないとお約束をしましたが、これが事件をとくキイとなるとすると……」

「いや、その場合はやむをえませんが……」

と、漫画家はまじまじと耕助の顔を見つめながら、

「金田一さん、あなたには犯人がわかったんですね。いいえ、それはききません。しかし、ただひとことといってください。杉浦はどうしたんです。いや、どうなっているんですか。もしや……」

金田一耕助は気の毒そうに漫画家の顔から眼をそらすと、思いだしたように、

「清水さん、あなたはもしや杉浦君の血液型をご存じじゃありませんか」

「はあ、あの、知っておりますが……」

「もしや、O型じゃあなかったですか」

「はあ、たしかO型だったとおぼえてますが……」

そこで清水隆一画伯は、突然、太い棍棒ででもぶんなぐられたように、ぴくっと体をふるわせて、

「あっ、そ、それじゃ、あのマフラについていた古い血痕というのは……？」

「いや、いや、いや！　まだそう決めてしまうのははやいでしょう。しかし……」

「しかし……？」

「十中の八、九は……相手はなにしろ鬼畜のような人物ですから」

よろめいて眼をうるませている童顔の漫画家に、ふかくふかく頭を垂れて、金田一耕助はSビルを出た。

その晩、耕助は寄宿している大森の割烹旅館、松月の離れへかえってくると、ながい手紙をしたためた。

あて名は岡山県の警察界でも古狸といわれる磯川警部（注「本陣殺人事件」「獄門島」等参照）である。

由紀子の見たもの

五月二十八日。

石膏魔、杉浦陽太郎の犯罪が最初に発覚してからでももうそろそろ三週間、第三の犠牲者、双葉藍子が殺害されてからかれこれ十日になるというのに、杉浦陽太郎の行方は依然としてわからない。

新聞では例によって警察の無能をつきはじめ、世論もようやく沸騰してくる。K署にもうけられた捜査本部では、連日捜査会議がつづけられたが、これという結論も得られないままに、いたずらに日はすぎていく。

警官たちがいちばん疲労困憊するのはこういうときである。捜査目標がはっきりきまっているときの活動は、それほど疲労を誘わないが、現在みたいに暗中模索の状態にあるときは、まず精神的にまいってしまう。外部からは新聞に攻撃され、内部では上役に叱咤（しった）される。内憂外患とはまさにこのことである。

K署の捜査本部におけるはてしない小田原評定に、すっかり神経をすりへらした等々力警部が本庁へかえってくると、金田一耕助がまた自分のデスクに座って、ぐったりと首をうなだれていた。

「やあ、警部さん、おかえり……」

警部の足音に、たいぎそうに頭をもたげた金田一耕助の顔色は、

「金田一さん、どうかなすったんですか。ひどく顔色が悪いようだが……」

と、思わず警部が声をかけずにはいられなかったほど悪かった。

金田一耕助は眼をしょぼしょぼさせながら、それでも疲れたような微笑をみせて、

「いやあ、べつに……たぶん時候のせいでしょう。そういう警部さんの顔色だって、あんまりいいほうじゃありませんぜ」

「あっはっは、これじゃあいい顔色をしようたってできっこありませんや。金田一さん、なにか耳よりな話ありませんかね。どっこいしょ」

と、警部はデスクのまえの椅子に馬乗りになると、ポケットからたばこを出して、

「どうです、一本」

「いただきますよ、遠慮なく」

金田一耕助はその後も懐中さびしきをおぼえているとみえて、警部のさしだした箱の

なかからピースを一本ひきぬくと、

「警部さん、水原鶴代のほうはどうなんですか」

と、尋ねる。

「さあ、それなんですがね」

と、警部は耕助のたばこに火をつけてやり、自分も一本吸いつけると、

「あの女と、杉浦陽太郎と全然関係のないことは、もうぜったいにまちがいないようですね。だから保険金のことは、結局、偶然だったんですね」

がっかりしたような警部の口ぶりである。

「なるほど。ところで、いったいあの店はどうしてできたんですか。鶴代は金を持っているんですか」

「いや、鶴代には以前パトロンがあったんですね。これは世間的にも知名の人物ですし、この事件には関係なさそうだから、ここではいいませんがね。そのひとにあの店を作ってもらったんです」

「それで、そのパトロンとは、別れたんですか」

「そうです、そうです。パトロンに捨てられたんですね。つまり、ああいう性情の女だから、見たところはきれいだが、愛人としてはおもしろくないらしいんですね。パトロンもちょっといいしぶってましたが、つまり性的魅力に乏しいわけだ。それで、別れるについてあの店を、地所ぐるみ鶴代にくれてやったというわけです」

「あの店、苦しいというようなことは……？」

「いや、それもないようです。まあ、楽ってほうじゃあないらしいが……」

「鶴代が胸に病気をもってるてのはほんとうなんでしょうね」

「ああ、それもほんとうのようですね。慢性になってるというのか、ときどき喀血するそうですが、それでいて、べつに大したこともないらしいんですね。いや、もうがっかりしましたよ。こいつが糸をひいてるとすると、杉浦も発見しやすいんだが……しかし、考えてみると保険金が目的なら、犯人もあんなことしなかったでしょうから、これはわれわれの考え過ぎだったんですね」

「あんなことしないって？」

「いえさ、犯人は死体をかくそうとしたじゃありませんか。保険金を受け取るには、被保険者の死亡が確認されなければ……」

「しかし、警部さん」

　と、金田一耕助はしごくあたりまえの声で、

「死体は結局現われたじゃありませんか。しかも、リリー木下だと、りっぱに確認されたじゃありませんか」

　等々力警部は無言のまま、さぐるように金田一耕助の顔をながめている。

「ねえ、警部さん」

　と、金田一耕助は言葉の調子をつよめて、

「トラックがコンクリートのかけらに乗りあげた。そして、そのバウンドで死体をいれた箱がすべり落ちた。なぜ、すべり落ちたか。……それはトラックの後部の枠がはずれていたからでしょう。犯人が死体をかくすつもりなら、なぜ後部の枠をはずれたままにしておいたのでしょう。いや、なぜ、コンクリートのかけらに乗りあげたりしたんでしょう。暗がりのなかでもあるまいし。……」

「金田一さん」

警部は急にしゃがれた声になって、

「それじゃ、あのトラックはわざと死体をいれた箱をふりおとしていったというんですか」

「ぼくにはそうとしか思えませんねえ」

「それじゃ、あんたの考えでは、やっぱり水原鶴代と杉浦陽太郎が共謀してると……」

金田一耕助はそれに答えず、

「警部さん、水原鶴代というのは郷里はどちらなんです。言葉に中国なまりがあるようですが……」

「ああ、あの女は広島の出身だそうです。それであのピカドンの際、肉親も知人も全部死亡したというんですがね。本人はさいわい、そのとき広島にいなかったので助かったそうですが……しかし、金田一さん」

警部がなにかいいかけたとき、卓上電話のベルが鳴りだした。警部は受話器をとって、

ふたことみこと聞いたが、

「ああ、ちょっと待った」

と、受話器をもったまま、金田一耕助のほうへむきなおって、

「金田一さん、あなたに面会人が来てるそうだが……名前は松本。……」

「ああ、そう」

と、金田一耕助はうれしそうに眼をかがやかせて、

「すぐこちらへといってください」

警部は受付にむかってそうつたえると、受話器をおいて、不思議そうに金田一耕助の顔を見まもりながら、

「金田一さん、松本ってどういうひとですか。なにかこんどの事件に……」

「はあ、朝日中学二年B組担任の先生です」

警部はぎょっとしたような眼を見張ると、

「それじゃ、あの生徒たちがなにか……」

「クラス委員の遠藤由紀子って子……ほら、あの事件以来、熱を出して寝てるっていつか申し上げた……あの子がなにか知ってるんじゃないかと思って、松本先生におねがいしておいたんです。やあ、いらっしゃい」

はたして松本先生はひとりではなかった。青ざめて、おどおどしているクラス委員の遠藤由紀子が、松本先生のお尻にくっつくようにして入ってきた。

松本先生は等々力警部に一礼したのち、いくらか呼吸をはずませて、

「金田一先生、この子が遠藤由紀子なんですが、やっぱりなにか知ってるそうです。それでこうして連れてきたんですが、この子、頭脳がいいだけに神経質なところがありますから、どうぞそのつもりでお尋ねください」

「ああ、そう、先生、ありがとうございました。由紀子ちゃん、よく来てくれたねえ」

と、金田一耕助は緊張して青ざめている由紀子のほうへ、ひとなつっこい微笑をむけると、

「由紀子ちゃんはあのときなにか見たんだね。それをおじさんたちに話しにきてくれたんだね」

「はい」

聡明そうだが、しかし、いかにも神経質らしい由紀子は、一生けんめいつぶらの眼を見ひらいて、真正面から金田一耕助のもじゃもじゃ頭を見ながら、はっきりと答えた。

「ありがとう。それで由紀子ちゃんの知ってることというのは……?」

「はい、あの、あたし、このこと、だれかほかのひとがいてくれればいいと思っていたんです。でも、だれもあれ、見てなかったらしいんです。男子の生徒はむかいがわだったし、女子のお友だち、みんなおしゃべりしてて、気がつかなかったらしいんです」

「それで、由紀子ちゃんの見たというのは……?」

「はい、あの……」

由紀子はしだいに興奮してきて、そして興奮するにしたがって、血の気をうしなっていきながら、

「あのトラックのまえに、自動車が一台とおりすぎたんです。そして、その自動車の窓から二本の手が出て……」

「二本の手が出て……？」

「コンクリートのかけらを落としていったんです」

金田一耕助と等々力警部は、ぎょっとしたように顔見合わせる。等々力警部はううむとうなり、金田一耕助はうれしそうにもじゃもじゃ頭をかきまわす。

「そして、そして……あのトラック……」

「ふむ、ふむ、あのトラックが……」

と、等々力警部も異様な熱心さで身を乗りだす。

「あのトラック、わざとコンクリートのかけらをめがけて、乗りあげていったように見えたんです。ええ、あたしにはそう思えたんです。そしたら、あんなことになって……だから、あたし、怖くて……怖くて……」

敏感な由紀子はそれを感じたのだ。無意識のうちにもこの事件の犯人たちの、世にも狡猾（こうかつ）な計画を感じとっていたのだ。

「由紀子ちゃん、もうなにも怖いことないよ。なにもかも話してくれたんだし、警察のおじさんが気をつけてくださるからね。今夜から安心しておやすみ」

「はい」

「だけど、もうひとこと聞かしてください。自動車の窓から出た二本の手ね。コンクリートのかけらを落としていった……その手、男だった？　女だった？」

「女のひとだったんです」

由紀子が言下にこたえたとたん、

「畜生っ！」

と、叫んで等々力警部が、どしんと机をたたいたので、由紀子はびっくりしていまにも泣き出しそうな顔をした。

等々力警部ははっと気がついたように、

「ごめん、ごめん、由紀子ちゃん、あんたのことじゃないんだよ。あんた、ほんとにいいことを聞かしてくれたね。ありがと、ありがとうよ。このおじさんがいったようにね、今夜から安心しておやすみ。もうなにも怖いことはないんだからね」

「おじさん、ありがとう」

由紀子は涙ぐんだ眼をして頭をさげた。

恐ろしきトリック

松本先生が由紀子をつれてかえったあと、金田一耕助と等々力警部は、ながいあいだ黙りこんで、ぼんやりと、めいめい勝手な方角をながめていたが、やがて等々力警部がたまりかねたように、金田一耕助のほうへむきなおった。

「それじゃ、金田一さん、この犯罪の動機はやはり保険金詐取にあったわけですか」

金田一耕助は暗い眼をしてうなずく。

「それじゃ、水原鶴代と杉浦陽太郎は共犯関係にあるというんですね。しかし、それがどうしていままでの調査で、うかびあがってこなかったのだろう」

「警部さん、その返事はもう少し待ってください。もうそろそろ電話がかかってくると思うんです。その電話の結果を待ってお話しすることにいたしましょう」

「電話って、どこから？」

「いや、ちょっとした知り合いからなんですがね」

警部がさぐるように耕助の顔を見ているとき、うわさをすれば影とやらで、卓上電話のベルがけたたましく鳴りだした。

等々力警部はすぐ受話器をとりあげると、

「はあ、こちら第五調室、はあはあ、金田一さん、ここにいますが、あなたは……？　磯川さん？　ああ、そう、では、いまかわります。金田一さん、電話」

金田一耕助になにげなく受話器をわたした等々力警部は、耕助が電話口にむかって、

「ああ、警部さんですか。ぼく、金田一耕助です」

と、あいさつしているのをきくと、ぎょっとしたように眼を見張った。

磯川警部……？　それならば椿家の殺人事件（注、「悪魔が来りて笛を吹く」参照）の際、調査を手つだってくれた人物ではないか。

等々力警部の眼は興奮にもえ、全身の神経がピーンと緊張する。

「はあ、はあ、なるほど、するとたしかにまちがいないんですね。いや、いや、それはこちらこそ……ああ、そう、あなたとしても十何年ぶりに敵討ちができるわけですね。はあ、いやあ、とんでもない。それじゃ、あなたがいらっしゃるまでに、だいたいのことをこちらの警部さんに申し上げておきますからね。こんどこそ手抜かりのないように。はあ、はあ、お待ちしております。ではのちほど……」

受話器をおいてふりかえる金田一耕助の顔を、等々力警部はいつものように、化け物でも見るような眼つきをして見つめていた。

「金田一さん」

と、警部は呼吸をはずませて、

「いまのは岡山の……」

「そうです、そうです。岡山の古狸ですよ」

「しかし、あのひとがどうして……？」

「それについて、警部さん、あなたに聞いていただきたいことがあるんです」

金田一耕助はデスクの上に投げだしてある、ピースの箱から一本抜きとって火をつけると、

「これはずっとまえ、磯川警部から聞いた話なんですがね。あの警部さんが昭和十七年にあつかった事件に、こんなのがあったそうです。当時、岡山県の郡部に疎開していた夫婦もののうち、細君のほうが殺されたんですがね。死体は暴行をうけて、とある林のなかで発見されたんです。ところが、当時、その地方に土木工事かなんかあって、人夫がたくさん入りこんでたので、そいつらの仕事じゃないかと、はじめのうち、そっちのほうを調査してたところが、その細君、生命保険に加入していて、受取人が亭主だとわかったので、俄然、こっちのほうへ疑惑の眼がむけられたんですね。ところがたったひとりだけど、その亭主のアリバイを証明する人物があらわれたので、亭主野郎、うまく法網をまぬがれたばかりか、首尾よく保険金を受け取ったんだそうです」

「なるほど、するとその証人なる人物に信憑性が強かったんですね」

「そうです、そうです。それというのが、その証人なる人物、土地の生まれの者で、土地の小学校の先生をしてた者なんですが、それまで全然、疑惑をうけた亭主というのと、交渉がなかった人物なんです。つまり、この事件に関して全然、利害関係のない人物なんですね。それだけにその証言も信用されたというわけです。しかし、磯川警部としては、どうしてもその亭主にたいする疑惑を払拭することができなかった。だから、くやしくて、くやしくてたまらなかったんですが、そのうちに、警部さん、応召したので、それきり、事件はうやむやになってしまったんです。ところが、警部さんが戦後復員してきて、ひょっとしたことからその村へ行ってみたところが、亭主野郎はもちろんのこと、アリバイを立証したという小学校の先生も村を立ちさって、いまではどこでどうしているかわからんというんです。だから、いまごろどこかで夫婦になってぬくぬくと……」

「あっ！」

等々力警部はひじかれたように身をおこすと、

「それじゃ、その先生というのは女なんですね」

「そうです、そうです。当時、男は三十二、三、女の先生は二十前後、非常な美人だったそうです。そうそう、それから男の職業というのが美術家というふれこみだったというんですがね」

等々力警部は穴のあくほど、金田一耕助の顔を凝視しながら、

「金田一さん、それじゃその事件の犯人が、やはりこんどの事件も……」

「じゃあないかと思うんです。やっこさんたち、一度味をしめてますからね」

「しかし、女のほうは鶴代としても、男のほうは……？　昭和十七年に三十二、三とすると、現在四十四、五ということになり、杉浦陽太郎とは年齢的にあわなくなるが……」

金田一耕助はなやましげな眼をして、しばらくデスクの上を見つめていたが、

「警部さん」

と、等々力警部のほうへむけた眼は、なにかしら、涙にぬれているような感じであっ

た。

「双葉藍子を殺したのは惜しいことをしましたね。もうすこしはやくこのことに気がついていたら、藍子を殺しはしなかったんだが……下司の知恵はあとから出る。藍子の供述のなかにこそ、こんどの事件の世にも恐ろしい真相がふくまれているんです」

警部はだまって金田一耕助の顔を見まもっている。

このもじゃもじゃ頭の小男が、なにかまた自分たちの見落としているところを発見したのにちがいないと、警部は緊張のために体をかたくした。

「ぼく、このあいだ藍子の供述筆記をもう一度読みなおしてみたんです。そして、はじめて気がついたんですが、藍子は閨房のなかで、情痴の戯れを演じた相手の男の顔はおろか、姿さえ一度も見ていないんですね。藍子はこんなふうにいってますね。寝室の電気を消して、真っ暗なベッドに体を横たえると、中河という男が、ああ、そうそう、肝心のことを忘れてたっけ、と、そういって寝室から出ていくと、アトリエのドアに錠をおろす音がして、ごめん、ごめん、と、ささやくようにいいながら、男が寝室へかえってきて、ベッドのなかへ入ってきた。……と」

「ええ、そう、しかし、それがなにか……？」

「いや、ちょっと待ってください。それから痴情の戯れがおわったのち、男が藍子ののどをしめようとしたところが、そこへけたたましいベルの音がしたので、男は暗がりのなかで身支度をととのえ、そそくさと寝室から出ていった……と、いうのでしょう」

「ええ、そう、金田一さん、しかし、それがなにか。……」

「つまりねえ、警部さん、藍子は暗がりのなかで情痴の戯れを演じたのだから、その相手が中河なる人物だったかどうか、疑問の余地があると思うんです」

等々力警部は眉をひそめて、

「金田一さん、それはいったいどういう意味ですか」

「つまり、中河なる人物は藍子を寝室へつれこむと裸にして、電気をつけておけないようにした。そして、そのあとでアトリエのドアに鍵をかけ忘れたというのを口実として出ていったが、こんど暗がりのなかへ入ってきたのは、はたして中河なる人物だったかどうか、ひょっとするとそこでだれかほかの男といれかわったのじゃあないか。……」

「なぜ？　なぜそこでほかの男といれかわらねばならないんです」

警部の調子はかみつきそうである。

「つまり中河なる人物には、藍子を相手にして情痴の戯れを演ずる資質が欠けていた。すなわち中河なる人物は男ではなかった、女であった。……」

おそらく耳のそばでダイナマイトが爆発したとしても、等々力警部はこのときほどおどろきはしなかったろう。文字どおり警部は椅子からとびあがり、そのままの姿勢で、しばらくまじろぎもせずに、金田一耕助の顔を見つめていた。ふとい血管が二本、ニュ―ッとふくれあがった額に、みるみる、玉のような汗が吹きだしてくる。

「金田一さん、そ、それじゃ中河謙一というのは、すなわち水原鶴代だったというんですか」

「そう考えて、警部さん、どこか不都合なところがありますか。中河の代役を演じた男は、ベルが鳴ったのをさいわいに、暗がりのなかで身支度をして、真っ暗な寝室から出てるんです。だから、藍子が電気をつけて身支度をすましたところへ、入ってきた中河と別の人間だったと考えても、かならずしも不都合ではなさそうだと思うんです。おそらく、あのとき、ベルが鳴らなくとも、すなわち運転手が藍子をむかえにこなくとも、中河の代役を演じた男は、なんらかの口実をもうけて、暗がりのなかで寝室を出たろうと思うんです。と、いうことは、あの晩、鶴代にしろ、鶴代の共犯者にしろ、藍子を殺害する気は毛頭なかった。……」

「しかし、それではなぜまたあんな……」

「それはいうまでもなく中河謙一なる人物が、男性であるということを、あなたがたのまえで藍子に証言させるためです。それには藍子の近視と、それから毎晩、劇場がはねたころの彼女の飲酒癖も計算に入っていたのでしょう。つまり藍子は中河謙一なる人物が男性である。したがって杉浦陽太郎の変身であると、警部さんたちに思いこませるためにつかわれた道具だったんです」

警部は無言のまま、きびしい眼つきをして、上から耕助の顔を見おろしている。かれはまだはっきり金田一耕助の意見を鵜呑みにすることはできなかった。どこかに論理的なすきはないかと考えてみる。しかし、どこにもすきはなさそうだった。水原鶴代と共犯者が、非常に大胆に、かつ巧妙にふるまえば、やってやれないことはなさそうだ。鶴代はあのとおりすらりとしていかにも男装の似合いそうな体をしている。

「おわかりでしょう、警部さん、論理的にいって中河が水原鶴代であったとしても、いささかも不都合な点のないことが。いや、かえってそのほうが自然だと思うんです。リリーは相当根強い同性愛者だったというじゃありませんか。それが急に男性に転向するというのは……ほかの女と浮気をするというのならまだしも話がわかりますけれど……」

「しかし、リリーは男に転向したと、自分で宣言してたそうじゃありませんか」

警部はやっと金田一耕助の論理に、すきを見つけたと思ってつっこんだ。

「あれをあなたはどう説明するんですか」

「リリーはあれを遊戯だと思っていたんですよ、きっと。刺激をつよめるためのね。たとえば鶴代がこんなふうにリリーを説きふせたとするんですね。あたし男に変装してみるわ。男装にはあたし自信があるのよ。そして異性同士の愛人としてしばらく逢ってみない？　そして、花鳥劇場のお友だちに、リリーは男に転向したと思わせておいて、あとで種明かしをして、あっとおどろかせてあげましょうよ。おもしろいわよ、きっと。……哀れなリリーは鶴代のその提言の底に、あのような悪だくみがあるとは知らないから、まんまとその手に乗ったんですね。リリーは鶴代にたいしてつめたくなるどころか、ますます熱くなっていたから、鶴代の思うままにあやつられたんでしょう」

「しかし、金田一さん」

と、等々力警部はまだ立ったまま、

「それは非常に危険なまねじゃありませんか。もしリリーがだれかに真相を……つまり、中河なる人物は男性でなく、同性愛の相手だということをだれかに漏らしていたら……」

「だから、真相が漏れていないことをたしかめて、漏れないうちに決行したんです」

「だれが……だれがたしかめたんですか」

「鶴代自身もリリーに念を押したでしょうし、劇場のほうは浅原支配人が……」

金田一耕助の贈り物

こんどこそ等々力警部はこのせまい第五調室のなかで、水爆が爆発したようなはげしいショックを感じた。額から滝のように汗が流れて、全身がおこりをわずらった患者のようにぶるぶるふるえている。

「き、き、金田一さん、そ、それはほんとうですか」

「さあ、ほんとかどうかたしかなところは、当人たちの告白に待つよりしかたがありませんが、とにかく、昭和十七年、岡山県の田舎で細君を殺して保険金を詐取したと信じられている美術家というのが、浅原支配人であり、そのときアリバイを証明して、その美術家をすくったのが、いま水原鶴代と名乗っている女であることは、いまの磯川警部の電話によってもまちがいがないようですね」

警部はどしんと音をたてて椅子に腰をおとすと、灼けつくような視線で金田一耕助の顔を見つめる。そして、高鳴る動悸をおさえるようにしばらく無言のまま歯を食いしばっていたが、やがて思い出したように、

「しかし、金田一さん、杉浦陽太郎はこの事件で、どんな役目をつとめているんです」

金田一耕助は暗い眼をして、ゆっくり首を左右にふると、

「警部さん、あのマフラには0型の血痕がついていたそうですね。しかも、リリー木下も高松アケミも、それから双葉藍子の血液型も、0型ではなかったんですね。ところが、杉浦陽太郎の血液型は0型だったそうですよ」

等々力警部はまた椅子のなかでぴくりと痙攣した。大きなお尻の下でギーッと椅子のきしる音がする。

「それじゃ、それじゃ……」

と、等々力警部は口をパクパクさせて、

「杉浦陽太郎も殺されていると……？」

「ええ、そうです、そうです。浅原三十郎はどういう関係からか杉浦を知っていた。杉浦は浅原のいうことなら、どんなことでも聞かねばならぬ立場にあった。そこを浅原に利用されたんじゃあないか。浅原は鶴代が男装すると、杉浦に似てるところがあるのを

利用したんですね。おそらく長いあいだかかって、練りに練った計画だろうと思いますね。だから、浅原も鶴代もほんとうはホモでもレズでもなく、同性愛者の悲しい宿命を、たくみに利用したんだろうと思うんです」

「同性愛者の宿命を、たくみに利用したあ？」

おうむがえしにくりかえして、等々力警部は突然はっと気がついたように、大きく息をはずませて、

「あっ、そ、それじゃ杉浦という男も……」

「警部さん、そのことだけは発表しないでやってください。ぼくは杉浦の友人に、だれにもこのことをいわないという約束をしたんですから」

と、金田一耕助は暗い眼をしてつぶやく。

「それじゃ、金田一さん、高松アケミを殺害したのは……？」

「動機をカモフラージするためでしょうね。あくまでも杉浦陽太郎を石膏魔にしたて、警察が躍起となってそれを追っかけているあいだに、保険金を受け取ろうという、奸知にたけた策略だったんでしょう」

警部はうめいた。腹の底からほとばしり出る憤りのうめき声だった。

「そして、藍子を誘いだしたのは、さっきあんたがいったように中河謙一なる人物が、ほんものの男だということを、われわれのまえで証言させるためだったんですね」

「そうです、そうです。それで、藍子の役目はおわったのだから、そのままにしておい

てもよかったのだが、いつなんどき、鶴代と対決しなければならぬような羽目になるかもしれない。いかに藍子が近眼でも、しらふで、しかも多少の予備知識をもって鶴代と対決したら、あの夜の中河であることを看破するかもしれませんからね。その危険を未然にふせぐためと、もうひとつには、杉浦がまだ生きていると思わせるために、あの黄色いマフラを首にまきつけておいたんでしょう」

「なるほど、それでわかりました。藍子が抵抗もしないでおとなしく、あんな寂しい場所まで犯人についていった理由が。……浅原ならおそらく藍子が、いちばん信頼してた人物でしょうからね。しかし、それにしても、なんというひどいやつらだ」

「そうです、そうです。鬼畜も三舎を避ける犯罪とはこのことですよ。しかも、これをかれらのしわざだということを証明するのは実にむつかしい。なんといっても藍子を殺したのは致命的な失敗でした」

金田一耕助は椅子のなかでふかく首をうなだれる。この恐ろしい真相に気づくのがほんの数日おくれたために、双葉藍子を殺したことについて、ふかくおのれの不明を恥じているのである。

そこへ私服の磯川警部が、岡山からつれてきたふたりの私服刑事とともに、精力的な体軀（たいく）をひっさげて乗りこんできた。

金田一耕助の紹介で、ふたりの警部があいさつをおわると、等々力警部の部下もまじえて、第五調室は俄然（がぜん）緊張する。

そこでただちに討議が開始されたが、だれが考えてもこの事件には、決め手というものがどこにもなかった。金田一耕助の意見は単なる仮説の域を出ない。人権尊重の叫ばれる今日、こんなことで容疑者を検挙することはできないのだ。

「なるほど、こうなると金田一さんのおっしゃるとおり、双葉藍子を殺したのは大きいですねえ」

と、等々力警部が慨嘆する。

「いや、じつにあの男ときたら……当時は朝倉梧郎と名乗っていたんですが、……狡猾きわまるやつでしてねえ。どんな質問にたいしても、ぬらりくらりと鰻のように逃げやあがる。おかげでまんまと大魚を逃がして、あんなくやしかったことってありませんや」

と、岡山から来た刑事のひとりが、切歯扼腕するような調子である。

「いや、狡猾といえば女のほうだっておなじことですぜ。あの女、本名は妹尾たま江というんですが、あんなきれいな顔をしていて、まんまと検事さんをいっぱい食わせやあがった。その時分からみれば、あいつらまた悪党ぶりをあげてやあがるにちがいありませんからね、こいつはよほど褌をしめてかからんと、また背負い投げを食わされますぜ」

と、もうひとりの刑事もくやしがる。

磯川警部はくちびるをきっとへの字なりに結んだまま、さっきからそれとなく、金田

一耕助の顔色を読んでいたが、急ににやりと笑うと、

「金田一さん、なんとかいってください」

「なんとかいえとは……？」

「とぼけちゃいけませんよ。われわれを岡山から呼びよせておいて、お土産なしってことはないでしょう。あんた、なにかあいつらを取っちめる方法を、考えておいてくだすったんじゃあないんですか」

それにたいして耕助は、すぐに返事をしなかったが、等々力警部も体を乗りだして、

「金田一さん、あなた、なにか……」

と、熱い息をはずませる。

金田一耕助はくらい眼をしてふたりの警部を見くらべていたが、やがて疲れたような微笑をうかべて、

「そうおっしゃれば、ここにひとつ、あなたがたに贈り物があるんですが……」

「贈り物というのは……？」

磯川警部も呼吸をはずませ、部屋のなかはさっと緊張する。期せずして一同の視線は金田一耕助のくちびるにあつまった。

「これはぼくの運がよかったんですね」

と、金田一耕助はいかにも疲れたようにのろのろとした調子で、

「はじめて花鳥劇場へ出向いたとき、浅原が男色家だときいて、ちょっと妙な気がした

んです。リリー木下が同性愛者で、浅原がまたそれだというんですからね。それで、最近どんな男を相手にしてるんだと尋ねたところが、高桑ユミ子というストリッパーでしたが、その娘がいうのに、相手の男は知らないが、一度小田急の稲田登戸から電車に乗るのを見たことがあるというんです」

「稲田登戸……」

部屋のなかがまたいちだんと緊張する。

「そうです、そうです。あそこには連れこみ専門じゃありませんが、旅館が二、三軒ありますからね。しかも、その時刻というのが朝のことで、相手の男は見えなかったが、てっきりだれかとしけこんだかえりらしく、帽子をまぶかにかぶって黒眼鏡をかけ、いかにもひと目をはばかるふうだったそうです。ところがそのストリッパー自身、男と鶴巻かどこかへしけこんだかえりだったらしく、声もかけずに知らん顔をしてすませたそうです。したがって浅原も自分がそこで見つかったことに気がついていないんですね。そこでぼく、一昨日、稲田登戸へ行ってみたんです」

「あんたご自身で行かれたんですか」

磯川警部が体を乗りだす。

「そうです、そうです。こういうことはあなたがたより、ぼくみたいな素人のほうが眼につかなくていいですし、旅館のほうでも気を許しますからね。ところが、これもぼくの運がよかったんですが、最初に行った柊屋（ひいらぎや）という旅館へ、三日の晩、すなわち杉浦陽太郎と高松アケミがつれだってキャバレー花園を出た晩ですね。その晩の終電車ちかい時刻になって、あきらかに同性愛と思われるふたりづれの男がきて泊まっているんです」

「ふむふむ、それじゃ杉浦にアケミをつれださせて、なんらかの方法でふたりを引きはなし、浅原が杉浦をつれてやってきたというわけですね」

「そうです、そうです。杉浦にはソドミアという弱点がありますから、浅原の要求をつよく拒めないんだろうと思います。もちろん、相手がそんな恐ろしいたくらみを持っているとは知りませんからね」

「なるほど、なるほど、それで……？」

「それでも、ぼくは念のためにふたりの年かっこうを聞いてみたんです。すると、以前からちょくちょく来ていたそうですが、ふたりともいつも黒眼鏡やマスクをかけて、できるだけ宿のものに素顔を見せないようにしているんですね。しかし、だいたいの年かっこうが一致するので、ぼくはこれを一応浅原と杉浦と仮定してみたんです」

「ふむふむ、それはもっともな仮定ですな」

磯川警部が太い猪首でうなずいている。

「はあ、ところがそのふたりはひと晩そこに泊まって、翌朝、始発電車の出るころといいますから五時ごろですかね、そろって宿を出ているんですが、杉浦は三日の晩から消息を絶っているんでしょう、だから、ひょっとするとあのへんの山中で……と、思ったもんだから、おとつい、きのう、今日と三日がかりであのへんの山中を調査したところが……」

「調査したところが……」

これはほとんど第五調室全員の叫びであった。だれもかれもものに憑かれたようなまなざしで、金田一耕助の顔を見まもっている。

「けさになって、やっと、衣類をはがれて真っ裸になった男の死体を発見したんです」

「き、金田一さん！」

等々力警部の声が感動にふるえている。磯川警部はいまにも涙の出そうな眼つきをしていた。

「いや、いや」

と、金田一耕助はなにかをおさえるような手つきをして、

「この死体を杉浦陽太郎と断定するのはまだはやいでしょう。もう相当腐乱しておりますからね。しかし、年かっこうやなんかからみて、そうじゃないかと思われる節は多分にあります。それに非常にさいわいなことには、杉浦は去年の秋、中野の某歯科医で歯の治療をしてるんですが、その死体も歯科医のカルテにのこっているのと、おなじような治療を受けたあとが見られるんです。磯川警部さん、等々力警部さん」

「はあ」

ふたりの警部は思わず居ずまいをなおして緊張する。

「ぼくの贈り物というのはそれなんです。ここに死体のあり場所を示す地図をこさえてきました。非常にわかりにくい場所ですから、いまもそのままになっていると思います。それからこれが杉浦の歯を治療した歯科の先生の住所氏名です」

と、金田一耕助は二枚の紙をデスクの上にならべておくと、

「こんなことをいうのは釈迦(しゃか)に説法みたいですが、この死体の発見はあくまでも秘密に……新聞記者にも知れないように……そして、歯科医の協力で、それが杉浦陽太郎であると証明できたら柊屋のものや、花鳥劇場のストリッパー高桑ユミ子の証言を基礎として……それから、ひょっとすると運転手の古川五郎君が、中河謙一、すなわち水原鶴代をおぼえているかもしれない。……この調査はあくまでも極秘裏に……相手は恐ろしいやつです。……鬼畜も三舎を避ける悪党たちです。……気をおつけになって……慎重のうえにも慎重に……みなさんのご成功を祈ります」

金田一耕助が熱病やみのような眼つきをして、ふらふらと立ちあがるのを見て、

「金田一さん！」

と、磯川警部がびっくりしたように呼びとめる。

「あんた、どこへ行くんです」

と、これは等々力警部である。

「ぼく、かえります。かえって酒でも飲んで寝るんです。ぼく……ぼく……こんな凶悪な犯罪のカップルが、見たことがない。あいつらは悪事を享楽してるんです。気持ちが悪

い。吐きそうです。……」

と、ざわめきたつ刑事たちをかきわけて、金田一耕助は部屋を出ていきかけたが、ドアのところまで来ると振りかえって、

「警部さん、リリー木下は異性に堕ちた天女じゃあなかったんです。同性愛に堕ちた天女だったんです。では、さようなら、みなさんのご成功を祈ります」

うわごとのようにつぶやきながら、金田一耕助は悪酒にでも酔ったような足どりで、黄塵渦巻く五月のちまたへ出ていった。よれよれの袴に風をはらませて。……

解説

中島河太郎

金田一耕助のシリーズは、もちろん長篇も楽しいが、中・短篇もそれに劣らずおもしろい。それぞれ題材によって長さが左右されるだけで、中・短篇もそれなりに緊密な構成をとっている。本巻には中篇の力作三篇を収めて、異色の一冊が編まれている。

「湖泥」は昭和二十八年一月の「オール読物」に発表されたが、挑戦形式をとって推理小説ファンの三氏が、それぞれ解決篇を執筆し、著者の結末とともに併載されている。

横溝氏の地方色ゆたかな作品には、数代にわたる両家の反目、軋轢が背景となっているものが少なくない。「獄門島」や「八つ墓村」をはじめ、お馴染の風景だが、本篇でも冒頭に、うわべは平穏に見える農村のほうが、犯罪の危険性をはるかに内蔵していることが語られている。

ここでも対立する両家の双方の息子が、ひとりの女性を争って、一方に結納がきまったから、婚礼までに一騒動起らずにはいまいといった矢先、彼女の失踪事件で幕が開く。

烏の群っている小屋から発見された美女は、片眼が失われていて、そこだけ見ると妖婆のように無気味であった。しかもその小屋の住人は、湖上に浮かんでいた死体をとうの昔に拾いあげてきて、弄(もてあそ)んでいたという。

こうなるとこれまで眠っていたような村も、蜂の巣をつついた喧騒(けんそう)状態となる。村のマドンナが消えうせたばかりでなく、猟奇的犯罪の様相を濃くし、さらに村長の後妻の消息不明が加わり、これらの事件に村の主立(おもだ)ったメンバーが関係しているのだから、耳目(じもく)をそばだたせるには満点だった。

著者がはじめ雑誌に発表したとき、章節に分けていなかった。現行本では多少辞句に手を加えた程度だが、その第八章の終りに当るところで、読者に挑戦している。「作者曰く。以上でだいたい犯人捜索のデータは揃(そろ)っているつもりです。ひとつ金田一耕助くそくらえの名探偵ぶりをお見せください」

それに対して編集部では、三人に委嘱(いしょく)して解決を求めた。「挑戦に答う！　以上、横溝氏の挑戦に対して、推理小説ファンの三氏は、名探偵金田一耕助に代って次の如き解決を下しましたが、果して殺人鬼の謎をはらむ足跡をつきとめたか否や！」

解答者は服飾研究家花森安治、漫画家横山隆一、新聞記者飯沢匡の三氏である。まず花森氏は『「モハン」的解決』と題して、浩一郎、村長後妻、由紀子の三角関係から、赤土の掘穴の場での鉢合わせが凶事を起こしたと推定する。

横山説は「浩一郎の告白」と題して、息子同士と女性二人のからみ合いに大きな意味をもたせ、飯沢説は「名探偵の手紙」と題して、パロディーに仕立ててある。金田一が浩一郎の告白を聞こうとした瞬間、倒れてしまってから半身不随になったので、世界的名探偵フーダニット氏に手紙で委しく状況をしらせ、答えを貰った形になっている。彼は村長後妻と由紀子との対決から、さらに村長の登場を推定している。

三者三様の解決篇の並んだあとに、著者の解答が示されているわけだが、意外性という点では申し分がない。どうしても眼前の痴情関係に目は向けられがちだが、因習にとらわれた村落には、もっと根強い猜疑心や嫉妬、それに抑圧されたものが存在しているのだ。

著者の疎開生活は「本陣殺人事件」以下の多くの岡山物の長短篇を生んだが、それらは単にローカル・カラーの彩りを添えたばかりではなかった。地方人にわだかまり、屈折している心情のニュアンスを捉えて、それらの織りなす複雑な経緯を、推理小説の枠のなかに見事に再現しているのである。

「貸しボート十三号」は、昭和三十二年八月の「週刊朝日別冊」に発表されたのが原形である。第四章までは辞句に手入れした程度だが、あとは一瀉千里にこの奇妙な殺人の謎が解かれている。

金田一の活動と推理を追うていくことは、いたずらに原稿用紙の枚数をふやすだけなので、彼によって解明された真相を、簡単に書き記すとある。事件そのものが極端に変っているだけに、その犯行と動機もすこぶる異様だった。著者はやはり存分に書いておこうと、大幅に改稿して、翌年の東京文芸社版「火の十字架」に収めた。

浜離宮公園の沖で発見されたボートに男女の死体が横たわっていたのが、事件の発端である。どちらの首も挽き切ろうとしたのが、途中で中止された形になっていて、半分ちぎれそうになっている。しかも女は絞殺されたあと心臓をえぐられ、その反対に男は心臓を突き刺されてから絞殺されている。思いきって謎の提出が異常であった。

複雑怪奇を極めている事件だけに、かえって犯人にとってウィーク・ポイントがあるのではないか、だから案外簡単に片づくのではという金田一の予言は、半分当っていたが、肝腎なところで半分外れていた。予想を超えてはるかに複雑怪奇だったのである。

殺人現場がボート・ハウスと推定され、被害者の男がボート部選手と判明してその合宿を訪ねたのが、金田一と等々力警部、それに腹心の新井刑事の三人であった。選手たちとの交歓は、はじめは白眼視されたが、話が軌道にのっておのずとかれらの性格、交情が浮かびあがってくる。

かれら全員の憧憬の的の女性が、被害者の婚約者であり、しかも金田一のパトロンの姪であった。彼女を射とめた被害者に対する同輩の交錯した感情が、この事件の大きな支えとなっている。全関係者を集めての真相発表は、金田一の演出をもっとも効果的あらしめただけでなく、当事者の微細な心理に触れて、委曲をつくしている。

「堕ちたる天女」は昭和二十九年六月の「面白倶楽部」に発表された。中学生の交通量調査の最中、トラックが荷物を落したのを見届けた。それからとび出した石膏のなかには美しい女性が塗りこめられていたのだ。

被害者はストリッパーだったが、男嫌いで通っていた。レズビアンなのに、急に彫刻家と称する男に夢中になったので、「堕ちたる天女」とからかわれ、本人も自認していた。

第二の石膏美人が見つかる一方、一番目の被害者の同僚が襲われて、首を絞められた。犯人の目星もついているのに、第三の殺人まで発生するのだから、杳として消息のつかめない悪鬼に対する当局の焦慮は並大抵ではない。

現代の愛欲の縮図を見せつけられるが、著者は伏線にも手がかりにもこれらを活用している。センセーショナルな犯罪形態は偶然の結果のように見えたが、あとから齎された中学生の証言で、作意が働いたことが見透かされて、俄然金田一の推理が深まる。岡山物でお馴染の磯川警部に照会し、戦前の事件との繋がりまで指摘される。磯川の上京で、等々力警部との顔合わせが実現するのも、金田一ファンにとっては、楽しいサーヴィスである。

冒頭に石膏に塗りこめられた死体を見せつけられると、つい乱歩風のスリラーが思い浮かぶ。それに愛欲が加わって、ますます華やかな彩りに眩惑されるのだが、底には冷徹な打算の働いた、戦前からの犯罪キャリアの持ち主が相手であった。

極め手がどこもなく、金田一の意見も仮説の域を出なくて、切歯扼腕の他はないとき、金田一はわざわざ上京してきた磯川警部に、手がかりの贈り物をもって労をねぎらい、同時にこちらの連続殺人にも終止符をうつ。難問を解いて凶悪な犯罪者の存在を思うと、金田一の心境はやはり鬱陶しいのである。

本書は、昭和五一年三月に小社より刊行した文庫を改版したものです。なお本文中には、どもり、どもる、気ちがい、ホモ、レズといった今日の人権擁護の見地に照らして使うべきではない語句や、容姿や病気に対する表現に不適切と思われる表現があります。また、同性愛に関する記述に執筆当時の偏見が感じられますが、作品全体を通じて、差別を助長する意図はなく、執筆当時の時代背景や社会世相、また著者が故人であることを鑑み、最低限の改変にとどめました。（編集部）

貸し（か）ボート十三号（じゅうさんごう）

横溝正史（よこみぞせいし）

昭和51年 3月5日 初版発行
令和4年 2月25日 改版初版発行
令和6年 11月25日 改版再版発行

発行者●山下直久

発行●株式会社KADOKAWA
〒102-8177 東京都千代田区富士見2-13-3
電話 0570-002-301（ナビダイヤル）

角川文庫 23050

印刷所●株式会社KADOKAWA
製本所●株式会社KADOKAWA

表紙画●和田三造

ISBN 978-4-04-112353-9 C0193

◆◇◇

角川文庫発刊に際して

角川源義

第二次世界大戦の敗北は、軍事力の敗北であった以上に、私たちの若い文化力の敗退であった。私たちの文化が戦争に対して如何に無力であり、単なるあだ花に過ぎなかったかを、私たちは身を以て体験し痛感した。西洋近代文化の摂取にとって、明治以後八十年の歳月は決して短かすぎたとは言えない。にもかかわらず、近代文化の伝統を確立し、自由な批判と柔軟な良識に富む文化層として自らを形成することに私たちは失敗して来た。そしてこれは、各層への文化の普及滲透を任務とする出版人の責任でもあった。

一九四五年以来、私たちは再び振出しに戻り、第一歩から踏み出すことを余儀なくされた。これは大きな不幸ではあるが、反面、これまでの混沌・未熟・歪曲の中にあった我が国の文化に秩序と確たる基礎を齎らすためには絶好の機会でもある。角川書店は、このような祖国の文化的危機にあたり、微力をも顧みず再建の礎石たるべき抱負と決意とをもって出発したが、ここに創立以来の念願を果すべく角川文庫を発刊する。これまで刊行されたあらゆる全集叢書文庫類の長所と短所とを検討し、古今東西の不朽の典籍を、良心的編集のもとに、廉価に、そして書架にふさわしい美本として、多くのひとびとに提供しようとする。しかし私たちは徒らに百科全書的な知識のジレッタントを作ることを目的とせず、あくまで祖国の文化に秩序と再建への道を示し、この文庫を角川書店の栄ある事業として、今後永久に継続発展せしめ、学芸と教養との殿堂として大成せんことを期したい。多くの読書子の愛情ある忠言と支持とによって、この希望と抱負とを完遂せしめられんことを願う。

一九四九年五月三日